KB065474

I am a digital nomad

Kim, Dong kon | facebook.com/dongkonkim

이 책을 내면서….

이 책을 내기까지 많은 사람이 도움을 주었습니다.
먼저 두 사위, 그리고 친구인 (주)코펙스 안효득 회장,
서로에게 속해 있는 사랑하는 아내 이혜경 데레사,
또한 11남매를 낳아 키워 주시고, 올해로 미수(米壽) 생신을
맞는 어머님께 이 책을 바칩니다.

나는
디지털 유목민
이다

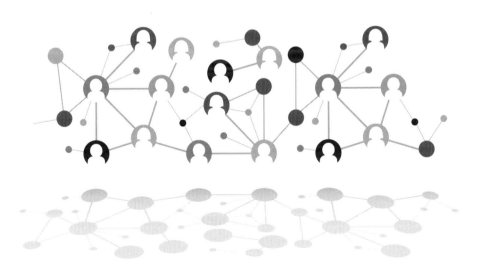

나는 디지털 유목민이다
I am a digital nomad

김동곤 | 관광 칼럼니스트
facebook.com/dongkonkim

도서출판 말벗

목 • 차

머리말

제1장 스마트 카카오

제2장 글로벌 호스피탤리티

제3장 21세기 대륙을 가다

제4장 겨울 장미

나는 디지털 유목민이다

　지구의 환경이 바뀌면서, 그리고 바람과 함께 모든 것이 변화하고 있다. 우리는 그 현상에서 새로움이나 창의적인 원인을 제공한다고 믿는다. 다만 움직이면서 체험하는 것과 앉아서 정보를 느끼느냐에 따라 차이를 느낄 따름이다.

　지금 사회는 과거 100년이 현재 10년 주기와 같이 변화무쌍하다. 어제 학회에서는 과거 5천년이 지금 5년 안에 다시 정립된다는 것이다. 그렇다면 역사와 이론도 5년 주기로 주장이 다를 수 있다.

　'글 쓴 날자가 오래됐을 경우 정보가 달라졌을 수도 있습니다.'

　어느 인터넷에 실린 윗글에서도 얼마만큼의 속도로 변화하는지 느낄 수 있다. 그래서 세상은 컴퓨터를 활용하는 사람과 그렇지 않은 정보에 뒤떨어진 사람으로 나뉘어져 살고 있다. 글을 쓰고, 그림을 그리고, 요리를 하고, 여행을 하고, 개념을 정리하여 종이나 컴퓨터에 올리는 일들이 빠르게 세상을 바꾸고 또 함께 흘러 조류를 이룬다.

　1996년 이스탄불을 가기 위해 모스크바에서 1박을 하고 하루 시내관광 계획이 있었다. 기대를 가지고 모스크바공항에서 입국수속을 해보니 얘기들은 대로 5시간이나 걸렸다. 여권과 사진을 확인하는 전산이 느려서 그렇게 오래 걸린다는 것을 비로소 알았다.

우리나라에서도 20여 년 전까지는 각 호텔에서 신용카드로 지불할 경우 사용자를 세워놓고 10분 이상 기다려야 했다. 그 이유는 매주 인쇄되어 보급되는 깨알 같이 많은 불량거래자 명단을 일일이 대조 확인하는 대기시간 때문이었다.

이삿짐을 정리하면서 오래된 명함철을 골라서 정리를 시작했다. 그 일은 시대의 변천상을 보는 일이었다. 전화 사용자가 늘어나면서 전화국이 증가하고 '텔렉스'와 휴대폰이 보급되고, 전파 사정 때문에 삐삐가 등장했다. 그리고 각 명함에 이메일과 홈페이지가 기록된다. 지금은 QR 코드에다 주소 좌표에 표고까지 숫자로 표기한다.

결국 나와 관련된 모든 것을 지인에게 다 알리겠다는 뜻이다. 어떤 정치인은 명함에 점자까지 병행해 새기는 이도 있다.

21세기는 창조하는 단체, 즉 기술을 지배하는 자가 세계를 지배하는 것이다. 피터 드러커는 창조를 "문제 해결이 아니라 시각을 달리하는 것"이라 했고, 스티브 잡스는 "여러 가지 요소를 하나로 연결하는 것"이라고 했다.

오히려 칭기즈칸은 이미 800년 전에 위의 두 사람을 뛰어넘는 생각, 이른바 "다양한 사람들과 논쟁을 벌이고 토론해야 창조적인 생각이 이루어진다"고 했다. 즉 민족과 신분 종교를 따지지 않는 오히려 다양한 참모들과 함께 또한 자기를 저격한 적군까지도 자기 오른팔로 만들었다.

그는 40km마다 역참을 두어 네트워크를 형성했다. 그래서 그가 지구의 ⅓을 점유할 수 있었던 창조적인 리더가 된 것이다.

나는 2010년 9월 25일 페이스북에 본명으로 가입했다. 한국은 물론 전 세계 친구들과 친교를 나누며 문화에 대한 호기심을 공유하고 있다. 그리고 트위터도 사용하고 있다.

국가의 지도자도 있고, 교황님의 메시지도 매일 받는다. 전주에 사는 서양화가와 서울의 한국화가, 일본과 몽골 그리고 이집트의 세계적인 아티스트의 작품들을 페이스북으로 실시간 공감한다. 그리고 친구의 관심 소식을 내가 공유하면 또한 나의 친구들도 읽고 댓글을 보낸다.

부지런한 파워 블로거들도 있다. 또 그래픽이나 사진과 글을 함께 올려 시나 일상의 소소한 이야기를 작가보다 진솔하게 솜씨를 보여주는 포토 에세이스트들도 가족 같은 느낌으로 공감하며 지낸다.

요즘의 여행 가방은 과거와 많이 달라져 있다. 무거운 책이나 라디오, 카메라 대신 스마트폰에 아이패드만 준비하고 떠난다. 그리고 해외여행 때는 얇은 노트북을 준비해 가면 된다.

2011년 10월부터 두 달간 울란바토르에서 강의를 한 후 12월 3일 '몽골 관광전' 첫날 세미나에서 특강을 했다, 그리고 그곳 몽골 관광시장을 둘러보았다. 귀국길에는 비행기 표를 포기하고, 몽골의 고비사막 개발 붐을 확인하기 위해 국제열차(TMR) 티케팅을 했다.

그런데 긴급뉴스가 터진 것이다. 12월 19일 김정일 사망소식이 TV에 매시간 나왔다. 문제는 이틀 전 사망했다는 점이다. 서울발 뉴스는 더 심각해 보였다. 나 혼자만 조바심을 내는 것 같았고 현지 몽골인들은 관심이 없어 보였다. 그 분위기는 나 혼자만 읽고 있었다.

다음날 나는 호텔에서 페이스북을 열었다. 그리고 그리스의 여가수 아그네스 발차가 부른 「기차는 8시에 떠나네」란 제목의 동영상을 페이스북에 올리고, 이렇게 공개적인 글을 썼다.

'저희 한반도를 위해 빌어주소서(God, pray for our Korean peninsula!)'

그리고 오바마 대통령에게도 개인 메시지를 보냈다. '한반도의 평화를 위해 도와달라'고.

그리고 12월 22일 아침 러시아풍의 아름다운 울란바토르역을 7시에 떠나는 중국 국적 열차, 모스크바 출발 울란바토르 경유 북경행 열차를 탔다. 눈 덮인 고비사막을 지나 국경을 넘자 새벽 2시 중국의 이렌역에서 세관검사, 여권검사 후 광궤를 협궤의 바퀴로 갈아 끼웠다. 채석장 같은 북경 북부 산악지대를 지나 30시간을 달려온 침대차는 북경역에 도착했다. 은행에서 위안화로 환전하여 지하철을 타고 한 번 환승하여 북경 남역에 이르렀다.

우리보다 늦게 시작한 중국 고속열차를 보고 한국을 앞선 기술에 놀랐다. 55위안을 주고 천진행 고속철을 탔다. 30분 후 밤이 아름다운 천진역에 도착했다. 마중 나온 두 동창과 성탄절을 천진에서 함께 보냈다.

그런데 중국에서는 페이스북도 트위터도 안 되는 재미없는 나라였다. 현대인들도 일부는 살던 집을 떠나 임시거처에서 살아간다. 통계에 의하면 지구의 60억 인구 중 10억이 직장과 먹을거리를 찾아서, 그리고 공부를 하기 위해, 여유 있는 사람은 즐기려고, 가난한 사람은 살고자 유목민처럼 집을 나선다.

통계에 따르면 지금은 10억 인구가 페이스북을 사용하고 있으며, 이용자 끼리 1400억 명 이상의 친구를 맺어 '마음의 유목민'으로 공유하며 살아가고 있다.

지구별에는 아직도 사람이 누워 있는 곳보다 더 많은 대지와 물과 자연 생태계가 존재한다. 원래 땅의 주인은 인간이 아니었다. 대자연과 물과 바람, 그리고 적막이 그 주인이다.

"시간 약속은 깨기 위해서 만들어졌다."

시간의 잣대와 문명의 이기를 가지고 인도로 떠난 한 여행자에게 인도 인들은 말한다.

그리고는 잘 갖춰 둘러맨 여행자 짐 보따리를 지켜보고 다시 말하며 웃는다.

"등에 맨 짐 크기만큼 전생에 당신의 업이 많군요!"

여행 중 숙소 예약도 필수가 아닐 경우가 더 많다. 예약한 사람보다 예약 안 한 친구가 더 저렴하고 좋은 숙소를 차지하는 수가 있다.

나는 오랫동안 몽골을 여행하면서 그들로부터 체득한 관습을 알고 있다. 일테면 친구들이나 유스호스텔 회원 등과 여행할 때 느낀 경험이다. 갈 때 마다 여행 코스가 다르다. 그러면 나는 또 이렇게 주문한다.

"이번 여행 코스가 좋은데…. 내년 우리 동창들하고 오면 이번 루트로 하 면 좋겠다!"

그러면 대답은 반드시 한다. 하지만 이듬해에 와 보면 한 번도 약속이 지켜지지 않는다. 그래서 다음부터는 오지 말아야지 하면서 또 오기를, 10년이 넘어서야 그 이유를 알게 되었다.

첫째 이유는 광활한 대자연에게 맡기기 때문이다. 그곳은 날씨와 도로 상황이 불확실한 데다 지번도 없으며, 내비게이션이 필요하지 않고 이정표도 없는 탓이다.

더 중요한 것은 지루한 초원의 열 갈래 백 갈래 길을 운전하는 현지 운전기사들이 우리의 개념과 다른 점이다. 외국에서 온 관광객들은 늘 하던 대로 따진다. "언제 도착하느냐, 얼마 남았느냐, 잠자는 곳까지 오늘 중 도착할 수 있느냐?"라고 물으면 그들은 답변하기보다 이렇게 생각한다. '아, 이번 여행에서 이 사람들이 화를 불러오는구나!'라고 아예 입을 다물거나 운전을 거부하고, 혹은 싸움을 걸어오기도 한다.

여행은 그곳의 대자연과 모든 현상 그리고 그곳에 사는 사람이 주인이므로, 경의를 표하고 감사하며 즐기다가 바람처럼 떠나오는 행위여야 한다.

잡초가 자랄 수 없는 땅, 흙먼지, 빗물, 눈, 바람도 모두 소중한 그들의 전통유산이다.

비가 귀한 몽골에서 비 오는 날 처마 밑 낙숫물에 마른 빵을 적셔 먹으며 웃는 어린아이의 모습을 본 적이 있다. 바람과 흙먼지도 비를 불러오고 산성화를 방지하는 데 필요하다.

비가 없으니 눈도 오지 않고, 눈이 없으니 강물도 말라 없어진다. 북쪽의 기나긴 추위는 짧은 여름에 천국 같은 야생화를 피우게 한다. 남쪽의 찌는 듯한 무더위는 단 과일을 사람에게 선물한다. 우리는 이 모든 것에 감사할 따름이다.

언제인가 한 친구가 나를 보며 백지 위에 집 한 채와 길, 그리고 창문을 그려보라고 했다. 그 그림 위의 길이 집에서 멀리 떨어져 있는 내 그림을 본 친구는 나에게 "역마살이네!"라고 말했다.

맞는 얘기인데, 그것은 언뜻 아내에게 미안함이 평생을 갈 것 같아 그때부터 생각해낸 나의 이메일에 '집'을 표현했다.

'дóма(doma)'라고 러시아어 앞머리를 쓰고 'kim'을 붙이려고 하니 kim은 쓸 수 없다 하여 'king'을 붙여 이름을 지어 신조처럼 쓰고 있다. 그런데 생각보다 'do making'으로 더 불려진다. 더 많은 도전을 위하어 스스로를 유혹할 수밖에 없는 이름이 되었다.

인생의 후반기에 나 자신과의 깊은 대화를 위해 더 거칠고 새로운 길을 찾아 나설 것이다. 끝 간 데 없는 초원의 길 위에서 이방인 친구를 만나고, 별들을 보며 바람과 함께 노래하고, 구름의 언덕 아래서 지구촌 친구들과 함께 살아갈 것이다.

제1장 스마트 카카오

1월의 기도

2014년 1월 7일

고맙습니다. 미안하고, 그리고 부탁합니다.

지난 한 해 우리에게 주어진 사랑의 짐을 끝까지 지고, 언덕 위 고갯마루까지 도달했습니다. 저는 두 번씩이나 병원 신세를 졌습니다.

그리고 가족들에게 미안하고, 친구들에게 고맙고, 아내에게는 더없는 사랑의 빚을 지었습니다. 병실에 갇혀 있을 때 위로받았고 기도와 도움을 많이 받았습니다. 또한 '페이스 북'에서도 큰 희망의 문자 메시지를 친구들로부터 받았습니다.

나는, 나를 깊이 성찰하게 했습니다. 하느님과 더 가까이에서 기구했습니다.

나의 친구, 가족, 부모형제, 가난한 이들, 굶주리고 헐벗고 고통받는 이와 고통을 함께하며 나누며 고통을 덜어주는 일에 헌신하는 모든 이에게, 또 오늘 세상을 떠난 사람을 위하여 기도했습니다.

저는 그들의 일생을 위한 기도는 못 올립니다. 다만 오늘 하루, 그리고 올 한 해를 욕심내어 부탁드립니다.

"희망을 바랬지만 그림이 되었고, 목표를 세웠는데 결과가 없어졌는데, 지금에 와서 생각하니 더 큰 선물이 산처럼 쌓여 있습니다."

또 부탁합니다.

내가 쓰는 말과 글과 그리고 자식들이 내 보이는 모양이 언제나 세상의 빛처럼 밝게 빛나게 해 주소서.

스마트 카카오

설을 보낸다

//////////////////////////////

2013년 2월 2일

썰물처럼 새끼들이 떠난 후 빈 둥지에서, 혼자 돌아가는 라디오의 국악 리듬을 들으며 손자들 웃음소리를 기억하고 또 하루를 연다.

잠에서 깨어나기 전 왼쪽으로 몸을 기울이니 베갯머리 귓가의 작은 혈관의 맥박 소리가 들린다.

참 고맙다! 나의 심장이 이렇게 오랫동안 쉬지 않고 나를 살려줘서….

손자들은 잘 자라고 자식들은 부모에게 힘든 내색을 하지 않는다. 시집에 친정에 관심을 두고 열심히 사는 모습이 자랑스럽고 고맙다.

그리고 살아가기 힘든 이 세상에 처자식을 위해 분투하는 사위들에게도 고맙고 대견하다.

하루가 다르게 자라나는 손자들이 귀엽고 예쁘기만 하지만, 우리는 하루가 지나고 한 해가 넘어 갈수록 우리는 자꾸 뒤를 돌아보게 된다.

또 한해가 예전 같지 않은 아름다운 한 세상으로 열렸다.

젊었을 때는 시간이 황금 같다고 하거나 소중하다는 말을 알지 못했다.

지나온 그 세월이 모두 큰 선물이었다.

너희들은 이 말을 기억해라! 그리고 너희 자식들에게도 그렇게 가르쳐라.

또 사랑하라. 그리고 기도하라.

해 뜨는 아침에서 달 뜨는 저녁까지 기도하라.

그리고 찬미의 노래를 하라! 하느님께 아름다운 우리의 노래를….

설을 보내고, 사랑도 함께 너희들에게 보낸다.

예쁜 모니카

2014년 1월 14일

할아버지의 통원치료 가던 날.

휠체어를 씩씩하게 밀어 주면서 아무 말이 없을 때, 내가 힘들지 않느냐고 물으면 너는 "힘들지 않아. 병원이잖아!" 하고는 싹싹하게 대답도 잘한다.

어제는 집으로 어미와 함께 할아버지에게 선물한다며 미끄러지지 않는 신발을 사와서 한다는 말이 "아프지 않느냐"며 위로하고 심부름도 했다. 또한 어린이답지 않게 내 귀도 파주곤 했다.

오후 5시쯤 내가 "언니가 스키캠프에 가서 혼자 있으니 어때?" 하고 묻자 "언니가 없으니까 좋다"는 것이다. 내가 "그럼 우리 집에서 자고 가라"고 했더니 좋다며 웃는다.

그러던 중 이모로부터 음성 메시지가 카톡으로 들어왔다.

"하부지, 합지! 사랑~해요."

그래서 우리도 답장을 하자하고는 함께 녹음을 시작하던 중 갑자기 네가 귀신 소리라며, 히히히~ 하는 게 아니었니.

그래서 할아버지가 '못~생긴'이라 했더니 모니카 네가 토라져 한밤중에 엄마를 불러서 함께 갔었지!

정말 미안해! 할아버지는 네가 참 예쁘다.

사랑해 모니카야! 내일 또 전화하자.

스마트 카카오

측은지심
////////////////////////

2013년 9월 3일

고통보다
외로움보다도
두려움에서
나를
해방시킨 것은
가족들의 기도와
친구들의 관심이
나를 치유한다.

　　　― SNUH 병실에서

그리움

///////////////

2013년 7월 26일

산마루 나의 집에서는 하루하루 이름 모를 산새들의 노래를 들으며 시작한다.

아래 동네, 그러니까 두 손녀와 딸 그리고 큰 사위가 500여 미터 거리에 살고 있다.

도심지 재개발 때문에 우리 집 부근으로 왔는데, 아내가 여러 가지를 생각하고 사위를 설득해 가까운 거리에 와서 살게 되었다. 그래서 나는 즐거운데 아내가 다시 걱정거리를 만들었다고 좋아하는 나에게 철부지 어린아이 취급을 한다.

4학년 데보라와 2학년 모니카 두 손녀는 성격이 다르다. 하지만 모두 하는 짓마다 마치 철따라 피는 꽃처럼 예쁘고 귀엽다.

큰 손녀는 계절별로 학교에서 뭔가 만들어 와 우리 집에 놓아두고 소리 소문 없이 가버린다. 이번에도 솜씨 좋게 만든 부채를 선물로 받았다.

둘째 손녀는 강아지 '까미'를 친구처럼 동생처럼 대하며 스킨십 또한 대단하다. 며칠 전 장맛비가 쏟아지는 늦은 밤에 나의 딸이 말썽 피운다며 그 강아지를 안고 우리 집으로 왔다. 며칠만 강아지를 보관해 달라는 것이었다.

마지못해 수락은 했으나 다음날 아침부터 강아지가 새 주인인 우리에게 신고식처럼 꼬리치며 아침인사를 했다.

그런데 내가 강아지 당번이 될까 봐 걱정했는데 그와는 정반대다. 딸과 손녀들이 매일 우리 집에 와서 강아지 사료도 주고 함께 놀아준다. 그리고 나와 눈을 마주보고 웃는 얼굴에서도 행복의 느낌이 있는 이야기를 할 수 있다.

물론 방학이라지만 나에겐 큰 설렘이다. 쫓기다시피 내밀린 강아지는 이제 서로를 그리워했던 가족 모두에게 설렘의 공감을 선물로 주었다.

"싹쑥이 서진 모니카야! 까미 강아지를 보냈다고 울었니?"

그래서 할아버지도 집에 일찍 들어왔단다.

욕심과 호기심

2013년 7월 6일

　3일간의 남해안 요트 '세일링'을 마치고 와보니 텃밭에 잡초가 많이 자랐다. 고추대가 몇 개 넘어지고, 미운 잡초는 뽑아도 밟아도 왜 이리 잘 자라는지!

　그제는 비가 많이 내려서 어제는 밭에 물을 줄 필요가 없었다.

　오늘은 집안청소 후 '마눌님'이 "담 주 화요일에나 비가 온다니 밭에 물을 듬뿍 주고 산에 가세요!" 하면서 추가 작업 지시가 떨어졌다.

　마당에 심어놓은 많던 방울토마토는 하나도 남지 않아 주변을 보니 못난이 화분에 덜 익은 토마토가 쓰레기처럼 담겨 있었다.

　어찌된 영문인지 '데레사'에게 물어 보니 '현구'가 다 따냈고, 지어미는 보면서 웃고 있었다는 것이다. 15개월 된 녀석이 방울을 여섯 개씩이나 움켜쥐고 따더라는 말을 듣고 나도 나무랄 수가 없었다.

　손바닥만한 밭에 심는 콩, 고추, 상추, 그리고 웃집 형님이 내어준 고구마 밭을 보면서 농부는 역시 하늘에서 주신 착한 직업이구나 하고 생각한다. 어느 때는 '물 값도 안 나온다'는 계산도 해 본다.

　지난주에는 큰 손녀가 보고 싶어서 옆집에 잘 익은 살구를 예약해 놓고 만났는데, 윗집 할머니께서도 노란 살구를 우리에게 주면서 어떤 마음으로 주실까 하고 생각해 보았다.

　아이들은 호기심으로(-_-) 따고 싶어 하고, 어른들은 욕심으로 가지고 싶어 하는 것 같다.

　♥ 예쁜 개구쟁이, ㅎ

하루의 단상

/////////////////////////////

2013년 6월 19일

    아침이 밝았다. 어제 내린 비가 마른 땅을 적셔 주었고, 마당에 피었던 수국이 땅에 떨어지기 전 분홍빛 꽃잎으로 몇몇 남았다가 지금은 모두 떨어져 장독대 위에 그리고 화단의 상추 잎 사이로 쌓인다. 아침 인사라도 하듯 흰 나비가 수국의 잎 사이로 교변하며 춤사위를 보여준다.

    오늘은 일찍 서둘러 지하철을 탔다. 송내에 가서 친구가 입원해 있는 병원을 방문하고, 오후에 또 볼일이 있다.

    아침부터 더위와 싸운 후 수많은 서울의 나그네들, 아가씨, 학생 등을 피하고 부비며 양보하다가 밖을 보니 어느새 창밖은 희뿌연 안개 속에 켜켜이 놓인 한강의 다리를 지나고 있었다. 바라보자니 그 나름대로 장관이다.

    "낼 아침 송내역서 만나세!" 하던 친구의 목소리가 정겹게 느껴졌던 그 기분으로 또 다른 친구와 함께 송내역에서 만나기로 했다.

    지하철 자리에서 스마트폰을 그대로 들고 일어서며 출구 쪽에 서서 내릴 준비와 함께 미처 끝내지 못한 글을 마무리했다.

    아니 벌써, "이번 역은 송내, 송내역입니다"라는 방송 멘트가 들린다. 개찰구로 나가기 전 홈 출구 쪽에 기대어 친구 만날 준비를 한다.

    내가 내 자신을 보니 마치 불량청소년 같았다. 왜냐하면 주변을 아랑곳하지 않고 기기에 매달려 사는 사람으로 보인 탓이다.

    다시 카톡으로 문자를 넣는다.

    "친구야 어디쯤이야? 나 지금 도착 했네~"라고 완성해서 친구에게 보냈다.

    열심히 사랑하세요! 그리고 행복한 하루를 연출해 보세요.

길이 미끄럽다

////////////////////////////////////

2012년 12월 21일

오늘은 함박눈이 많이 내린다.

손녀 '데보라'와 새벽 미사를 다녀왔다. 딸이 재개발 관계로 우리 집 부근으로 이사 와 나는 아주 기쁘다. 그런데 아내 데레사는 일이 더 늘어났다며 그렇지도 않은 모양이다.

미사가 끝나고 '데보라'는 "성당에서 어떤(?) 할아버지가 선물했다"며 "밀크캔디 한 박스를 받았다"고 얼굴이 활짝 피었다.

우리는 가족이 모두 가톨릭 신앙인으로 산다. 세상을 살면서 우리는 어려움을 겪게 된다. 그리고 걱정을 하며 산다. 그런데 신앙인은 항상 감사하며 살지만 미리 그러니까, 하루와 한 주를 그리고 한 해의 시작을 위한 기도를 올린다.

오늘 아침 성당에서 제1독서는 아가서(2,10~14)였다.

아니, 둘째딸 결혼 청첩장에 올렸던 아주 감미로운 '노래 중의 노래'였다.

나의 어머니가 그러했고 나의 아내가 그랬다. 그리고 내가 손자와 딸과 사위를 위한 기도를 한다.

그리고 잔소리 같은 카톡을 자주 한다. 오늘은 바깥 날씨가 춥다. 그리고 '길이 미끄럽다!'. 사랑한다.

스마트 카카오

피항
//////////

2013년 7월 4일

통영에서 요트 'Horom'을 타고 저녁 6시 30분에 출발해 '김포 마리나'로 향합니다. 지금은 야간 운항(night sailing) 중입니다.

I am sailing~.

I am sailing to be near you.

Can you hear me, to be near you.

To be free.

Oh Lord!

7월 1일부터 통영에서 시작한 요트항해(Yacht sailing)에는 일본인 셋과 나를 포함한 우리 한국인 셋이 승선했고, 완도에서 3일차에 닻을 내렸다.

요트를 타고 느낀 것이 많다. 우선 준비 단계부터 배우자를 고르듯 요트를 선택하는 방법이 있다. 또 작지만 작은 공동체에서 활동의 예(禮), 그리고 캡틴의 건전한 정보와 경험이 승선한 팀원들과 함께 만드는 미약한 인간의 목적지에 닻을 묶는 일이었다.

이번 'Yaching'에서 알아낸 것이 있어 감사하다. 인간의 모든 계획이 결국은 자기 자신에 달려 있는 것 같다. 하지만 대자연의 주인 앞에서 작은 인간의 생각은 "희망을 절대적 분모로 하여 시련을 나누어, 꿈으로 얻어내는 것이다"는 경험을 마음에 새겼다.

스마트 카카오

꽃을 싫어하세요?

//

2013년 6월 15일

"꽃을 싫어하세요?"
아내에게 물었다.
"네, 싫어요!"
아내가 대답했다.
내가 원했던 대답이 아니었기에 이상하다는 생각이 들었다.

어제 저녁식사를 손자들과 함께 밖에서 외식으로 했다. 헤어진 후 집에 와 보니 내 가방에 넣어놓은 예쁜 '현구'의 신발을 보고 내가 잘못 가져온 걸 알았다. 그 작은 신발이 손자만큼이나 귀엽다는 느낌이 들었다.

돌려주기 전에 사진으로 남기고 싶어 사진을 찍고 보니 의미가 없어 보였다. 그래서 마당의 화단에서 꽃핀 난초와 뒤란에서 뜯은 애기똥풀을 뜯어와 사진 연출을 했다.

그리고 사진을 찍고 난 후 그 꽃을 물병에 꼽아서 아내에게 건네줄 때 내가 묻던 말이 바로 그 말이었다.

얼마 후 시간이 흐른 후 아내에게 다시 물었다. 왜 싫으냐고. 그랬더니 하는 말이 "꽃 싫어하는 사람이 어디 있느냐"며 말을 이었다. "사실 꽃을 꺾는 것이 미안하고, 두 번째는 시들고 또 버릴 때도 안타깝다"는 것이다.

큰 손녀도 언젠가 똑같은 말을 한 적이 있다.

그리고 이 신발 사진을 찍으며 또 느낀 것이 있다. 아이들 키워가며 열심히 사는 두 딸들이 자랑스럽다.

사랑으로 꽃피고 미소로 반기며, 그림과 글쓰기 등 할머니 할아버지를 즐겁게 하는 손자들은 하늘에서 우리에게 내려주신 예쁜 천사(♡)다.

풍문으로 들었소

///

2013년 5월 28일

우리는 과거의 변화 주기에 비해 빠른 '욕구의 가치변화 시대'에 살고 있다. 소비대상이 지불 가치가 있는 사업이라면, 항시 마음을 움직이는 기술을 연구해 왔다.

그리고 정보화 시대에 개개인의 상식들이 자존심을 강하게 하는 결과를 초래했다고 본다.

흔히 소문이라고 하는 것을 학자들이 연구해서 각종 서비스산업에 활용해 왔다. 좋은 소문은 3일 동안 300명에게 퍼져 나가며, 나쁜 소문은 그보다 더 빨리 더 많이 전파된다는 것이다. 이 이론은 과거 방식이다.

요즘 L 회사 서비스 담당의 전화 응대녹음 파일이 화제를 일으키고 있다. 내용을 들어보면 꾸민 것 같은 느낌도 있지만, 참 대단하다는 감동을 받았다.

우리는 흔하게 전화를 받는 일이 아무렇지 않아 보이지만 벨소리가 3번 이상이면 짜증이 난다. 벨소리 간격이 3초이니 소비자 입장은 당연히 불편한 느낌을 가진다.

결국 상대 입장에서 생각하는 감성적 서비스 마음가짐이야말로, 소비자를 충성(Loyalty) 고객으로 이끈다.

돌잔치

//////////////

2013년 3월 4일

손자의 첫돌 잔치를 지난주에 했다.

탈 없이 잘 자라서 고맙고 행복하다. 요즘은 젊은이들이 결혼하기가 많이 힘들어하는데 우리 아이들은 혼기에 출가해 고맙고, 또 천사 같은 손자손녀들을 가족선물로 보답해 주니 더 바랄 게 없다.

둘째가 고등학교에 다닐 때 IMF를 당했고 나와 데레사는 새로운 도전 아닌 생계형 직업으로 나섰던 기억이 평생 얘깃거리로 남아 있다.

그때 '안나'가 학교에서 쓴 편지가 지금도 떠오른다. '엄마아빠 고맙습니다'라는 내용이 맘에 사무친다. 우리 곁에 함께 살아줘서 행복하다는, 그 편지 내용을 읽고 보니 반 친구들의 주변에 결손가정이 너무 많다는 것이었다.

어리다고 생각했는데 오히려 속 깊은 마음을 가지고 있었다.

잘 해주지도 못했는데 오히려 우리 부모의 마음을 더 이해했다.

그 아이가 지금 돌잔치를 한 손자의 어미다. 둘을 키우느라 고생이 많다. 불평 하나 없이.

그리고 사랑한다. 정 서방도 참 고맙다.

너희 가족을 위해 기도한다.♥

손자의 첫 작품

2013년 7월 20일

얼마 전 집에 와보니 침대 옆 창호지로 발라놓은 나무창살 문이 많이 찢겨져 있었다. "이게 찢어졌네!"라고 하니 데레사가 하는 말이 걸작이다. "현구의 첫 작품입니다!"라면서 웃고 있었다.

손자 녀석의 손과 발은 두툼해서 큰 왕손에 왕발이다. 웃는 얼굴은 주변사람과 유아원 선생님에게도 감동을 준다고 한다.

요즘 젊은이들은 옛날 우리들에 비해 더 고생을 많이 하는 것 같다. 아이들 양육, 또 교육에 필요한 비용과 정성이 이만저만 아니다. 가정의 생활비며 평생직장 문제의 어려움까지 있다. 부모에게 효도하는 일은 말 같이 쉽지가 않을 것이다.

그래서 어느 신부님 강론에 "효도받기를 기대하지 마라! 자녀가 어려서 부모에게 보여준 천사 같은 미소 하나로도 이미 다 갚았다"는 것이다.

우리에게 자녀는 하늘에서 내려준 고귀한 선물이다. 그 선물은 잠시 맡겨 두었기 때문에 잘 보관했다가 다시 돌려보내는 것이다. 신의 선물인 셈이다. 몽골의 속담에 "어머니의 신은 아기이다"라는 얘기가 있다.

또 생각해 보았다. 어머니의 일은 대부분 아버지의 하는 일에 비해 행복을 만드는 일이다. 밥을 짓고 반찬을 만들고 세탁을 하고 집안의 잡일 모두가 그렇다.

요즘 광고 카피에 "아니다 괜찮테도~"라는 말이 유행이듯, 집에 놀러온 아이들이 집안을 놀이터로 만들어서 우리도 "손자 녀석들 언제 가냐?"라고 하지만 열흘만 못 보면 또 보고 싶어진다. 사실이다.

"현구야, 언제 올 거니?"

화단에 심은 방울토마토가 또 빨갛게 익었구나!

제2장 글로벌 호스피탤리티

📍 글로벌 호스피탤리티

한복이 상품인가

2011년 4월 21일 | 경향신문

　요즈음 한복이 천대받았다며 앞 다퉈 언론 매체들은 물고기가 물을 만난 듯하다. 그래서 그들에게 묻고 싶다. 1년에 한복을 몇 번이나 입고 있는지? 아마 착용할 일이 특별히 없다고 말할 것이다.

　이번 한국 방문의 해는 유별나게도 2012년까지 3년간 지속된다. G20 때에 홍보대사들이 캠페인 중 한복을 입지 않고 양장과 양복 차림을 한 모델들을 보았다. 더군다나 제주 중문에 26실의 한국전통호텔이 하나 있는데, 이곳을 소개하거나 안내해 주는 사람도 없다.

　지금의 몇 가지 현상들에 관해 지적하고자 한다. 작년 한 해는 과거의 기대와 소문만 무성했던 88올림픽이나 월드컵 기간보다 관광객이 호황이었다. 다양한 외래 관광객 수만큼이나 많은 욕구와 호기심을 채웠던 공통분모는 문화상품 콘텐츠였다.

　한류는 우리 특유의 한식, 복식, 전통가옥, 그리고 그 안에 우리가 지구인의 호기심에 디지털화된 실시간의 혁명이 이루어낸 현상일 것이다.

　서울의 예를 들어보자. 외래 관광객들은 강남의 호텔을 원하지 않는다. 강북에서 한국과 서울, 그리고 한류를 체험한 후 그 그림을 담아 그들의 집으로 간다.

　"문화가 없는 곳에는 돈이 없다."

　이번 특등급 호텔 한복 사건은 외국인 관광객이 그토록 보고 싶었던 한복을 여러 곳에서 보여줄 기회가 될 듯하다. 그러나 잠시뿐일 것이다. 한식, 한복, 전통가옥은 가치성은 뛰어나지만 기업하는 사람들은 비생산적인 현실을 종업원들과 함께 공감한다. 그래서 비관적인 전망을 해본다.

한옥에 살면서 불편함을 양옥에서 편리함을 찾듯이, 한식 역시 맛·멋·건강에 최상이지만 식기의 처리·이용·보관에 비효율성이 장애다. 한복 또한 아름다움이나 전통 상품성이 뛰어나지만 처리 · 관리 · 착용 면에서 더 큰 문제를 간과하면 안 된다. 앞으로 개선해 가는 특단의 연구를 필요로 한다.

한복의 비효율은 개인이나 호텔 영업에서도 비용 증가 등 비생산성으로 기업의 적자로 이어진다. 큰 식당에서는 한식 식기를 기계로 자동 세척한다. 그럼에도 불편과 관리의 비능률로 도자기 그릇이 아닌 멜라닌 식기를 사용하는 부끄러운 식사문화로 이어지고 있다.

시대의 변천은 도시화 과정에 면적대비 인구밀집 현상에서 다량생산이 경쟁에서 살아가는 방법이 되므로 전통을 지키는 일은 큰 불편을 수반한다.

한복 문제도 그렇다. 평상시 자주 입으려면 매일 다린 한복으로 바꿔 입어야 한다. 또 구입에서부터 드라이클리닝 관리 등 상대적으로 고비용을 감수해야 한다. 양장이나 양복은 회사에 따라 유지보수 기술이 조형 틀을 사용하는 등 능률적으로 개발돼 있다. 또한 쉽고 편리하게 착용할 수 있다.

하지만 불편함을 감수하고 외국인과 관련 있는 사업체와 기관단체에서부터 앞장서 한복 입기를 모범적으로 보여줘야 한다. 세계인의 시선을 감동으로 이어지도록 상징적인 캠페인을 해야 할 시기라 생각한다.

우선 공항과 관광안내, 호텔 프런트, 대형빌딩 고궁의 안내원 등에게 한복을 유니폼으로 하고 국경일·공휴일에 고궁의 무료입장제도를 만들어 보자. 규정과 권장을 조화롭게 이어갔으면 한다.

독특한 우리의 문화가치가 결국 국가이익에 보탬이 되는 데 남과 같이 쉬운 길을 택하면 우리의 상품은 머지않아 매력을 잃고 한류도 가치를 잃어갈 것이다.

어린 시절 동네 입구의 찔레꽃나무에 청색·붉은색 천을 매달아놓은 샤머니즘도 한 시골 풍경이었다. 그러나 지금은 시베리아에만 남아 그곳의 상징이 되었고 우리는 어느 곳에서도 볼 수 없다. 관광객의 호기심은 항상 새롭지만 전통문화에 거는 기대는 변화를 원하지 않는다.

글로벌 호스피탤리티

LCC(저비용항공)와 메가트렌드

2011년 8월 29일 | 여행신문

"우리가 먼저 하늘을 열어야 한다. 문턱을 낮추면 먼 곳에서 사람이 많이 들어오고 이익이 함께 따라올 것이다."

최근 저비용 항공이 관광업에 미치는 파장이 적지 않다. 우리나라의 '풀 서비스' 항공사는 2개다. 그리고 2006년부터 저비용 항공사(Low cost carrier)가 출범해 제주항공, 진에어, 에어부산, 이스타항공, 티웨이항공 5개 회사가 국내선 영업을 하고 있다.

저가의 항공료는 주로 지방공항을 사용해 공항 사용료를 낮추고 발착시간 단축, 다빈도 단거리운항, 기종 단일화, 최소의 승무원 등으로 비용을 줄인다. 또 기내 식음료와 신문, 잡지 등을 간소화·유료화하고 좌석도 이코노미급만 운영하고 있다.

지난 2010년 한 해 동안 저비용 항공은 제주 노선 기준 매주 503회, 김포-김해 노선 주 15회로 총 700만 명 이상의 탑승을 기록해 국내선 분담률도 40%에 달한다. 일본, 태국, 괌, 말레이시아 등 국제노선에도 진출했다.

세계항공학회(ATRS) 통계에 따르면, 말레이시아의 세계적인 LCC 항공사인 '에어아시아'는 2002년 전직 은행원 출신이 3대의 항공기로 'Now everyone can fly'라는 슬로건을 걸고 시작해 지금은 110대의 항공기를 보유할 만큼 무섭게 성장했다. 말레이시아항공(MH)마저 앞지른 '에어아시아 현상'을 우리는 주목해야 한다.

지역별 저비용 항공사의 점유율을 보면 인도를 제외한 아시아 지역이 가장 낮은 15%, 유럽은 30%, 북아메리카는 40%이다. 미국은 대표적인 LCC인 사우스웨스트항공이 최대 규모의 풀 서비스 항공사인 아메리칸항공의 국내선 점유율을 이미 앞질렀다. 인도는 시장 점유율이 무려 75%에 달한다.

최근 외국인들과 함께 남이섬에서 개최된 행사에 참가했다. 배를 타고 가는데 갑판에는 만국기가 펄럭이고, 뱃머리 앞에는 큰 태극기와 또 하나의 국기가 꽂혀 있었다. 그리고 알 수 없는 언어로 안내방송을 하고 있어 승무원에게 물어보니 지금 방송하는 언어는 태국어이며 태극기와 나란히 걸린 국기 또한 태국 국기란다.

그 이유는 태국의 유명한 영화가 남이섬에서 촬영됐으며, 남이섬 방문객 1위는 단연 태국인이란다. 일본은 어떠냐고 물으니 최근에는 많이 줄었고 태국, 중국계(중국·대만·홍콩), 말레이시아, 인도네시아 사람들이 온다고 한다. 우리

요트 세일링 중인 필자.

가 통계를 내기도 전에 시장이 급변한 것이다. 일본인들은 3박4일에서 2박3일로 한국을 여행하는 형태가 보편화돼 있다고 한다.

LCC가 주도하는 새로운 여행 트렌드, 짧고 저렴한 한국여행을 선호하는 외국인들의 변화에 주목해야 한다. 금년 말이면 우리나라를 찾을 관광객은 1천만 명을 초과할 것으로 예상된다. 중국은 지난해 5천만 명이 넘는 관광객이 해외여행을 했고, 10년간 평균 아웃바운드 관광객이 18.6%씩 성장해 2020년에는 1억 명을 넘어 세계 제1의 관광대국으로 진입할 전망이다.

이제는 앉아서 기다리던 생각을 벗어던지고 수도권을 제외한 지방공항을 일방적 항공 자유화(Unilateral Open Skies)로 해야 한다. 그리고 동아시아의 모든 나라가 항공 자유화(Open Skies)를 위한 '오픈스카이 협정' 체결에 주저해서는 안 될 것이다.

이렇게 되면, 적자를 면치 못하고 있는 우리 지방공항이 활성화되고 더 많은 수요의 국내외 중산층 관광객을 유치할 수 있다. 우리가 먼저 하늘을 열어야 한다. 문턱을 낮추면 먼 곳에서 사람이 많이 들어오고 이익이 함께 따라올 것이다.

글로벌 호스피탤리티
(Global Hospitality)

나는 하나이지만 모든 것은 나에게로 하나인 것처럼 보여질 수 있다. 유목민 시대에는 개개인의 이름이 없었고 그 부족 이름 정도만 있었다고 한다.

10여 년 전 힌두교 섬을 여행하던 중 현지인 안내원에게 이름이 뭐냐고 물었더니 아예 없다고 답했다. 그 다음날 우리 일행이 그 안내원에게 다시 이름을 물었는데 자기 이름을 말했다. 그래서 내가 또 물었다. 어제는 이름이 없다고 했는데 그게 무슨 말이냐? 그랬더니 여자 남자 막론하고 첫째, 둘째, 셋째 그 순서 자체를 이름으로 사용한다고 대답했다.

우리도 조선시대까지는 이름이 없는 계층이 있었던 모양이다. 언년이, 이남이, 개똥이 등 하찮은 이런 호칭은 이름이 아니었다.

인간에게 이름은 인격이며 자존이다. 그래서 사람들은 자기 이름 하나 때문에 스스로 저울에 달아보듯 명예를 지키고, 자손이나 후대에 이름을 오래 기억하도록 노력을 기울인다.

18세기 중반 시작한 산업혁명으로 농촌의 젊은이들이 도시 공장으로 몰려오면서 대량생산에 따른 부가 편중되고 지배자와 근로자로 나누어졌다. 사회주의와 협동조합도 이때 만들어졌다.

규모가 커지며 쉬지 않고 생산하는 공장에서는 차별화된 직책과 임금이 형성됐다. 또 그곳에서 은행이 필요하고 유니폼도 도입됐다. 또 책임성이 필요한 곳에서는 명찰도 착용했다. 모두 하나의 목적으로 능률을 올리고 조직을 장악

하려 했던 수단들이 생겨났다.

그 중 한 단계인 상호협동 과정으로 생산성을 높였다. 그렇다면 협동 (Cooperation)이란 무엇인지 쉽게 풀어보자. 한마디로 목수가 집지을 때 혼자서 기둥을 세울 수 없어 두 사람이 힘을 합쳐 기둥 사이에 대들보를 올리는 것과 같다.

그러나 집의 골격은 세워졌지만 벽돌공이 벽체를 쌓고 수도, 전기공사를 적절히 할 수 있도록 배려해야 한다. 그것이 바로 협업조정(Coordination)이다. 하지만 집들이 늘어나고 마당, 놀이터, 동네의 학교, 또한 교회를 지어놓았지만 다른 곳에 경쟁자가 생겨나고 수요자의 욕구가 다변화된다.

그 뒤 생각해낸 것은 상품과 브랜드간의 공동작업, 전략제휴, 합작투자, 협력 마케팅으로 감성과 기능의 혜택을 합친 상호보완을 넘어 이업종끼리 화학적융합으로 나가는 콜라보레이션(Collaboration)으로 발전해 왔다.

예컨대 '나이키(Nike)'와 '아이팟 나노(ipod Nano)'가 나이키 운동화 라인 중 플러스(+) 시리즈를 신고 '아이팟 나노'를 접목하면 송신기와 수신기를 장착한다. 그리고 각각의 기능적 장점을 부착해 운동시간과 거리, 칼로리 소모량을 알고 운동 후 데이터가 사이트에 기록되고 일정기간 운동량을 알 수 있다. 이는 경계를 넘어 한 사람의 트레이너 역할까지 창출해 낸다.

우리나라에서도 삼성과 LG가 수년 전 어느 한 품목에 시도한 적이 있다. 그리고 서울에도 다른 국적의 체인 특급호텔간 상품을 공동 마케팅하고, 또 의료관광 상품 기획과 공동판매를 한 적이 있다.

인류역사에서 말과 글 중 가장 많이 쓰인 단어는 '사랑'보다는 '감사하다'는 말과 글, 얼굴 또는 손 표정일 것이다. 모든 언어가 첫인사와 해어질 때 끝인사는 의미가 있다. 그러나 감사에는 의미가 없는 대신 세상의 누구에게 또는 어떻게 라고 앞이나 뒤에 그 정도를 덧붙여 쓴다.

비즈니스 용어나 경영자가 혹은 개인이 아닌 공문서에서 감사의 인사는 산업 혁명초기에는 'Thank you for cooperation'이었고 20세기부터는 'Thank you for coordination'이라고 했다. 그러나 지금은 어떠한가? 'Thank you for collaboration'이라고 '콜라보레이션'이란 말씨로 답례해야 할 것이다.

한국인에게 2002년 역사적인 감동을 준 히딩크 감독에게 우리가 감사한 것은 그를 감독이기 전에 전략가 언어의 마술사·체육과학자 등의 여러 가지, 즉 축구를 뛰어넘는 인간애 등이 마치 하나인 것처럼 보이는 것에 감사했던 일이다.

외국에서 우리나라에 국빈이 오면 며칠을 머무르며 현안을 해결하기 위해 우리나라의 총리, 외교통상, 서울시장, 그리고 국가원수를 만난다. 그리고 그 자리에는 관계자와 함께 선물을 주고받으며 식사와 여흥을 베푼다. 특등급 호텔과 영빈관 등 베푸는 사람과 장소가 다르지만 그 귀빈의 기호와 성격을 감안해서 메뉴·장식·색상까지도 중복되지 않게 서로 협력해 연출한다.

21세기는 '하이터치 산업'(High touch industry) 시대이다. 그 중심에는 감성의 생산자인 인간이 있다. 우리의 동방예의지국을 뛰어넘는 '글로벌 호스피텔리티'를 요구하는 조류가 밀물처럼 들어온다.

다양한 욕구의 21세기 유목민이 경계를 넘어 융합된 '콜라보레이션' 그 이상을 지향하는 평안(Global Hospitality)함의 기술을 향유하기 위해 소비자로 온다. 생산자인 우리는 어떻게 준비해야 하는가?

「호스피탤리티 경영」을 읽고

2010년 12월 12일

흔히 세상이 변한다고 얘기를 하는데 이는 "시장환경이 거침없이 바뀌는 것이다"고 말할 수 있다. 우리 관광업계는 철도 역사와 함께 철도호텔이 시작한 지 100년이 지났고, 또한 관련 학문이 발전됐다.

한국의 관광산업은 초기 일본의 영향을 받았고, 다음은 미국계 체인호텔의 자체 매뉴얼과 국내외 호텔 관련학교에서 혼용한 이론으로 발전했다. 그 내용과 이론은 어찌 표현하면 짜깁기 식이었다.

20여 년 전 서양의 미래학자가 동양의 유교정신을 바탕으로 한 마케팅이 성공하는 시대가 올 것을 예견한 적이 있다. 물론 개인적으로 H대학 S교수의 이론 외에는 이렇다 할 교재가 없었다.

마음을 움직이는 기술과 우리가 지나친 사례를 정리한 책을 소개할까 한다. 주제는 'High touch business'이다.

금년 초 몽골 호텔협회의 초청으로 강의 부탁을 받고 먼저 K문고에 가서 단숨에 많은 책들을 훑어보고 눈에 들어오는 것이 하나 있었다. 그것은 이상만 저자의 『호스피탤리티 경영(Hospitality management)』으로 그 책을 구입해 빠져들 듯 읽고 지금 시대에 맞아떨어진 '교과서 같은 책'이라는 생각을 했다.

마케팅의 도입기에 호텔에서는 "상품을 팔지 말고 분위기를 팔아라"였는데, 지금은 분위기보다 마음을 사로잡는 "감동을 팔아라"로 변했다. 지난해 대만정부의 타이완 방문의 해에 쓴 카피는 "당신의 마음을 감동시키겠다(Touch your heart!)"였다.

지금까지는 우리 소비자인 동양인의 소비심리에 관심이 없었고 아메리칸 표준의 이론만 모방해오던 것을 탈피한 점이 돋보인다. 결국 우리에게도 이러한 탁월한 유전자가 있었다는 환대정신을, 아주 쉬운 표현으로 우리를 감동시키는 책이다. '소비자의 마음을 훔치는' 제5차 산업으로 주창할 정도의 신들린 듯 신바람 나는 신기한 이론이다.

흔히 마케팅 실무의 대부분은 전술, 전략 이론에 바탕을 둔다. 칭기즈칸이 800년 전 5천명도 안 되는 기마병으로 당시에 가장 강했던 아랍 등 지구의 1/3을 점령할 때에도 많은 전략과 사후 지략이 있었다. 그 중 한 가지로 어떤 민족이든 가장 예민한 그 나라 종교를 모두 인정했다고 한다.

결국 "한 나라를 정복하려면 먼저 그 나라 사람의 마음을 사로잡아야 한다!"였다. 그리고 점령국에서 자연을 훼손하는 자기 부하를 처벌했다고 한다. 예를 들면 강물에 오줌을 싸고, 빨래를 하거나 양치질하는 자를 용서하지 않았다.

이 책에서는 외국의 사례보다 국내의 모범사례나 '세종대왕의 호스피탤리

원나라 수도 카라코럼에서 아내와 함께.

티 화법' 등을 기술한 점이 흥미롭다. 마치 신하를 최고의 고객처럼 다스렸고, 임금도 신하의 입장에서 사랑으로 한 번 더 고민하고 답변한 사례도 적고 있다. 뿌리 있는 학자정신으로 마음을 움직여 지혜를 더한 경험으로 마무리한 감성의 지도자였다.

관광 관련 환대산업 교재 중 이보다 더 이상 훌륭한 책은 없을 것이다. 저자는 존경받는 공직자였으며, 최고의 지도자와 경험자로 아직도 현직에 있어 다행한 일이다. 국가 홍보위원으로 인정받아 책임에 충실하다.

처음 마케팅을 공부할 때는 모든 것이 그쪽으로 관련지어 소비자의 입장을 우선했다. 지금은 소비자의 숭고한 정신을 사로잡아야 모든 일과 목표를 성취할 수 있다.

이 책은 소비자에게 감격에 이르고 평생 충성고객으로 그 이상 관계에 이르게 하는 것을 진리처럼 가르치고 있다. 서비스 관련 모든 이들의 필독서로 남을 것이다. 그리고 꼭 좋은 사람에게 추천하고 싶은 책이다.

글로벌 호스피탤리티

한국관광의 미래

2012년 9월 24일 | 대통령인수위

요즘 서울의 지하철이나 명동, 종로, 강남의 거리에서 무서울 만큼 외국인 관광객이 넘쳐난다. 우리는 그 원인을 알 수 없다. 그러나 관광객인 그들은 잘 안다.

그들의 관광 욕구가 한국으로 발길을 돌리는 행동까지는 몇 가지 관광시장 환경요인이 작용했고, 기대 욕구가 머릿속에 이미 그려졌기 때문이다.

우리 공급자들이 해야 할 일은 꾸준히 자원을 개발하고 보존하며 주변 편의시설을 마련해야 한다. 10년을 투자하면 20년 동안 관광객에게 상품이 되어 돌아온다.

제주와 경주를 지켜보면 알 수 있다. 우리는 제주에서 볼 수 있는 야자나무가 기후조건이 맞아 자생하는 것으로 알고 있지만, 40여 년 전에 인위적으로 가꾼 것이다.

한국의 대표 관광지인 경주도 단지를 조성하고 각종 기금을 마련해 관련 학교를 세우고 유명한 호텔들을 지어놓았다. 초기에는 수요자를 찾지 못해 결국 정부가 아닌 호텔의 공급자들이 '허니문 열차'를 띄우고 외국의 작가를 초빙했다. 체인 호텔의 해외홍보 등 공격적 마케팅으로 한국의 손꼽히는 관광지 고도(古都)로 자리매김했다. 그 시기는 관광 상품의 경쟁시대로 역사에 기록될 만하다.

전문가들은 요즘 현상을 향후 10년 정도 외래 관광객 특수를 예측하고 있다. 그렇다면 지금부터 다시 10년간 미래를 위한 관광시설상품과 인프라에 투자하는 것이 바람직하다.

통계적으로 보면 내방객들의 체류 기간이 늘어나지 않고 오히려 줄어드는 현상을 보면서 관광객의 시류보다 우리의 노력 부족이 여러 곳에서 드러났다. 현대인들은 알뜰한 여행 계획안에서도 시간을 나눠 많은 경험을 기대한다. 그렇다면 반나절 만에 덤으로 경험을 채울 만한 것은 풍경과 테마파크 등 추억거리가 도움이 될 것이다.

대부분의 관광객이 서울에서만 일정을 가지다 보니 짧은 스케줄에 적은 비용을 쓸 수밖에 없다. 이들을 적극적으로 경기도와 강원도, 남쪽의 한려수도와 다도해까지 연계해 체류 기간을 늘이는 것이다.

우선 서울역에서 역사의 섬 강화도까지 자기부상열차로 20분에 도착할 수 있도록 투자하자. 그리고 대한민국의 자랑인 한강변을 따라 설악의 정취를 느끼는 속초까지 이어지는 아름다운 CKR(Cross Korean-peninsular Rail) 라인을, 그리고 통일이후 대륙으로 이어질 TSR과 연계할 미래의 한반도 관광벨트를 크게 단계적으로 만들자.

나는 모스크바에서 바이칼과 우수리 강을 경유해 블라디보스토크까지 가는 TSR과 울란우데에서 몽골 수도를 통과해 고비사막을 넘는 TMR을 이용해 북경까지 여행한 경험이 있다.

유럽의 관광객들은 모스크바에서 쉬지 않고 일주일간 달리는 시베리아 횡단열차에서 차창 밖 바이칼 호수를 가슴에 담고 마지막 날 아침에 태평양을 바라보는 블라디보스토크에서 눈을 뜬다.

그들에게 동해안을 보여주며 부산까지 도달할 KTR 여정을 가상해 보자. 대륙에서 온 여행자들에게 눈이 시리도록 아름다운 동해안은 으뜸의 추억여행이 될 것이다.

서울시는 기존 작은 공원에 음수대를 설치해 관광객이 편히 이용하게 해야 한다. 또한 외국인에게 '버스와 지하철 1일 이용권'을 신설하고 지하철 구내 안내지도에 관광호텔, 유스호스텔, 공항버스 승차장을 표기해야 한다. 지방 중소도시도 외국인을 유치하려면 영어, 중국어, 일본어, 안내문 병행 표기도 필수다.

일부 흩어졌거나 밀집해 있는 서울의 김치, 인삼, 떡집, 한복, 드라마 거리 등 특화 거리를 지정하고 주차장을 확보해야 한다. 삼청동로 주변 관공서와 은행연수원 등을 용산으로 이전하고 그곳에 미래의 고객을 위한 유스호스텔을 많이 지어야 한다.

외래 관광객에게 국철, 지하철, KTX를 저렴하게 이용할 'KR 패스'를 만들고, 전국투어 연결 고속버스를 '오픈버스 티켓' 제도로 만들 수도 있다. 북한산 뒤쪽으로 케이블카도 신설해야 한다. 환경단체에서 우려하는 만큼 자연이 훼손되지 않는다.

또한 아날로그에서 디지로그 시대로 줄달음치듯 관광 상품도 빠른 수단에서부터 슬로우 체험상품, 저가 항공노선도 대폭 늘려야 한다. 21세기는 가난한 사람도 여행을 하는 세상이다. 우리가 여행했던 동남아 국가 관광객이 우리에게 손님으로 돌아오는 것을 생각해 보았는가.

상업적으로 비효율적인 한식과 식기, 비합리적인 한복을 원형에 위배되지 않게 개발하고 생산성이 떨어지는 전통호텔을 능률적으로 투자 개발해야 한다. 아직도 국제회의장이나 대규모 국제전시장에 비치된 안내 부스에서 가장 많이 비치되고 빨리 수거해 가는 '땅굴관광' 안내 팸플릿을 보면서, 또 한편으로 인사동의 전통 토산품이 국산이 아닌 것이 현실이다.

더욱 안타까운 것은 대부분 관광객의 필수 코스가 경복궁과 청와대 관람이지만 관광버스 주차장이 없다. 인근 도로변에 주민의 불만과 민원만 발생시킨다.

정부는 굴뚝 없는 산업으로 여타산업보다 외화 가득률과 고용률이 높은 관광산업을 제대로 알아야 한다. 현재 지구의 70억 인구 중 10억의 현대인이 유목민처럼 여행을 한다. 2006년 세계통계를 보면 우리나라 관광객이 외국에서 쓰는 돈은 11위인데, 관광산업 국가경쟁력은 32위이다. 뒷걸음질하는 고속철과 적자만 난다며 역사 개발임대사업에만 주력하는 철도청은 과연 무엇을 하는 곳인가.

기후변화, 조류독감, 에너지난, 경제위기 중에도 꾸준한 지속 성장은 다행스런 일이지만 우리는 지금 방심하면 안 된다.

요즘 한국을 찾는 관광객이 20년 전 배낭을 메고 광화문의 오래된 여관과 강남의 유스호스텔에서 추억을 가져간 청년들이었던 사실을 명심해야 한다.

한국어의 세계화 가능한가

2014년 2월 26일

지난 1월 6일 대통령의 기자회견에서 "통일은 대박이다"란 용어를 놓고 국내외 언론들이 혼란스러워했다. 국민들은 의아해했고, 외국 언론들은 '잭팟(Jackpot)' 또는 '보난자(Bonanza)'로 표현했다.

'대박'이라는 용어가 게임, 오락, 흥행에서 쓰는 말로 자주 듣다가 대통령이 사용해 이상하게 들렸다. 사전에도 있는 말이며, 어느 대학 교수가 쓴 책의 제목에도 있다. 그러나 '잭팟'은 게임장에서, '보난자'는 황금이나 큰돈이 되는 지하자원 등에서 쓰인다.

우리말 한글은 지금 수난시대를 맞고 있다. 젊은이들의 인터넷 채팅에서, 그리고 카톡 언어에서 원칙 없는 편의성과 알 수 없는 글자로 변질돼 가고 있다.

나는 20년 전 중국에 남아 살아계신 이산가족을 한국으로 초청했다. 이모님과 외사촌 형, 여동생이 서울에 도착했다. 이별 후 45년 만에 만난 친척들은 처음 1박2일 동안 회한의 눈물로 지샜다.

여동생은 나에게 서울에 온 느낌 두 가지를 말했다. 우선 거리 간판이 왜 대부분 영어로 됐느냐고 물었다. 또 하나는 서울사람들의 말씨가 곱다는 것이다. 서울에 와서 제일 듣기 좋은 말이 '그래그래'라고 말했다.

그렇다면 우리말은 지금 정보화시대에 걸맞은 표준어를 쓰려고 노력하는지 의문이 간다. 신문·잡지 등에서는 사투리가 쓰이지 않지만 지상파·공중파에서 보여주는 막말과 지나친 사투리를 보면서 그렇게 사투리의 사용빈도가 높아 어찌될까 걱정이 된다.

지금 우리나라는 4개의 한국방송이 한국어·영어로 위성을 통해 전 세계에 방송된다. 공중파에서 울리는 말이 한국의 표준어가 아닌 사투리라면 외국에서 한국어를 배우는 외국인들에게 자막처리를 해줄 것인가? 공영 방송에서부터 예쁜 표준어를 쓰도록 선도해야 한다.

그리고 통일 이후 북한의 말씨는 서울 표준어와 남한에서 쓰는 외래어를 옳은 방법으로 다시 표준화해야 할 것이다. 그러나 제주도 사투리는 음성 언어로 보존 가치가 있다고 본다. 왜냐하면 문화적 가치가 있기 때문이다. 육지 사람들이 제주도 사투리를 알아듣지 못하는 것은 한글, 몽골어, 일본어가 혼합돼 복잡해졌다는 것이다.

얼마 전까지 연길 방송국의 아나운서가 한국의 KBS에 와서 표준어 훈련을 해갔다. 그 결과 강한 북한 성향의 목소리가 많이 부드러워졌다.

이미 800년 전 몽골 고대어에 'ㄱ · ㅁ · ㅅ'을 사용했다. 몽골 21세기 테마파크에 만들어진 기마상.

또 한국교민이 사는 외국에서 한글신문이 발행되고 있다. 지금은 현지 외국인들을 위한 우리 정부의 지원으로 한글학교를 각 나라에 세우고 있다.

우리 한글의 우수성은 여러 가지로 인정하지만 부족한 부분이나 발전시킬 분야는 더 있다. 예를 들면 읽고, 받아쓰고, 글자판을 조합해 진행하는 것은 빠르다. 하지만 문장을 만들거나 띄어 쓰고, 단어의 뜻을 이용한 문장 작법 등은 너무 힘들고 한국문학의 발전에 큰 장벽이 있다.

나는 한글학교와 별도로 한글 연구소를 중국, 러시아, 미국 등에 세우기를 제안해 본다. 내용 면에서 볼 때 외국 언어에 없는 용어가 우리나라에 있는 것도 있지만, 그 반대의 경우도 있다. 예컨대 천사·인어 등은 우리말에 한 가지 뜻밖에 없으나 외국어에는 여성·남성이 따로 있다.

특히 한글에 대한 더 많은 연구를 해야 한다. 무조건 우리 한글이 세종대왕 작품이라고 가르치는 것은 부끄러운 일이 될 수도 있다. 이미 800년 전 몽골 고대어는 'ㄱ, ㅁ, ㅅ'을 사용했다.

지금 인도 북동부지방의 유사 한글에 엄마, 아빠까지 같은 언어를 쓰고 있다. 그런데 무조건 우리 것이 처음이고 최고라는 오류는 우리 문화의 폐쇄성에서 벗어나지 못하고 있는 것을 보여준다. 한글 종주국으로 발돋움해야 할 필요성이 우리에게 있다.

물론 전 세계 비영어권 국가에서 자기나라 글이 없어 컴퓨터 글자판에 영어 알파벳을 빌려다 소리글을 쓰는 것에 비하면 우리는 세종대왕님께 고마워해야 한다. 그러나 먼저 만든 사실은 중요하지 않다. 한글을 지키며 발전시켜야 세계의 언어 중 독창적인 문화를 대변하는 언어로 자리매김할 것이다.

영어사전에 한국어 어원으로 표기된 순수한 한국어는 한글·김치·불고기 등 10여개밖에 안 된다. 이는 과거 1천년 동안, 그리고 유럽의 르네상스 시대 당시 우리의 정체가 미소한 탓이다.

우리의 할 일이 너무 많다. 홍보와 광고, 인식은 하루아침에 이루어지지 않는다. 우리말을 영어식 표현으로 함부로 사용하면 안 되고, 영향력 있는 방송 코미디 프로와 매스컴들이 모범을 보여야 한다.

뉴스에서, 아나운서들과 관계자들이 4년 만에 '이산가족' 상봉 행사를 한다고 나와서 난리법석이다. 그것도 헤어진 사람들의 '다시 만남'이지 이산가족이 주제는 아니다. 외신들은 재회(Reunion)로 표현하고 있다.

지난주는 미국 버지니아 의회 전체회의에서 그들이 쓰는 교과서에 일본해를 동해와 함께 병행하여 쓰기로 확정했고 뉴욕주에서도 법안이 발의됐다고 한다.

지금부터가 중요하다. 과거 일본은 패전 이후 나라를 일으켜 세우기 위해서 허리를 굽혔다. 그래서 그들의 잘못된 과거를 외국인들이 착각으로 인정해준 셈이다.

그러나 나를 비롯한 한국인들이 국내외에서 과연 한국인이 일본보다 모든 부분이 모범적 인정받을 수 있겠는가 하는 것이다. 외국에 진출해서 한국인이 모이면 나쁜 술집이나 만들고, 외교관들은 고급 관용차 번쩍거리며 업무 중 고급 백화점이나 다니면서 교민들에게는 푸대접하고 놀기에만 바쁘다.

몽골에는 일본 관광객은 별로 보이지 않는다. 그러나 일본인들은 일본어와 몽골어로 자국민들에게 안내책자를 지속적으로 만들어 호텔과 문화원에 보급한다.

몇 년 전 컨설팅 관계로 몽골에 오래 머무른 적이 있었다. 그곳에서 야근하는 직원이 오래된 책자를 보기에 무슨 책이냐고 들여다보니 일본어와 몽골어로 된 불교 경전이었다. 그 책 앞머리에 주 몽골 일본대사의 이름이 인쇄돼 있었다.

우리나라에 와서 몽골 근로자들이 벌어가는 돈과 우리가 각 단체별로 도와

주는 예산이 GNP의 상당부분 차지하지만 그들이 보는 한국의 선호도는 일본보다 아래로 조사됐다.

몇 가지 원인을 찾아보니 우리는 1~2년 이내 없어질 우선 보여지는 것에 도움을 주지만 그들은 그들이 가난에서 일어날 인프라에 투자를 해 준다는 것이다. 예를 들어 양모가 많은 그곳에 캐시미어 공장을 지어 기술을 가르쳐줘 지금은 '월드베스트' 상품이 됐다.

21세기를 관광산업시대라고 한다. 나는 그 관광이란 단어와 그 상품에는 문화의 옷이 입혀 있다고 주장한다. 한류가 우리의 문화요, 한복과 한식, 한글도 우리의 문화상품이다. 그 근본에 우리의 얼이, 열린 마음이 있어서 함께 큰 세상으로 이름을 떨칠 것이다.

📍 글로벌 호스피탤리티

택시가 행복해야 서울도 행복해

2014년 1월 19일 ┃ 택시신문

30년 전 앞만 보며 살아가던 시절이 있었다. 당시 국가에서 미처 하지 못했던 복지시설을 한 성직자와 봉사자들의 손발이 한국 최대의 사회복지시설을 운영하고 있었다. 지금도 잘 운영되고 있다.

그곳은 익히 잘 알려진 '꽃동네'이다. 나도 1천 원씩 매월 기부하는 회원이었다. 당시에 나는 이태원에서 직장생활을 하였고, 60명의 회원과 함께 그때 6만원이었던 쌀 한가마 값을 매월 그곳으로 보냈다.

그리고 우리 회원 모두 노동절에 그곳을 방문했다. 우리 일행이 도착하고 마침, 그곳에서 연고가 없이 돌아가신 할아버지를 염습(殮襲)하고 나온다는 오웅진 신부를 만날 수 있었다. 그는 회원인 우리를 환영하면서 고맙다는 말과 함께 이렇게 물었다.

"여러분, 행복이란 무엇입니까!"

우리 일행 중 한 사람이 이렇게 대답했다.

"불행하지 않는 것이요~."

그것도 맞았단다. 지금은 시집간 두 딸들도 함께 갔었다. 그때 유치원에 다녀 너무 어린 나이에 시설을 방문했나 하는 걱정도 했었다. 그리고 사랑을 실천하고 봉사하는 현장에서 배운 그의 행복에 대한 철학 강의를 아직도 기억하고 있다.

"행복해지려면 나의 소중한 것을 내어주어야 하고, 소유욕 때문에 다 줄 수가 없어서 결국 사랑이 이루어지지 못해서 행복할 수 없다'는 사랑의 삼각함수 관계를 아직도 기억하고 있다.

요즘 우리 사회를 보면서 남들이 가는 선진국가로 과연 우리도 갈 수 있을까, 하면서 스스로 부끄러운 일이 너무 많다고 걱정을 해본다.

이기적인 사랑뿐인 세상 때문일까, 아니면 착각일까. 이론적인 사랑만 있고 더 큰 감동을 주지 못하는 교육현장, 더 많이 가지려는 사용자와 근로자, 소득 부분을 세금 낼 수 없다는 종교인, 가시 찔릴까 두려워서 걷지 않는 공무원과 정치인, 피부색이 다르다고 천대하는 가까운 주변 사람들이 바로 우리 자신이다.

나는 요즘 택시와 대중교통이라는 단어를 풀지 못해 혼자서 고민하고 있다. 얼마 전 딸아이와 손자가 함께 택시를 타고 내리며 3천 여원 거리에서 겪었던 너무 큰 아픔을 잊을 수가 없다.

목적지에 도착하자 딸은 뒷좌석에서 자연스럽다는 듯 카드를 카드 단말기에 접촉한 후 손녀를 데리고 뒷좌석에서 내렸다. 그리고 앞좌석의 나는 잔돈을 몇 장 건네고 고맙다는 말과 함께 한참을 서 있었다.

그 이유는 이렇다. 50대 후반쯤으로 보이는 그는 운전해서 자식 가르치느라고 가까운 제주도도 한 번 못 갔다는 것이다. 자기 회사에는 돈 못 벌어온다고 이혼당해 밥을 못 사먹어 결국은 병들어 세상을 등지는 동료들이 많다고 했다. 일해도 할당을 채우지 못하기 일쑤이며, 범칙금 물어내고 사고 나면 사고배상 등 남는 것은 좌절뿐이라는 얘기다. 과연 답이 있을까?

지금은 우리 모두 과정이나 원인을 탓하지 말자. 끝말을 먼저 해볼까 한다. 방법은 많다. 먼저 단계적으로 할 일은 정부에서 일부 구조적인 도움을 주어야 한다. 그리고, 지금 우리 택시 소비자가 해야 할 일을 제안해 본다. 서울시민이 지금부터 해보자. 친절하고 짐을 들어주거나 편안한 느낌이 올 때, 10% 혹은 그 이상의 수고비를 주고 내리자.

서울에서는 택시를 탄 사람들이 웃고 내리는 것을 보기 드물다. 그 연유가 그뿐만 아닐 것이다. 잠깐의 소중한 인연을 당연한 의무 조건으로 생각한 탓이다. 팁은 고객과 승무원의 보험 성격의 지불약속 이행금액이다. 즉 'to insure prompt service'의 약자에서 시작됐다.

지금은 모르겠지만, 예를 들어 택시에 탄 손님이 휴대폰을 택시에 빠뜨리고 내리면 이유를 막론하고 돌려줘야 마땅하다. 하지만 다시 돌려줘 본 운전기사의 경험이 헛수고라는 판단을 내렸기에 결국 주인을 찾지 않는 것이다.

아무리 살기 힘들어도 택시를 탈 때에는 버스요금으로 승차하는 사람은 없을 것이다. 버스의 경우 10분 거리인데 택시를 타면 위반해서라도 5분에 주파해야 한다는 우리의 생각은 왜 그럴까. 오해보다 이해를, 그리고 베풀고 내주는 사랑이 행복한 세상을 만들 수 있다는 생각은 왜 하지 않을까.

어느 날 자격시험을 보러 가는 나의 딸에게 무료로 택시를 태워준 기사님에게 감사의 빚을 지고 있다. 그때 그 마음은 내가 보험금을 내지 않고 보험금을 받은 부당한 행위나 마찬가지다.

나만 행복하면 그것이 과연 행복한 사회일까. 언제쯤 우리의 서울이 행복과 희망의 '서울 스마일'이 가수 싸이의 말 춤처럼, 가장 힘들고 어려운 택시기사들에게 웃음꽃으로 퍼져 나갈까.

글로벌 호스피탤리티

한국의 유스호스텔

2003년 11월 30일 | 한겨레신문

외국에서 오는 관광객들은 우리나라에서의 여정을 불편하지 않게 즐기는 것 같이 보인다. 그러나 그들은 한국의 불편함을 당장 이야기하지 않을 뿐이다.

지난 월드컵 때를 보자. 내방객의 숙소가 부족하다며 지방의 퇴폐 숙박업소까지 짜맞춰놓았으나 정작 대회기간 중에는 특·일등급 호텔의 70%의 판매율도 힘들었다.

이러한 부진은 관광환경 기반이 약하기 때문이다. 중저가 숙박업소가 거의 없고, 경쟁국가보다 빈약한 시설상품에 값비싼 요금을 내야 하는 문제점이 있는 것이다.

이것이 결국 관광수지 적자국가로 이어져 그 적자폭은 계속 커지고 있다. 이는 한국인이 밖에서 쓰는 것보다도 외래 관광객이 오지 않기 때문이다.

서울의 경우 중저가 숙박업소가 사대문 안, 이태원, 공항부근, 대학 주변에 있기는 하다. 그러나 외국인들에게 잘 알려진 사대문 안에는 초라한 여관들이 개발로 인해 사라지거나 퇴폐숙박업소로 뒤바뀌고 있다.

여기서 중저가 숙소는 외국어 의사소통이 되고 외국어 안내문이 준비된 곳을 말한다. 공중화장실과 공동 샤워실, 세탁기를 무료로 쓸 수 있는 곳이다. 외국에서 찾아오는 젊은 여행자들의 요구로 '변형'된 자생적인 업소다.

입소문을 듣고 지금도 찾아오고 있는 이런 유형의 청소년과 대학생들은 10

년이 지나면 고부가가치 '관광호텔'의 고객이 되어 돌아온다. 말하자면 청소년 마케팅의 대상인 것이다.

세계적으로 알려진 중저가 숙박업소는 '유스호스텔', '게스트하우스', '캠프' 등이 있다. 유스호스텔 연맹 국가는 94개국으로 6천개의 유스호스텔이 있으며 지방정부나 기업에서 후원하고 있다.

이들 유스호스텔은 대부분 중요도시나 관광 유적지 등에 접근하기 좋은 곳에 자리 잡고 있다. 일본의 경우 도쿄 6곳 등 전국적으로 320개의 유스호스텔이 이용하기 편리한 곳에 터를 잡고 있다.

현재 서울 하늘 아래 유스호스텔이란 이름으로 운영 중인 곳은 겨우 등촌동에 1개가 있을 뿐이다. 역삼동에 있던 유스호스텔은 대기업에서 매입하여 호화 공연장과 고급 식당으로 활용하고 있다. 한곳은 유스호스텔로 등록해 호텔처럼 영업하는가 하면, 또 한곳은 유스호스텔로 운영하다가 지금은 특 등급 관광호텔이 됐다.

한국에는 50여개의 유스호스텔이 한결같이 외곽진 곳에 있어 국내 기업체 연수원 식으로 영업을 하고 있는 실정이다. 지방자치단체는 지금부터라도 유스호스텔을 유치할 수 있도록 지원해야 한다.

우리의 청소년들이 사용하기 부적절한 여관이나 무허가 연수원에서 수학여행을 하고 있다. 유스호스텔은 가격이 저렴한 대신 자율 질서, 공동체 생활에 충실해야 하며 따라서 교육적인 효과도 뛰어나다.

30년 이후 세계의 주역이 될 우리 청소년들과 세계 청소년들이 함께 친구가 될 수 있게 지금부터 착실히 준비해야 한다.

준비되었습니까

2014년 1월 5일

아침에 집을 나설 때면 휴대폰과 명함을 지참하고 나간다. 그리고 집에 돌아와서는 그날 받은 명함을 정리하고 필요 할 때는 전화번호 입력과 이메일을 저장해 놓는다. 이렇게 모여진 자료는 효과적인 업무추진에 큰 힘이 된다.

2010년부터 나의 명함에는 과거와 다른 표식이 추가됐다. 그것은 QR 코드와 좌표에 표고가 숫자로 표기되어 있다.

스마트폰이 휴대폰으로 자리 잡으면서 추가부담 없이 다양한 '앱'으로 많은 정보를 활용할 수 있다. 생활에 접목하면 2~3사람 몫의 일을 해낼 수 있다.

예를 들면 기자들처럼 사진을 찍고 녹음하고 비서처럼 일정관리는 물론 컴퓨터, 계산기, 내비게이션, 주유소 식당의 위치에서부터 하물며 이곳에 찾아왔던 친구까지도 안내를 해준다. 그리고 혼자서도 인터넷 방송까지 할 수도 있다.

지난해 통영에서 '김포마리나'로 항해하기 위해 요트 정박장에서 친구와 외국인 등 3명이 있었다. 요트 3대를 가지고 통영에서부터 운항을 시작했다. 선두그룹의 우리 요트에는 자동항법장치에 조정간을 물려놓고 가고 있었다. 그런데 아래층 선실 입구로 보이는 내비게이션이 작동되고 있었다. 우리가 탄 요트 항해사는 정작 그것은 보지 않고 무릎 위의 스마트폰 지도를 보면서 전방을 주시하고 있었다. 항해사의 말이 더 걸작이다. 이 스마트폰 때문에 해양 관련 대학의 인기가 사라졌다는 것이다.

2013년 5월 충무에서 완도까지 요트 세일링을 한 필자.

　얼마 전 TV에서도 우리가 제작한 전투기를 수출하면서 전투기를 인도네시아에 직접 인도해 주는 장면이 나왔다. 예행연습 중 전투기 조종석의 위치 검색이 되지 않으니 오키나와 상공에서 조종사가 자기 스마트폰으로 위치를 찾아내는 것을 보았다.

　나의 명함도 결국은 몽골에서 만난 미국인의 명함을 보고 다시 디자인을 했다. 사무실 좌표를 스마트폰에서 위도와 경도를 찾아 숫자로 적었다. 그리고 끝자리에 고도를 적어야 한다. 그런데 당시는 표고를 알 길이 없어 서울시, 관광공사 사장실, 지적공사 비서실에 물었다. 하지만 서울 시내가 해발 몇 미터인 줄 아는 사람이 없었다.

　다음날 서울시장실에서 연락이 왔다. 시청 기준으로 해발 50m라는 것이다. 그 다음 '큐알 코드'를 만들어넣고 명함 디자인을 마쳤다.

　우리 한국인도 외국에 여행을 많이 한다. 통계에 의하면 2013년 1300만명이 국외로 떠나 160억 달러를 썼다고 한다. 우리 입장에서는 돈을 쓰면서 휴식을 하고 즐기며 누리는 일이라지만 해당 방문국가 입장에서는 분명하게 한국인의 꼬리표를 달아 한국을 심어놓고 돌아오는 격이 되는 것이다.

선진국과 후진국의 관광객 수준은 대개 2가지 기준으로 평가받는다. 하나는 예절을 지키는 일이다. 또 하나는 자기 나라를 소개하고 호감을 주는, 즉 한국을 알려주고 오는 일이다.

우리가 호기심을 가지고 외국을 여행하듯, 외국의 현지인도 친해지면 한국인에게 물어보는 습관이 있다. 그래서 우리도 꼭 기본적이며 일반적인 우리나라의 정보를 알아야 한다.

예를 들면 나라 위치는 북동아시아이며, 반도이고, 남북한 면적, 인구 등과 계절, 평균온도, 강우량 그리고 고유한 문화 등을 안내하고 오면 그들도 우리에게 손님이 되어 오는 것이다.

일본을 여행하다가 영어로 길을 물으면 영어를 알아듣지 못할 경우 영어를 말하는 사람을 꼭 찾아 연결해준다. 또 부탁받은 사람은 거의 목적지까지 안내해 주고 공손히 인사까지 하고 돌아간다.

네덜란드에 간 여행객이 초등학생에게 길을 물었는데 그 학생은 가던 길을 계속 가다가 다시 돌아와서 하는 말이, "제 걸음으로 계산해보니 아저씨 걸음으로 3분 정도면 목적지의 건물이 오른쪽에 보일 것입니다"라고 하더라는 것이다.

그렇다면 우리나라 초등학생에게 길을 묻는다면 어떻게 대답할까 한번 생각해 보았다. "학원 갈 시간이 바쁘다"고 할까, 아니면 "낯선 사람들이 말을 걸어오면 따라가지 말고 경찰에 신고하라"고 말할까?

우리가 아는 이슬람 국가 테러 단체들은 무자비하게 인명을 살상한다는 생각을 하고 있다. 하지만 그 나라를 다녀온 배낭 여행객들은 이슬람 국가 사람들처럼 여행객에게 친절을 베푸는 나라는 없다고 말한다. 예컨대 길을 물으면 안내는 물론 자기 집으로 초대까지 한다는 것이다.

그 전통은 코란에 나온 대로 먼 곳에서 온 나그네를 그들이 믿는 알라신이 보낸 천사(天使)라고 믿기 때문이라고 한다.

물론 우리나라에도 여관이 없던 시절에 사랑방이라는 것이 동네마다 있었다. 지나가던 나그네들은 그곳에서 잠을 자고 동네에서 식사 대접을 받고 떠나기도 했다.

여행에서 중요한 것은 후진적인 나라 사람들은 자기가 돈쓰면서 현지 방문 국가에 돈을 뿌린다고 생각을 한다. 또한 현지인들이 우리가 어느 나라사람인지 모를 것으로 착각한다. 그러나 선진 관광객은 돈을 쓰면서도 항상 감사하다고 말하면서도 미안해 한다. 그리고 자기가 지나간 장소에는 흔적을 남기지 않는다.

영국이나 이태리, 러시아 등에서는 외국인이 여행 중 사고나 건강 이상으로 입원하면 병원비를 받지 않는 경우가 있다. 물론 사회보장제도에 나와 있어서 그런 점도 있지만 그들은 "관광이란 여행자들이 스스로 여행하는 것이 아니라 여행을 떠나도록 유도하는 산업이다"고 말한다.

그러면 우리도 더 많은 외국인들이 찾아오도록 준비해야 한다. 특히 우리가 외국에 나갈 때 간단하고 작은 우리 전통의 '미니애처' 선물을 준비하고, 또 한국을 알리는 인쇄물이나 책자를 가져가서 선물하거나 공공장소에 비치해 놓는 일도 바람직하다.

외국 체인 호텔에서 오래 근무하고 퇴직하면 최고경영자는 악수를 청하면서 "비 마이 게스트(지금부터는 저희 고객이 되어주세요)!"라고 얘기한다. 필자가 호텔에 근무할 때, 장기 투숙할 주한 튀니지 영사에게 할인 적용을 해주었더니 그 외교관도 나에게 튀니지에 오면 여러 가지를 돕겠다면서 "저희 고객이 되어주세요"라는 것이었다.

우리는 자원도 없이 나라를 일으켜 세웠듯이 우리가 관광산업 홍보원이 된다면 주변에서 "당신은 민간 외교관"이라고 칭찬받을 것이다.

지금 우리나라 관광지에는 15년 전 한국인이 여행했던 가난한 나라 사람들이 다시 고객이 되어 우리나라를 찾고 있다. 서울의 인사동 뒷골목은 물론 북촌·서촌까지, 가지 않았던 강남 압구정, 그리고 광장시장 빈대떡을 맛보고 광화문 체부동 전통시장에서 국수와 막걸리를 즐기며 숨겨진 한국을 찾고 있다.

이제는 대륙에서 과거와 다른 관광객이 구름처럼 몰려온다. 과거 50년 동안 내방객 1위였던 일본인은 지금 발길을 멈추었고, 그 자리를 중화권 관광객이 우리에게 온다. 내방객 2천만 시대가 오면 돈을 쓰고 즐기며, 또 다시 찾을 수 있게 우리는 50년을 준비해야 한다.

그리고 가장 중요한 상품은 여행지에서 사는 현지인들이라는 것을 알아야 한다. 과연 지금 우리가 살고 있는 이곳에서 '호스피텔리티'라는 우리의 친절 상품을 준비하고 있는가.

📍 글로벌 호스피탤리티

커피가 사라지면
////////////////////////////////////

2013년 9월 28일

요즘 서울 시내의 강남이나 광화문 등에 커피 전문점이 한 집 걸러 하나씩 영업을 하고 있다. 체인점 커피숍들은 고급 종이컵에 포장해 팔고 있으며, 그 커피 값이 라면 한 그릇보다 비싸다. 젊은이들은 전화 요금이나 교통비보다 더 많이 커피 값으로 비용을 지출한다.

'가배'라는 이름으로 고종 황제가 처음 마시기 시작한 커피가 일반음료로, 그리고 문화로 자리 잡은 듯하다. 가루 커피를 시골 다방에서 뜨거운 물에 타 마시는 방법으로, 그 후 도시에서는 휴식 음악과 분위기로 마셨다. 그리고 볶은 커피콩을 곱게 갈아 필터로 여과시킨 커피를 마셨다. 지금은 값 비싼 고압 추출방식의 기계가 들어오면서 젊은이들이 더 많이 찾는다.

35여 년 전 서울의 조선호텔에 처음 '데미타스'로 선보인 지금의 '에스프레소'는 마치 요리처럼 그림 장식을 해 눈·코·혀로 커피를 즐기고 있다.

지난해부터 우려하던 대로 대형 커피전문점 개점이 꼭짓점을 돌아 하향곡선을 달린다는 뉴스를 접하기 시작했다. 지난해 이미 5억6천 달러 넘게 커피를 수입해 와인 수입액보다 2~3배를 초과했다.

지구상에는 아직도 차를 마시는 사람이 커피 마시는 인구보다 더 많다. 차는 손님에게 내놓는 첫 번째 기호식품이요, 피로 회복과 갈증 해소, 그리고 환대의 표시이기도 하다. 터키, 인도, 중국, 몽골, 러시아도 '차이'라고 말하면서 즐기는 차를 우리도 즐겨 마시길 권장한다.

과거에 영국이 홍차 때문에 식민통치를 한 적이 있지만, 오늘의 커피 역사는 우리에게 무엇을 의미하는가. 우리나라는 커피 농사를 짓지 않는다.

커피는 아프리카, 남미, 아시아에서 작황이 왕성하고 가난한 농부들에게 소득원이 된다. 하지만 건강 면에서 차 종류보다 유난히 떨어지고, 우리가 마시는 데 장치나 부가 재료와 지출 비용이 커서 차에 우선하는지 이해되지 않는다.

중국, 인도, 터키, 일본, 영국 등 차 종류를 더 즐기는 식생활을 보면서 그들이 커피 마시는 사람들보다 안정적인 느낌을 받았다. 과연 그 이유가 무엇일까 생각해 보았다. 차 종류는 찻잎이 우러나는 시간을 기다려야 하는 느림의 멋이 있고, 성분 자체에도 이로움이 커피보다 크기 때문일 것이다.

커피는 주산지가 아프리카와 아시아로 열대 고원에서 잘 자란다. 대개 18~21℃에 적응하지만 23℃가 넘어가면 조숙하고 잎이 떨어진다고 한다. 주종인 '아라비카'는 지구 온난화로 해충이 창궐하고 작황이 떨어져 2006년에 25%, 2012년에는 무려 85%의 가격이 폭등했다고 한다. 이 추세는 2080년에 커피 숲이 65%가 사라지며 커피 값은 와인보다 비싼 약재로 남을 것이다.

그런데도 불구하고, 통계에 따르면 커피 전문점이 전국에 1500여 개나 확장됐다는 얘기를 듣고 답답한 마음이었다. 상대적으로 우리나라 남쪽의 차밭과 가난한 차 농사짓는 농부들이 측은하게 느껴졌다. 아예 차밭을 갈아엎는다고 한다. 이제는 그 흔했던 잎차도 수입해서 마셔야 할 판이다.

물론 우리나라는 수질이 좋아 다른 나라에 비해 차 마시는 문화가 뒤졌지만, 지금은 지하수를 마구 파헤쳐 수자원에도 위기가 올 것이다. 산이나 섬, 바다까지 관정을 뚫어 후손들이 마실 물까지 우리 시대에 소비하고 있다.

영국인은 찻잎을 쪄 만든 홍차에 우유를 넣어 마시고 몽골인은 우유에 차를 넣어 끓여 마신다. 차는 한국의 녹차, 중국의 보이차와 티벳차, 스리랑카의 홍차 등의 잎차로 나뉜다. 또한 차나무는 물론 잎 따는 시기, 발효 정도에 따라 구분된다. 물론 빛깔과 향, 맛으로 호감이 결정된다.

커피보다 차가 이로운 것은 항암 효과, 콜레스테롤 저하, 동맥경화 억제 등은 물론 차에 함유한 아미노산이 혈압 상승을 막아준다는 연구 결과에서도 증명된다.

신라와 고려 때 흥했던 우리 차 문화는 조선조로 접어들어 거의 잊어지는 수준까지 왔다. 우리나라 수돗물은 오래 전에 선진국 수준으로 끌어올렸다. 여유롭고 향기 있는 찻잎을 끓여 건강도 지키고, 비싼 외화도 절약하는 차를 우리의 기호식품으로 다시 정착하는 것이 어떨지 고민해 본다.

2012년 커피 수입액은 6000억 원이 넘었다. 커피에 넣는 설탕도 그만큼 수입해야 한다. 우리가 하루 2잔의 커피를 마시는 데 필요한 커피나무는 18그루가 수확한 양이라고 한다. 그 종이컵도 열대림을 잘라 만든 컵이다. 그 또한 지구의 숲인 허파를 함께 없앤다는 점에서 안타깝다.

지구에서 커피나무가 사라진다면 우리 자손들은 다시 그 허전함을 무엇으로 채울까? 지금부터 차향에 취하고 비취색 찻잔을 온몸으로 느끼며 마음까지 힐링하는 차 맛에 길들여 보자.

외국어가 꼭 필요한가

2014년 2월 1일

지금은 외국어를 배워야 하는 것이 아니라 꼭 알아야 한다. 그 이유는 지금 세상이 혼자 혹은 우리끼리 사는 곳이 아니기 때문이다. 요컨대 서로 의사소통을 하고 부딪치며 살아가는 지구공동체의 일원인 탓이다.

외국어의 접근은 그 언어권의 문화를 받아 즐기고 좋아하는 데서 시작하는 것이다. 과거로부터 지정학적으로 우리의 패쇄적인 문화와 사대주의 사상은 결국 외국인에게 배타적이며 이상한 것으로 느끼며 살아왔다. 물론 외국에 가보거나 외국인을 만나본 적도 없었으니 당연할 수도 있다.

화란의 하멜은 350년 전 동인도 소속 무역선을 타고 대만을 거쳐 일본 나가사키로 가던 중 제주에 표류해 조선에서 13년간 억류돼 지냈다. 그는 네덜란드로 돌아가 쓴 『하멜 표류기』에서 "조선인들은 이 지구상에 청나라와 일본을 비롯해 10여개 나라밖에 없다고 안다"고 썼다.

대륙을 여행하다 보면 자기 나라에서부터 차량을 이용해 지구 반대편으로 3개월 이상을 여행하는 외국인을 볼 수 있다. 그리고 자전거나 요트로 국경과 바다를 가로질러 여행하는 사람들도 만난다.

내가 영어공부를 할 때는 시골에서 외국인이나 외국영화를 볼 기회조차도 없었다. 시청각이나 회화 연습실도 없었다. 가난해서 영어사전은 오래되고 낡아빠진 것을 이용했다. 앞뒤 표지는 물론 색인과 시작하는 A면은 이미 몇 장씩 떨어져 있었다. 또 모서리 종이는 꼬부라져 있는 것을 계속 사용했다. 그 정도 오래된 사전에는 시사영어 단어는 아예 꿈도 못 꾸는 어려운 교육환경이었다.

새 책방은 별로 없었지만 헌책방이 더러 있었던 시기였다. 지방의 헌책방에는 가끔 미국의 시사주간지들을 서울에서 보고 지방으로 팔려온 한 달 정도 지난 것들이 있었다. 지금은 스마트폰으로 세계 여러 나라 사전을 모두 볼 수 있다. 그 당시에는 아폴로가 달나라를 갔는데도 우리나라 중요 일간지에서는 그 시사주간지의 중요기사를 인용 보도하는 데 한 달이나 걸렸다.

1980년대 초까지만 해도 국무위원들 중 외국어를 하는 장관은 외무·상공, 국무총리밖에 없었다. 당시 나이든 국회의원 20여명 정도 일본어를 구사했다.

1978년 5월 세종문화회관을 개관했다. 웅장하고 아름다운 그 건축물을 개관하면서 관심거리는 단연 그곳에 설치한 파이프오르간이었다. 세계 최고라며 일부 언론에 흘렸고, 얼마 후 오르간을 제작한 독일의 관계자와 교수 등 3명이 기자회견을 했다.

초대된 한국의 일간지 문화부기자, 방송국 보도기자, 잡지사 편집 담당 등 50여명이 자리했다. 먼저 연단에 선 독일인 중 한 사람이 말했다. 그들의 오르간 제조회사는 4대째 오르간을 만들고 있다고 했다. 그 다음 자신들은 독일어·불어·이태리어·영어 등이 가능한데, 어느 언어로 말해야 여러분이 알아듣기 쉬운지를 물었다.

그러나 그곳의 취재진은 아무도 그 해당 언어가 무슨 뜻인지 알지 못했다. 그래서 개관 예술제 본부장이 영어로 듣고 우리나라 관계자들에게 한국어로 통역해 주었다.

요즘은 옛날에 비해 외국어에 문제가 없는 듯하다. 우리나라도 외국어로 방송하고 영자 신문잡지까지 나온다. 물론 지금은 문제가 없을 것 같은데, 몇 년 전 한미무역협정 문서의 해석이 잘못돼 변호사 한 사람이 지적해 시정을 요구한 적이 있다.

외국어를 배우고 익히는 왕도는 지속적으로 해야 한다. 가장 중요한 방법은 용기를 잃지 않고 씩씩하게 해보는 것이다.

나는 군대 생활을 연천에서 했다. 보초 서던 보름달 밤에는 빵 비닐봉지에 반딧불을 5마리 정도 잡아넣고 그 불빛으로 영한대조 성서를 익혔다. 훈련 진지에서 잃어버린 성서만 여러 권이다.

이태원의 호텔에서 지배인으로 근무할 때는 나름대로 고객에게 예절을 갖춘 영어를 한다고 했다. 그때 부서 순찰을 하는 중 남자사우나에서 재미있는 광경을 목격했다. 우리는 외국인 단골 고객에게 정성스럽게 외국어를 사용하는 반면 세신사(洗身士)는 한국말로 외국인에게 한국어를 가르쳐 주며 반복적으로 발음 연습을 하고 있었다.

그렇다. 외국어는 겁 없이 실수를 두려워하지 말고 용감하게 해야 한다. 그 이유는 그들이 한국말을 못하는 것이나 한국인이 그 외국어를 못하는 것이 똑같기 때문이다. 그리고 처음부터 문법, 발음, 억양을 알고 하는 사람은 없다. 하면서 배우는 것이다.

나는 이렇게 말하고 싶다. 외국말을 배우기 전 한국말부터 올바로 할 수 있는가. 가정에서부터 우리말로 자기소개를, 그리고 자기 꿈을 남에게 잘 말할 수 있는 훈련을 할 수 있는가? 그래야 그 스토리를 외국어로 표현할 수 있기 때문이다.

15년 전 마포에서 초등학교 고학년 어린이들에게 세계문화를 가르친 적이 있다. 수료 후 아이들의 소원대로 터키 대사관 관저와 러시아 대사관에 초대받아 갈 기회가 있었다. 그곳의 또래 어린이들과 처음 만나 친구처럼 인사하는 자리를 마련했다. 그러나 우리 아이들이 한국말로도 자기소개를 하지 못하는 것을 보고 실망했던 기억이 있다.

몇 년 전 친구가 태국 여행을 다녀와서 나에게 말했다. 자기 그룹의 여자 한 명이 여행 중에 입을 다물고 있다가 한국에 돌아와 공항에서 한숨 쉬는 것을 보았다는 얘기다. 그 이유를 물어보니 정년퇴직을 한 영어선생님인데 자신의 말이 틀릴까 봐 말을 안 했다는 것이다.

2010년 몽골에서 호텔경영학 등 코칭을 영어로 진행하고 오던 비행기 안에서 생각을 해보았다. 영어 공부를 시작한 중학교 1학년 때부터 세월이 40년이 넘어 있었다. 옆 좌석에 앉은 40대 초반쯤 되는 젊은 사람이 일본어로 된 시방서를 검토하고 있었다. 그래서 일본인이냐고 물으니 자기는 몽골사람인데, 일본회사 소속으로 베트남에서 플랜트 건설에 참여한다며 한국말로 대답 하는 것이었다.

나는 다시 결심했다. 나의 애국심은 영어를 알고 익혀, 한국어만 고집하는 것이 애국하는 것이 아니라고 생각했다. 그날부터 영어와 한글로, 한글과 영어로 페이스 북, 트위터에 세계의 친구들과 친분을 나누며 21세기 유목민으로 살아가고 있다.

지난 새 밀레니엄이 오기 전, 언론사에서 미국의 교수 200명에게 물었다. 21세기 유망한 언어가 영어 외에 무엇이라고 생각하느냐고? 대답은 스페인어였다. 그런데 10년이 지나 보니 지금은 그 대답은 틀렸다. 중국어가 대안이었던 것이다.

디지털 혁명이 문명의 새로운 미래를 창조해 가는 우리의 표현, 소통, 기록, 비스니스, 원격통신도 당연히 제2언어인 영어가 기본이라고 미래학자들은 말한다. 모국어와 영어는 기본으로 말하고 이해해야 한다.

여행 길들이기

////////////////////////////////////

2014년 1월 26일 | 부산일보

　문자가 역사를 만들 듯이 여행은 문화를 창조로 이끈다. 여행 자율화 시행 이전에는 일부 계층에서만 해외여행을 했다. 그것도 국제기구인 봉사단체에 가입하여 서로 초청하여 방문했었다.

　요즘은 젊은이나 학생들은 좋은 여건에서 외국여행을 할 수가 있다. 비용을 부모가 전액 부담하는 경우가 많다. 하지만 아르바이트로 돈을 모으고, 또 현지에서 부족한 부분을 충당하는 여행도 있다.

　과거부터 부모님들은 먹고 자는 방법에 대해 엄한 기준을 말해 왔다. 외국에서 그렇게 적용한다면 호화여행이 될 뿐 아니라 평생 한 번도 경험할 수 없다. 세계의 젊은이들은 배낭을 메고 하루 6~7달러짜리 잠자리를 구한다.

　또 하루 한두 끼 정도만으로, 버스나 열차를 타고 이동하며 숙박비도 절감한다. 외국에서는 중저가 숙박업소가 많아 사전정보만 있으면 적은 비용으로도 다양한 경험을 할 수 있다.

　우리 민족은 지난 세기까지 폐쇄적인 생각과 삶을 살아왔다. 이웃나라와의 관계를 개인적으로 가질 기회가 없었던 것도 이유가 될 수 있다. 오래 전 동경여행 중 우리나라 여관보다 싼 오래된 여관에서 하룻밤을 지낸 적이 있다. 공중목욕탕과 화장실이 있었고 입구에 이렇게 씌어 있었다. "로마에 오면 로마인이 되라"고….

　한국의 제1항구도시이며 종합교통의 관문인 부산은 머지않아 유럽과 시베

몽골 중앙로에 위치한 비틀즈 기념 고정 무대 앞에서.

리아에서 오는 관광객과 모스크바·북경·파리 행 TKR·TSR 국제열차 시발역이 될 것이다. 요즘은 배낭을 멘 외국의 젊은이들을 볼 수 없다. 외국의 젊은 여행객들이 지금 올 수 없는 곳이라면 그들이 노년이 되어 다시 찾을 수 있겠는가.

괴테는 일생 동안 여행을 통해 작품의 영감을 얻었다고 말했다. 러시아의 대문호 톨스토이는 여행을 통해 젊은 귀족 시절의 방탕함을 통회하고 『부활』과 『참회록』을 완성했다고 한다.

세상에서 가장 훌륭한 유스호스텔을 부산 시장 공관에 유치하고 지방정부와 기업에서 후원해주기를 제안해 본다. 관광 소비자물가지수가 최상위권에 있는 한국에 건전한 투자가 있어야 한다. 미래의 관광대국은 지금부터 지속적으로 투자해야 기반이 된다.

무관심과 안전

/////////////////////////////////

2013년 12월 | 한국호텔경영전문인협회지

지난달 7일 세계인의 시선은 아시아나 항공기 사고 소식으로, 그것도 신속하게 동영상을 겸한 유튜브 검색 창 상위에 세계인의 호기심으로 채우고 있었다.

인간이 태어나면서부터 제일 먼저 그리고 가장 오랫동안 보아온 표지는 '위험'이란 간판일 것이다. 우리는 그 반대편인 안전을 추구하며 산다.

지난달 S포럼에서 듣고 정리한 내용을 많은 사람에게 알려야겠다는 뜻에서 적어본다.

도심으로 내려가면 그 널따란 길도 좁아 보이고, 높은 건물에서는 무수한 사람들이 들랑거리며 부딪치지 않으려고 안간힘을 다한다. 그리고 온갖 소음과 먼지를 만들어놓고 다시 "에너지를 절약하자"라며 또 보이지 않는 미세먼지를 뱉어내고 있다.

인간의 욕구는 게으른 편의성을 찾다가 그 다음 생산성을 바라고, 환경문제로 결국은 규제 금지 등 다시 새로운 법을 만들어 간다.

우리는 눈만 뜨면 놀랄 만한 사고를 앞 다퉈 보도하는 미디어 세상에서 살고 있다. 지금까지는 인류의 발전 속도만 따졌으나 앞으로는 지구는 물론 '우주의 안전'까지도 염두에 두지 않으면 후손들에게 유산을 물려주지 못한 꼴이 될 것이다.

먼저 재난은 자연에 의한 것과 인적인 재난으로 구분하고 있다. 재난이 발생되면 문제가 되지만 더 큰 2~3차 영향을 미친다는 점이다. 다시 말하면 생명과 재산에 영향을 끼치며 국가 사회시설이 파괴되고, 그 불안감은 사회통합의 저해 요인까지 미친다는 것이다.

가난에서 벗어나기 위해 부지런했던 우리는 '빨리빨리'와 안전 불감증이 큰 사고를 불러들였다고 본다.

1993년에는 부산구포열차 전복 78명, 해남 아시아나 추락 66명, 서해 페리 전복 292명 등 사건이 일어났다. 1994년에는 성수대교 붕괴 32명에 이어 1995년 대구 상인동 가스폭발 101명, 삼풍백화점 502명 등 치욕적인 참사가 일어났다. 1997년 괌 KAL기 추락 229명에 이어 1999년에는 화성 청소년수련원 씨랜드 23명, 인천 호프집 57명 등 참사가 벌어졌다. 2003년 대구 지하철 화재 192명 사망 등이 잊을 수 없다.

먼저 안전사고에 대한 사고 총량을 파악하고 유치원, 학교, 산업현장, 평생교육원 등에서 적절히 이루어지는 '생애주기별 안전교육시스템'을 개발해야 한다고 전문가들은 말한다.

안전사고 원인에서 산업인간 공학자 스웨인의 '심리적 분류'를 보면 생략, 착각, 시간적(수행지연), 순서, 그리고 과잉 행동에 의한 잘못에서 사고 원인을 찾고 있다.

산업재해 안전의식에서 하인리히 법칙은 1:29:300으로 표시한다. 이는 산업재해로 1명의 중상자가 발생하면 그 전에 이미 같은 원인으로 29명의 경상자가 발생했으며, 똑같은 원인으로 부상을 당할 뻔한 잠재적 부상자가 300명이 있었다는 사실을 나타낸 것이다.

그러므로 선진 안전운동으로 국민안전의식지수(PSCI)를 생활화하는 분위기를 만들어야 한다. 국민안전의식지수의 여러 항목 중 예컨대 생활안전 분야에서 승용차·학원버스·통근버스 등을 탈 때 안전띠를 매는지, 승강기가 갑자기 멈출 경우 어떻게 해야 하는지 등을 일컫는다. 그리고 화재가 발생하거나 학교 폭력을 목격하면 전화를 어디로 할지 숙지해야 한다.

소방안전 분야에서는 사람이 많은 극장이나 박물관·미술관 등을 갈 때 비상구와 소화기 위치를 확인하는지, 소화기 사용법을 아는지, 화재발생시 안내도를 살피는지를 생활화하는 것이다.

재난안전 분야에서는 TV에서 태풍·황사·홍수·폭설 등에 관한 일기예보가 있으면 야외 활동을 자제하는지, 태풍·홍수·호우·낙뢰 때 고압전선 부근에 가지 말아야 하는지, 사이렌에 따라 행동 하는 것을 생활화하는 것으로 안전의식을 높이는 일 등이 그렇다.

미래에 일어날 상황을 미리 준비하는 것은 재산을 보호하고 비용을 줄이는 일이다. 그리하여 기술면허 이전에 안전면허가 우선하는 사회의식이 형성돼야 한다. 학자들은 "19세기 공업화는 부와 위험을 함께 가져왔다"고 말했다.

통계에 의하면 우리나라 사고로 인한 직접비용 손실액은 무려 연 32조에 달한다고 한다. 참사현장을 부끄럽게 생각해 없애 버리는 것보다 꼭 표지나 형상물을 남기는 일도 사고를 줄일 수 있는 방법이 될 수 있다.

앞으로 우리가 해야 할 일은 올바른 마음으로 법을 지키고 양보하며 '인간 존엄성에 대한 관심'으로 사는 사회가 돼야 한다. 유태인의 인사말에 '샬롬'의 의미처럼 인간의 소원 같은 평화는 안전 없이는 생각할 수 없기 때문이다.

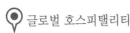

글로벌 호스피탤리티

스마트폰 사랑을 말해 봐

2014년 1월 20일

올겨울 들어 처음으로 영상의 날씨라고 뉴스 진행자가 밝은 목소리로 인사를 한다. 아침에 일어나자마자 문밖의 거실에 있는 스마트폰을 열어 본다. 밤중에 온 국내외의 페이스 북 친구나 카톡, 이메일 등을 점검한다. 소요시간은 5분 정도면 충분하다. 그런데 아내가 한마디를 한다. 그 스마트폰이 없을 때는 어떻게 살았는지 모르겠네요.

그렇다. 하루에도 수많은 문자와 사진 등 소식이 옛날의 메신저를 대신하는 새로운 세상이 열린 셈이다. 공문서나 짧은 댓글, 법률 관련 문구 외에는 글을 다듬어 느낌을 정리해서 윤리에 어긋나는 일이 없다면, 마음을 다해 답장의 글을 쓰는 일은 소통이며 나의 존재를 알리는 표현수단이다.

글이 곧 사람이다. 인간은 말과 글, 비언어적 표현까지 서로 소통하며 살아간다. 쉽게 풀어보면 음성언어, 문자언어, 그림문자, 도상, 지표, 아바타나, 이모티콘, 그리고 신체 동작에 장신구까지도 표현의 방법으로 사용된다.

클레어 크렘시는 "말하기와 글쓰기 중 말하기는 사람 중심적이며, 글쓰기는 주제 중심적이다"고 말했다. 말하기는 말하는 사람이 '말이 많다'고 할 수 있다. 예컨대 듣는 이가 집중하는지, 이해하고 기억하는지 반복하고 풀어서 다시 말하기도 한다. 그리고 듣는 이들의 존재와 연속성을 유지해야 하므로 참여자들은 함께 듣는 사람의 감각과 감정에 호소한다.

글쓰기는 주제 중심적이어서 문법이나 어휘적으로 밀집되어 작가들이 할 수 있는, 한 문장에서 많은 정보를 넣을 수 있다. 그리고 주제나 메시지를 한 문맥에서 다른 문맥으로 전환하는 것 또한 주된 관심거리가 된다. 그래서 글쓴이가 항상 그곳에 머물러 설명하고 옹호할 수 없으므로 글은 가능한 한 명백하고 일관성 있게 신뢰하도록 써야 한다.

아래의 예문을 보자. 시집보내는 아버지의 심정을 쓴 두 사람의 글을 비교해 읽어 보고 각자의 생각을 정리해 보기 바란다.

1996년 8월 아내, 그리고 두 딸과 함께 터키 에페소 여행중인 필자.

예문 1) 사위에게 해주고 싶은 말

아이를 낳아 육아를 시작하면 자네도 절반은 나눌 마음을 갖게. 내 딸도 엄마 되는 게 처음이라 힘들고 지칠 걸세. 항상 같이 있는 자네가 도와야 하지 않겠나. 바깥일에 지쳐 와서 쉬고 싶단 말은 삼가게. 내 딸은 24시간 동안 애보는 셈이니 퇴근해서 자기 전까지만이라도 최선을 다해 육아에 동참하게나.

맞벌이하면서 아내가 밥 차려주면 설거지는 자네가 하게. 그리고 설거지는 밥 차리는 것보다 훨씬 쉽네. 일하고 퇴근해서 밥 먹고 리모컨 들고 "좀 쉴게"라고 했던 자네 장인같이 살 것이라

명절 되어 굳이 시댁 가겠다고 주장하면 음식도 같이 장만하고 시댁 가서 부엌에도 같이 들어가게. 내가 딸 길러 남의 집 무수리로 보낼 심산이면 그리 곱게 키웠겠는가. 혹여 자네 부모님이 뭐라고 하시면 자네 여자 형제가 내 부인처럼 명절날 동동거리며 일하면 좋겠냐고 되묻게.

내 딸은 결혼시킨 것이 아니고 시집보낸 게 아닐세. 자네랑 행복하기 위해 결혼하겠다는 의사를 존중했을 뿐일세. 그러니 서로 아끼고 행복해지도록 평생 노력해야 하네. 〈중략〉

둘째 딸과 사위, 그리고 손자.

사위, 잘살게. 내게 좋은 사람이 가족으로 들어와 실은 무척 기분 좋네. 내 딸도 자네 집 며느리로도 열심히 살 것이네. 둘이 각자 살았던 시간이 있었으니 첨에는 각자 많이 실망할 수도 있네. 그럴 때는 꼭 잊지 말게. 자네가 부모

앞에 와서 결혼하고 싶다고 허락받던 때를.

그렇게 자네가 함께하고 싶었던 내 딸을 매일 함께하는데 작은 푸닥거리라도 내게 딸이 전화해서 속상하다고 하면 되겠나? 나야 듣고도 흘려버릴 내공이 있으며, 그 말을 듣는다고 자네가 밉지도 않을 걸세. 그러나 나도 내 삶이 있는데 내 딸 투덜거림에 흔들리겠나.

그래도 둘이 싸우고선 꼭 당일에 풀게. 소중한 사람이 같이 있는 기한은 정해져 있지 않으니 예쁜 시기를 행복하게 보내게 말이야.

예문 2) 천 년 묵은 술처럼

하늘에서 꽃비가 내리고, 산들바람 겨드랑이 사이를 맴돌며 싱그럽던 과일이 단맛을 일구어내던 날, 둘째딸 곱게 길러 보내려 하네.

하늘에서 내려준 천사처럼 우리에게 행복을 주었고, 꽃망울이 자랄 때에는 노심초사하였는데 제법 부모 마음 따뜻하게 하는가 싶더니, 짝을 찾았노라며 기뻐 뛰고 있네.

살아라. 잘 살아라. 능소화(凌霄花)처럼 살지 말고, 수선화보다 함박꽃보다 장미꽃보다 카사블랑카 꽃처럼 가장 멋지고 기쁘고 향기롭게 살아라.

아침에는 마리아 찬가를 부르고 저녁에는 시편을 암송하여라. 항상 머리에서 생각을, 가슴으로 꽃피워 말하라.

그리고 천년 묵은 술맛처럼 천년을 살아라!

너희는 기쁘지만 부모는 등 뒤에서 너희를 위해 큰 기도 초를 준비해 놓을 것이다.

짧은 글이나 시, 수필 등 쓰는 데는 분명한 방법이 있다. 그렇다고 어려운 단어나 지혜가 넘치는 글 내용도 독자를 감동시키지 못한다.

흡수골 호수에서 아내와 함께.

그리고 나의 글, 나의 느낌을 써야 한다. 즉 소설처럼 쓰지 말고 나의 글(1인칭 문학)을 쓰자. 각종 SNS에서 남의 글을 좋은 글이라고 보내온 것들을 마치 자기의 글처럼 옮겨 놓는 경우를 본다.

나는 그런 글을 읽고 나면 후회되거나 시간이 아깝다는 느낌을 갖는다.

그리고 다음부터는 그가 쓴 글을 읽지 않고 휴지통에 버린 경험이 있다. 혹시 그 글이 처음 발표되었거나 세상에 알려지지 않았을 좋은 글이라는 생각이 든다면 모르겠다. 글은 고독과 자기 성찰의 산물이며, 작가의 개념을 정리해 종이나 컴퓨터에 옮겨놓는 일이다.

많은 이들에게 존경받았던 김수환 추기경의 유언 중에 이런 말이 있다. "성직자인 나도 머리에서 가슴까지 내려오는데 60년이 걸렸다"고…. 말과 글과 생각이 우주의 질서처럼 영감으로 다가오는 것이다.

아무리 유명한 작가도 글을 써서 고치지 않고 바로 알리는 사람은 없다. 교정을 보고 다시 읽고 관조(觀照)하는 것이 올바른 글쓰기다.

백조가 물 위에 떠 있는 모습을 보면 평화롭고 아름답게 느낀다. 그것은 독자의 몫이며, 작가는 물 밑에서 물갈퀴로 중심을 잡기 위해 끊임없이 발놀림의 노력을 뒷받침해야 한다.

옹기장이는 완성된 것보다 깨버려 없어지는 것이 더 많다. 그리고 물 위에 보이는 빙산을 보자. 물밑에서 빙산을 지탱하는 큰 얼음 덩어리를 생각해 보았는가.

한 마디의 말, 한 줄의 글과 편지가 한 사람의 인생을 바꾸었다는 이야기를 많이 들었다. 성서의 구약성서 첫 머리에 천지창조 편에 '말씀'으로 세상을 창조했다는 글이 나온다. 그래서 중국어 창세기에는 어떤 표현을 썼을까 해서 보니 의외로 '도(道)' 자로 쓰고 있다.

그럼 지금 사랑하는 가족과 친구에게 하고 싶었던 이야기를 느낌으로 적어 보내보자. 관심과 용기, 그리고 칭찬도 큰 선물이 될 것이다.

글로벌 호스피탤리티

서울 나그네

2007년 2월 24일 | 한국유스호스텔신문

서울에 살고 있는 사람은 남산이나 한강유람선을 제대로 구경하거나 야경의 아름다움을 느끼지 못하고 바쁘게 살아간다. 그 반면 이방인들은 평범하다고 생각하는 우리의 관광자원을 신비스럽고 흥미롭게 즐기는 경우를 흔히 본다.

얼마 전 한국에 거주하는 외국인이 서울과 근교의 명산들을 소개하는 책자를 냈다는 소식이 화제가 되었다. 이것 역시 그 한 예에 속할 것이다.

오래 전 연변의 친척을 방문했을 때의 일이다. 그곳에서 이웃들에게 나는 '서울 나그네'라고 소개됐다. 생소한 느낌의 그 말은 연변에 사는 조선족이 서울 사람을 칭하는 말이었다.

한국이 개발도상국에서 머물지 않고 계속 성장할 수 있었던 것은 국가 지도 자들이 국민의 요구에 따라 선진 정치상황으로 변화시켜 왔기 때문이다. 그러나 경제와 사회면에서는 자율적이기 보다 정부주도형으로, 또 정부투자기관 운용 형태로 10여 년 전까지 성장과 조정이 이어졌다.

그 이후 비효율과 비능률이 국가 발전에 저해요인이 됐다. 그리고 국제경 쟁력이 뒤지는 상황을 예견해 민영화 혹은 매각 등으로 비상하려 했으나 끝내 IMF를 맞았다.

그래도 각 업종별로 꾸준히 성장했지만 유난히 적자 폭이 늘어난 업종 중 하나로 관광산업이 필연적으로 자리매김됐다. 지난해부터는 외래인 관광객이 남기고 간 외화 수입보다 한국인 해외관광객이 지출한 외화가 더 많아 적자를 기록했고, 이는 앞으로 더욱 심화될 전망이다.

특히 다른 산업은 수입 원자재가 차지하는 원가의 비중이 크지만 관광산업으로 벌어들이는 외화는 외화 가득률이 높은 알짜배기 장사이다. 그래서 더욱 고민해야 하는 이유이기도 하다.

해외관광객 유입에 대한 지속적인 정책이 나오지 못하는 이유 중 하나는 관광 관련 주무부처가 정권이 바뀔 때마다 옮겨갔다는 것이다. 교통부에서 문화체육부, 그리고 문화관광부에 이르렀다.

관광객이 적은 이유는 고물가로 상품구매 의욕을 충족시킬 수 없는 상황인데다 관광호텔에서는 소비자의 만족도와 관계없이 10% 봉사료까지 강제징수하고 있는 실정이다. 정책, 고물가, 상품개발이 변화하지 않는 한 관광수지 적자는 심각한 문제로 이어질 것이다.

더 큰 걱정은 향후 20년을 이런 식의 적자가 계속될 가능성을 보인다는 데 있다. 그 한 예로 서울에 젊은 여행객들이 보이지 않는다. 7~8년 전까지만 해

옛 것과 지금의 건축물이 적절하게 어우러진 울란바토르 시내 고궁.

도 배낭을 멘 외국의 젊은이들이 광화문과 주변의 오래된 여관에서 한국을 경험하고 떠났었다.

청소년과 배낭여행객의 랜드 마크인 유스호스텔이 서울에서는 한두 곳 있을 뿐이다. 이익을 따지다 보니 가격 면에서도 상대적으로 다른 나라보다 비싸고, 더구나 과거의 유스호스텔은 다른 용도로 어떤 곳은 관광호텔로 변경 영업을 하는 실정이다.

선진국의 유스호스텔이 우리보다 저렴한 이유 중 하나는 지방정부에서 지원받거나 직영하고 있는 탓이다. 앞으로 서울시가 용산공원, 뚝섬 등에 유스호스텔을 만들어 직영하면 어떨까.

그리고 청계천 주변이나 정비중인 뉴타운 일부 등의 좋은 위치에도 유스호스텔을 꼭 지어야 한다. 더불어 짐을 내려놓고 안내받으며 예약하고, 인터넷 검색도 가능하도록 여행객에 편리한 안내소를 만들어야 한다. 그리고 젊고 우수한 경찰 인력을 선발해 관광경찰을 신설해야 한다.

이는 외국의 청소년을 미래 고객으로 확보하고 한국을 알리는 여론 전달자를 만들자는 것이다. 멀리서 온 손님에게 안방을 내어주던 우리 민족이었다. 하지만 자기 집 문을 닫아놓고 외국 젊은이들이 잠잘 곳도 배려하지 않으면서 자신의 자녀들에게는 외국에서 알뜰하게 여행하라고 하겠는가?

금년 2월 초순 M경제신문이 현지 특파원과 KORTRA가 합동으로 세계 10대 도시 유명백화점의 명품 값을 조사 보도했다. 여기서 서울이 2배 비싼 것으로 나타났다. 식수와 교통비만 상대적으로 저렴했다. 조사하고 발표한 수고는 칭찬받아 마땅하다.

그러나 10여 년 전부터 소비자물가가 세계에서 가장 비쌌는데 지금에서야 통계를 내놓았다. 하지만 앞으로 계속 염려되는 것이 있다. 시장조사 등으

몽골 후스타인 국립공원에서 만난 폴란드 젊은이들. 바르샤바에서 시베리아 바이칸 몽골 고비로 가던 중 작은 마을에서 만났다.

로 외국 출장하는 공직자들이 좋은 현지 호텔과 백화점을 이용하면서 우리 물가가 상대적으로 비싸지 않다는 보고서를 쓸 것이라는 점이다.

진정한 여행자들이 되도록 저렴하게 여행 계획을 짠다는 사실을 아직도 모르는 것이 애석할 따름이다. 다시 한 번 물가조사를 해야 한다. 주요 대도시 외의 20대 도시 중산층 이하의 소비자물가를 조사해 보라는 뜻이다. 그래야 진정한 정책이 나올 것이다.

서울 나그네가 우리보다 잘사는 나라에 가서 돈 잘 쓰며 바보 취급당하는 것이 부끄럽지 않은가. 우리 청소년들도 국내에서부터 여행 훈련이 필요하다.

서울에 오는 배낭 멘 외국의 젊은이들이 지하철이나 시내버스에서 그리고 북촌과 비원, 한강에서 마음 편하게 관광하고 추억을 만들어 가는, 진정한 외래인 서울의 나그네가 붐비는 아름다운 서울로 만들어 보자.

글로벌 호스피탤리티

마케팅하다

2010년 10월 27일 | facebook

사회 환경이 변화되고 새로운 단어가 원칙 없이 편의성에 의하여 만들어지고 있다. 그 중 일부는 세대나 계층에 따라 사용을 하거나 혹은 없어지고, 어느 것은 자리매김을 하고 있는 것이 있다.

외래어 중에는 마땅한 우리 낱말이 없어서 유사하게 사용하는 경우가 있다. 그 중에 마케팅이라는 말이 있다. 이 말이 쓰이기 전에는 판매 혹은 판촉이라는 용어가 단순하게 사용됐다. 즉, 생산자가 소비자에게 취한 일방적인 판매행위였다. 소비자가 많은 반면 생산자의 공급은 적었다.

그 후 공급자의 과잉에 따라 시장경쟁으로 이어진다. 지금부터 30여 년 전 우리나라에 처음 전해진 이 마케팅 이론은 유무형의 상품을 수요자의 욕구에 만족·감동시키고, 잠재시장은 물론 고객을 창출해내고 관계를 유지해 나가는 행위로 결국은 공급자 중심에서 소비자 중심으로 시장 환경의 변화에 따른 것이다.

책·영화·관광·건설·농수산물 등 어느 하나 관련이 없는 분야가 없다. 특별히 관광 사업은 사람의 마음을 사로잡아야 그 상품이 성공한다. 사로잡는다는 것은 감동을 주는 것으로 '하이터치 비즈니스'이며 중요한 것은 상대 입장에서의 배려하는 감동 서비스가 핵심 상품이다.

사실은 우리 주변에 응용하거나 알려져 온 내용들이며 동서고금에서도 찾을 수 있다. 논어에는 '역지사지(易地思之)'가 있다. 즉, 다른 사람의 입장에서

헤아려 보라는 말이다. 성서에는 "너희는 남에게서 바라는 대로 남에게 해주어라"는 말이 있다. 결국 일방적이거나 개인적인 행동이 아니라 상대를 이해하며 봉사하는 마음으로, 즉 소비 상대가 원하고 감동받을 행위를 제공하는 것이다.

가정 또는 직장이나 사회에서 인간관계에도 이 논리를 적용해 볼 만하다. 그것은 말씨와 얼굴·눈빛·표정·행동 등으로 나부터 실행에 옮김으로써 밝고 명랑하고 행복한 생활환경을 만드는 것이다. 말씨는 부정적이거나 심문하는 어조를 피하고 성량은 슬기로워야 한다.

둘째는 시선 처리다. 비둘기 눈처럼 어머니를 보는 눈으로 편안하면서도 적극적인 관심의 시선 처리가 필요하다. 마지막 행동은 보여지는 태도로 듣는 자세와 손발에 이어지는 몸짓이다.

전 국가대표 탁구 선수인 알혼섬의 호텔 주인과 함께.

종교 용어로 "일치를 이루다"는 말이 있다. 인간과 인간 사이의 소통관계를 혹 신과의 바람을 적확하게 중재하는 것이다. 더 쉬운 표현으로 설명한다면 "찐 감자를 먹을 때 소금을 찍어먹는 이 에게 설탕을 주지 않는 것"이며 "가야금 병창을 원하는 관광객에게 오페라를 관람시키지 않고 꼭 좋아하는 것을 보여주는 것"이다. 인간 사이의 복잡하고 다양한 욕구에 실마리를 찾아주는 것을 말한다.

우리의 관광업계는 시장 환경을 예측하지 못해 밥상을 많이 차려놓고도 또 위험도가 높은 상품에 일방적인 희망으로만 도전해 실수하기도 했다. 즉 88올림픽 때 호텔 숙소가 모자를 것이라고 했지만 빈방이 남아돌았고, 또 2002 월드컵 때에도 같은 실수를 범했다. 금강산관광 역시 안전을 무시하고 막연한 사업을 시행했고 아직도 희망으로만 미련을 가지고 있다. 우리 자신이 더 생각을 열고 잘못된 마음을 고쳐먹고 개선하지 않으면 미래가 불투명해진다.

항공료와 호텔객실 요금은 200여 가지나 된다. 필요에 따른 할인요금으로 소비자에게 편의를 제공하는 것이다. 이는 정상적 공표요금에서 고정비용을 제한 특별요금이다. 소비자 입장에서는 발품과 정보를 가지고 있다면 같은 상품을 저렴하게 구매하는 매력을 주고 즐거운 여행의 일부로 기억한다.

오래 전부터 우리나라의 고속버스가 평일에 3~4명의 여객을 태우고 운행하는 것을 타본 적이 있다. 시간적 여유가 있는 손님들을 평일 첫차 혹은 막차 등으로 할인유도를 적용하면 소비자도 좋아하고 철도나 항공사와도 경쟁력을 가져 버스회사는 적자 부분을 메울 수도 있다.

터키 여행 중 계속해 두 번 버스요금을 할인받은 적이 있다. 우리도 통일 후 버스에서 마실 것과 먹을 것을 제공해야 하는 경쟁시대가 머지않아 올 것이다. 국경을 넘어 운전기사가 교번해 다국적 관광객이 육상으로 왕복하는 날이 올 것이다.

　필요에 의한 자연스런 상품공급의 시대가 지나고 미래의 잠재시장을 창조해 가는 험난한 마케팅 시대가 온 것이다. 88% 외화 가득률인 21세기 미래 산업관광산업을 위한 능동적이고 전략적인 준비가 부족하다. 이름만 바뀌어도 가능한 관광경찰을 두지도 못하고, 동남아 관광객을 태운 버스가 주차할 곳도 없어 방황할 때 도움을 주는 이도 없고, 주차위반이라는 멍에를 피해야 할 상황에 놓여 있다.

　11월 11일부터 개최되는 G20 행사에 전세기와 전용기가 100대 이상 들어온다고 한다. 또한 함께 모든 통신사와 기자단들이 온다.

　영국 여왕이 1998년 안동을 방문했을 때 전통호텔이 없어 숙박하지 못해 생일상만 받고 홍보 기회를 놓쳤다. 이번에는 우리가 하나 된 마음으로 직장이나 학교·호텔·대기업 등이 나서서 한복 입기 캠페인을 벌이면 어떨까. 우리도 한 번 우리 자신을 마케팅해 보자.

글로벌 호스피탤리티

누가 장수를 말하는가

2012년 3월 18일 | facebook

일본인들이 장수에 이주한다고 언론과 인터넷에서 시끄럽다. 그것이 그렇게 큰 문제인가. 장수군은 소신껏 대처해야 한다. 마치 큰 문제인 것처럼 몇몇 사람이 군청 인터넷에 마구 의견을 날리는 것 같다.

행정수도를 지방으로 옮기자는 데 많은 국민이 반대했던 기억이 있다. 모든 젊은이들이 서울로 중앙으로 올라오고, 농사짓는 젊은이가 없으니 따라서 어린아이가 태어나지 않을 때 노 대통령이 황폐해진 지방의 운명을 염려하다가 수도를 옮기자고 해놓고서 세상을 떠났다.

당시 대책 없이 기다리던 농촌에는 노인들과 일부 노총각뿐이었다. 그래도 장수에는 다문화가족들이 시집을 와 가뭄에 단비처럼 활력을 주었다. 개교 100년을 넘긴 그곳 초등학교에는 몇 년 후면 학생 비율이 한국인보다 이주민이 더 많아질 추세이다. 이미 2~3세 다문화 역사가 시작됐다.

그러한 문제도 부정할 수 있는가! 그렇다면 그때 이미 국제결혼을 막았어야 했다. 한국인이 일본에서 살고, 일본인도 제주에서 살고 또 여행할 수 있다.

미래학자 쟈크 아탈리는 말했다. 미래에는 국경이 없어지며 30년 후 미국의 패권도 사라지고, 2050년에는 식량이 핵무기를 대신한다고 지적했다.

태국의 치앙마이에 가면 외국인들의 영구이주지역을 정부에서 만들어 이미 오래 전 부터 거주하고 있다. 내가 아는 분도 그곳에서 노년을 편히 지내고 있다.

무엇이 문제인가. 장수의 땅을 가져가고 돈을 가져가는가. 아니면 방사선이 오염되는가. 그들이 장수에서 살게 된다면 죽은 후 재만 가져갈 것인데 무엇이 두려운가.

100년 전 그들이 한반도에 들어올 때는 무력으로 들어와 착취를 해갔다. 지금 상황은 크게 다르다. 서울 이촌동에 일본인들이 많이 살고 있다. 프랑스인은 방배동에, 그리고 조선족과 중국인은 구로동에, 몽골인은 을지로 5가에서 모여 산다. 그리고 음식점, 빵집 등을 하면서 함께 산다.

그들을 무작정 배척하며 성을 쌓기보다 맞이하여 문을 열고 우리들이 먼저 길을 내어주고 우리 편이 되게 만드는 것이다. 우리 한민족 '디아스포라'가 600만이 전 세계 각국에서 흩어져 살고 있다.

일찍이 우리가 힘을 가지지 못한 것은 문을 굳게 닫았기 때문이었다. 그들이 우리에게 총을 겨눈 것은 그들이 문을 먼저 열어 서양의 문물을 받아들이고 기술을 익혀서 가능했다.

세종로 천주교 성당의
ME 회원들과 함께.

나는 아직도 세상을 외면하고 마음이 닫혀 버린 답답한 사람들을 원망한다. 지금 분위기로는 일본인들이 오지 않을 것이다.

나의 어머니는 만주에서 태어났다. 그리고 외할아버지의 남쪽 고향으로 온 후 장수에 시집을 오셨다. 그곳에서 70년 이상을 사셨다. 그리고 나는 20여 년 전 중국의 이모님을 찾아 상봉했다. 또 나는 익산에 있는 일본인이 세운 고등학교를 졸업했다.

중국에 살던 친척들이나 조선족에게는 항상 중국인을 넘지 못하게 모든 부분에 신분 제한이 있다는 것을 안다. 우리의 미래는 대륙을 뛰어넘는 큰 생각으로 무장해야 한다. 일본은 지금 매우 위태롭다. 전에 없던 엘리트 집단과 어린이를 동반해 한국과 동남아를 돌아다니고 있다.

안전한 곳을 찾고 또 후손들의 미래를 걱정한다. 몽골에도 많은 아파트를 지어 소유하고 있다. 지금 서울 명동을 일본인이나 중국인 쇼핑객에게 내어준 서울 사람들은 명동을 외국에 잃었다고 말하지 않는다.

글로벌 호스피탤리티

몽키 비즈니스

2012년 4월 23일 | 네이버 블로그

벌써 20세기의 학문이 된 마케팅학은 지구의 환경변화와 더불어 인구팽창과 상품의 대량생산의 결과물이 됐다.

과거의 시장처럼 만들어만 놓으면 팔리던 시대가 지나간 셈이다. 기업체들은 살아남기 위해 소비자들의 욕구를 미리 파악해 출혈경쟁으로, 그리고 필요로 하는 곳에 찾아가 팔아야 한다. 결실은 문제가 비용이 되고 원가부분 관리와 자재 사재기 등 돈과의 개연성이 항상 따라 다닌다.

우리들은 논리보다 감성을 중시하기에 소수점 이하나 초분 개념에 무딘 편이다. 그런데 서양사람들의 원가경영 개념은 아주 냉혹하다. 관리자들은 담당 관련자들이 납품업자와 속임수 유형까지도 자세히 기록하고 또 교과목에도 적고 있다.

오래 전 발리 섬에 여행했을 때의 일이다. 유명하다는 원숭이공원에 입장하기 전 그곳의 안내인은 이렇게 말한다. "오늘 원숭이들을 구경하는 데 안경, 모자, 핸드백 등 간수를 잘하라!"라고 외친다. 그러나 공원 입구에서부터 원숭이들이 모자, 안경 등을 빼앗아 가고 순식간에 원숭이 소리보다 아줌마들 소리가 아수라장을 이룬다.

그러면 기다렸다는 듯이 그 안내원들은 입장객에게 2~3달러를 요구하고, 준비해온 작은 바나나로 원숭이를 불러 빼앗긴 물건을 되돌려 받는다. 한마디로 안내인과 원숭이의 협동사업이다. 이 말을 영어권에서는 '몽키 비즈니스'라고 한다.

요즘 정치사회에 불신으로, 그리고 부도덕한 욕심을 풍자해 속임수란 말 대신 꼼수라는 말을 코미디 용어처럼 사용하고 있다. 그 말이 순화해야 할 대상 같아서 국어사전에 보니 명사로 표기되어 있다. 오늘의 꼼수 현상을 훗날에 뭐라고 그 사전에 추가될까.

신약성서의 요한계시록에는 비유의 글이 글쓴이의 지칭 없이 이해하기 힘든 구절이 많다. 그 이유는 기록 당시 로마의 폭정 때문이라고 한다. 우리의 고전 역시 작자미상이 많지 않은가.

그렇다면 지금의 우리 현실을 어떻게 보고 기록될까. 나는 작년 말 외국에서 2개월 생활하면서 보고 느낀 것을 귀국해 기록했다. 이번 4·11선거 전, 예견하기를 재외교민들의 투표에 대한 집권당의 착각에 대해 냉정한 경고를 보냈다.

그 이유로 언론의 후퇴를 지적했다. 국내는 물론 해외에 송출하는 3사 방송들도 재방송 등 식상해 하는 재외국민들에게 '꼼수' 방송을 듣게 만들었다는 것이다. 이러한 정책에 대해 기득권층 에서는 잘 하고 있다면서 계속 귓속말을 하고 있다.

언젠가 '윗물 맑기 운동'이란 순수한 슬로건이 있었다. 선후가 없겠지만 분명 윗물이 맑으면 당연히 아래쪽은 맑아질 수 있다. 내가 아는 관료 한 사람이 있다. 그분은 자기 친구를 만날 때도 운전기사에게 차량의 뒤 트렁크를 아예 열어서도 안 되고 어떠한 물건 하나라도 받는 순간 사직서를 쓸 각오를 해야 한다고 전한다. 그분은 지금도 큰일을 하고 있다.

언제부터 이렇게 사회가 혼탁해졌을까. 도덕 부재일까, 정직함이 없어서일까. 빵을 훔친 죄일까, 아니면 산모가 돈이 없어 분유를 훔친 죄 같은 것일까.

LA 폭동 때에 대부분 상점이 털렸고 얼마 후 손해복구가 이루어졌다. 그때 그곳 방송에 출연한 가톨릭 주교가 약탈해 간 피의자들에게 이렇게 말했다. "훔쳐간 물건을 다시 원 위치에 갖다 놓으세요! 그렇지 않으면 용서가 안 됩니다."

죗값을 치러야 한다는 말의 뜻을 잘못 가르친 종교 탓일까. 혼자 기도해서 면죄가 된다는 믿음 때문일까. 무슨 운동을 펼쳐야 할지 정책을 펴야 될지, 아니면 국정원에서 할일을 총리실에서 또 하나 기구를 추가하듯 다른 교육기관을 만들어야 되는지, 바보처럼 누구에게 혁명을 바라고 믿어야 하는지 걱정이다.

요즘 스마트폰에는 좋아하는 사람의 사진을 담고 산다. 나도 휴대폰 바탕에 손자의 사진을 자주 본다. 우리의 작은 행복은 멀리 있지 않다. 부정한 돈으로 자식들에게 선물한들 마음이 어떠하겠는가. 그 자식이 다시 어떻게 살아가겠는가.

위는 아래를, 아래는 위를 믿고 사는 사회를 만들어 가야 한다. 믿음이 깨지는 순간에는 부끄러움으로 온 세상에 쉽게 퍼져 나가기 때문에 우리의 욕심을 줄여가야 한다. 보이지 않는 곳에서 속임수로 하는 일 때문에 얼마나 많은 이가 피해를 보는지 깊이 생각해야 한다.

'몽키 비즈니스'는 정녕 오락은 아니다. 세월이 지나도 없어지는 과거가 아니다.

📍 글로벌 호스피탤리티

'관광경찰' 불러 드릴까요?

//

2011년 10월 31일 ┃ 여행신문

지난 8월 대구벌을 달군 세계육상선수권대회. 뉴스를 통해 대회를 접하다가 인상적인 장면을 보게 됐다. 바로 제복을 입은 경찰들이 '안내'라는 명찰을 부착하고 대회에 참가한 외국인 선수의 통역을 맡고 있는 모습이었다. 평소에는 볼 수 없던 광경이었다.

사실 우리나라에는 '관광경찰' 제도가 제대로 자리 잡지 못했지만 다른 나라에서는 그 예를 쉽게 찾을 수 있다. 경찰이 외래 방문객들에게 친절·봉사 서비스를 제공하는 일이 보편화된 것이다. 터키를 방문했을 때 호텔의 숙박료 때문에 불평을 제기한 일이 있었다.

그때 호텔 직원이 불러준 관광경찰 덕분에 문제를 해결한 경험이 있다. 필리핀, 말레이시아, 터키, 태국, 멕시코, 그리스, 브라질 등에서는 관광경찰 제도가 활성화돼 있다.

이들 관광경찰은 늘어나는 국제전시, 국제회의와 국제경기 등에 지원돼 관광객의 편의를 도우며 그 나라에 대한 전반적인 이미지를 고취시킨다. 필자 역시 터키에서의 관광경찰에 대한 기억은 뇌리에 강렬히 남아 있고, 결국 이 나라를 재방문하게 됐다.

하지만 우리나라의 실태는 어떤가. 서울의 사직동 부근을 지나다보면 식사를 하기 위해 찾아온 동남아 관광객들을 매일 마주친다. 그들을 태운 관광버스들이 자리를 못 찾고 안전지대에 차를 대기라도 하면 얼마 후 경찰은 이동하라

몽골의 끝없는 대지에서 나래를 펼친 필자.

고 아우성이다. 지금은 그곳에 화단을 만들어놓고 CCTV까지 설치해 났다. 경찰은 외래 관광객을 귀찮은 존재로 취급하고 여행사는 죄인처럼 행동하는 일이 벌어지는 것이다.

연간 외래 관광객 1천만 시대를 눈앞에 둔 한국은 이미 2009년에 이주민 집계가 100만 명을 넘어선 국제도시다. 종로나 강남 일대를 걷다보면 각국의 언어가 한꺼번에 들리는 일도 잦다. 구로의 가리봉동과 영등포의 대림동에는 조선족, 광희동에는 몽골인, 마장동·홍파동에는 베트남과 태국인, 이촌1동에는 일본인, 방배동에는 프랑스 마을이 들어섰다.

생김새도 문화도 언어도 다른 이들이 우리나라 안에서 작은 타운을 만들고 한국을 제2의 고향으로 가꾸는 셈이다. 자연스럽게 한국은 복합적인 문화도시가 되어가고 있다. 이런 환경에서 전문적인 관광경찰제도의 안착은 그 필요성을 더해 준다.

우리나라에도 관광경찰이 전례가 없는 것은 아니다. 제주에서 기마경찰을 만들어 관광객에게 도움을 준 적이 있고, 강진 경찰서에서도 '관광경찰'로 적힌 조끼를 입고 관광객에게 안내 업무를 했었다. 청와대에도 'POLICE'라고 등에 적은 정겨운 복장으로 자전거나 롤러스케이트를 타고 아침부터 관광객을 안내하고 있다.

이제는 경찰도 필요에 따른 다양한 특성에 적극적인 준비를 해야 한다. 관광경찰이라는 맞춤형 서비스를 제공함으로써 외국인 관광객 1000만 시대와 다국적 문화도시로서의 위상을 높이는 효과도 노릴 수 있다.

이를 위해서는 실무적인 차원의 노력이 전제돼야 할 것이다. 기존의 노련한 담당자와 현직 의무경찰에 탁월한 외국어를 구사하는, 숨어 있는 젊은 인재를 충원하고 훈련시키는 노력이 필요하다.

관광경찰은 곧 관광객을 환대하는 한국의 인상을 만들어 간다. 관광경찰은 관광 강국과 열린 국제도시로 발돋움하기 위해 우리나라가 바로 지금 고민해 볼 시점이다.

6월은 축제의 달

2002년 11월 24일 | 마포신문

앞으로 우리 민족의 6월은 축제의 달이 될 것이다. 가슴 아팠던 기억은 떨쳐 버리고 한민족이 재결속하여 번영과 영광을 기리는 '코리안 페스티벌'이다.

월드컵 이후 우리도 몰랐던 우리 자신을 새롭게 발견한 것이다. 첫 번째는 일본인도 놀란 한국인의 단결력이다. 88올림픽 때는 일본인들이 돈벌이를 궁리했고, 이번 월드컵 때는 공동주최로 걱정이 앞서기도 했다. 그러나 실제로 모든 주도권을 우리가 가졌다는 점이 놀랍다.

두 번째는 세계인을 놀라게 한 우리의 잠재능력이다. 정말 우리 자신도 스스로 더욱 놀랐다. 무조건 '하면 된다'가 아니다. 정보 전략과 기술능력의 총체적 하모니가 바로 그 비결이었다.

세 번째는 서양에도 앞서고 아시아의 자존심을 지킨 문화 콘텐츠이다. 그 내면에 정신과 색깔은 이미 달라져 있었다. 경기를 하면서 증오하는 것에 반해 우리는 상처받으면서도 혈투로 연결시키지 않는 미덕을 보여주었다. 그리고 조상들이 건네준 흰 옷을 벗어 던졌다. 역동성과 정열의 상징인 아름다운 붉은 색이 모든 이의 가슴에 이글거렸음을 알았다.

그렇다면 세상을 놀라게 했던 힘의 원천은 어디에서 왔을까? 그 중심에는 자랑스러운 젊은이들이 있었다. 그리고 전 세계 방방곡곡에 우리 교민들이 있었다. 생업을 중단하고 이웃에게 자선을 베풀면서 독려했고, 우리의 승리 때마다 목 놓아 울음을 터뜨렸다. 울타리가 두터운 북한에서도 우리의 중계방송을 보여줄 정도였으니 그 이상 무엇을 바라겠는가?

월드컵 기간 중 세계 언론의 사설 중 두 가지를 소개하고자 한다. 그 중 하나는 '한국인들이 외침만 당하던 그런 시대는 갔다. 공격형으로 정신과 체력이 변해 버렸다'. 그렇다. 최고의 방어는 곧 공격이기 때문이다. 또 하나는 반세기 동안의 '레드 콤플렉스로부터 자유로워졌다'는 것이다.

350년 전 네덜란드인 하멜은 제주에 표류하여 13년을 살다가 본국으로 돌아가 하멜 표류기를 유럽에 내놓음으로써 우리를 세상에 알렸다. 금년에는 히딩크라는 사람이 해방 이후 가장 큰 기쁨을 선사해 주었다.

그는 우리에게 따뜻한 가슴과 강한 도전정신을 일깨워 주었다. 그리고 그는 목표를 정하고 인내할 줄 알았다. 또한 우리 민족이 갈망하던 시를 쓰기 시작하여 성미 급한 한국인에게 1년 6개월 만에 시집 한 권을 선물로 주고 떠났다.

앞으로 우리는 민족의 숙제로 남겨진 것이 있다. 인재를 발굴하여 키울 줄 알아야 한다는 것이다. 사회 각계각층에 지도자를 만들어 힘을 실어주어야 한다. 될 성싶은 인물에게는 칭찬과 격려를 아낌없이 해주어 세계적인 인물로 키워 부강한 나라가 되도록 해야 한다.

우리는 사람을 키워야 한다. 집안에서 헐뜯어 밖에 내보내면 대표성이 약해지고 책임성도 떨어진다. 지도자를 정점으로 결속하지 못하면 외부의 힘에 의해 파멸을 불러일으키는 것과 같다.

또 월드컵 이후 외국에 나가보니 우리는 선진국 사람들보다도 우선적으로 관심의 대상이 되어 있었다. 속마음은 우쭐했지만 너무 무거운 짐을 짊어진 기분이었다. 그래서 생각한 것은 겸손이었다. 상대방을 배려하는 예의와 질서를 지키는 여유, 때로는 겸손하면서 냉철한 요구도 할 줄 아는 습관을 몸에 익혀야 한다.

히딩크 군단에서 우리 선수들에게 지적한 것이 하나 있다. 외국어 구사 능력이다. 지금에 와서 보니 세계 진출하는 데 부진한 점은 바로 그것이었다. 예컨대 좋은 컴퓨터를 다루면서도 번역자를 채용해야 하는 불편함과 비용이 문제가 되는 것과 같다.

어디 영어뿐이랴! 유럽인들은 웬만하면 모국어를 포함하여 3개 국어를 한다. 물론 언어 구조상 배우기가 쉽지만, 우리는 스스로 잘 알지 못하고 우리나라에 대해서도 잘 말하지 못한다. 개방주의 시대에 살고 있으므로 영어는 기본이다. 미국에 가서 영어 공부하는 불필요한 시간을 보내는 사이에 한국에서 중국어와 일본어를 습득한 젊은이는 이미 세계를 주도할 인물로 키워지고 있다.

사회 전반적으로 지도자는 있으나 받들지도 키우지도 못하는 과거 우리의 나쁜 근성은 태워 없애 버려야 한다.

온 나라에 붉은 악마의 기적을 일구어 지축을 흔들었듯이 부디 우리 젊은이들이 흰 머리가 돋기 전에 통일을 일구어 세계를 주도했으면 한다. 해마다 6월에는 민족의 기운을 모으는 축제를 열어 우리의 뜨거운 정열을 길이 보전하자.

글로벌 호스피탤리티

이리와 연변 그리고

2005년 6월 15일 | 이공동문신문

11년 전 매일 아침 수염을 깎고 출근하던 직장을 뒤로 하고 몽골에서 8일간 여행을 했다. 그리고 국경을 넘어 덥수룩하게 자란 수염 얼굴로 시베리아의 진주라 불리는 이르크츠크를 여행 한 적이 있었다.

호텔에서 멋을 내지도 않고 일부러 간편한 복장이 이상히 보였을 내게 접근해 오는 일본인 셋이 있었다. 바이칼이 있는 그 도시에는 모두 슬라브계 백인들이 살고 있는데, 동양인은 오직 그들과 나밖에 없었던 탓이다. 그들은 엔지니어였다. 그때 그들은 한국에서 출시되는 차량의 엔진을 설계 제작한다고 했다.

그들이 나에게 접근했던 목적은 동양인끼리 러시아인을 흉보기 위해서였다. 예컨대 비자를 3일짜리로 해주거나 '트렌지트(통과 비자)'를 허용해 주는 등 타국에 없는 법이 웃음거리가 되어 일본인과 나는 러시아에 대항하는 방법을 공조한다.

지난 4월 5일 2년에 한 번꼴 모교와 동창들을 만나기 위해 일본에서 서울로 온 일본인 이공동문 9명을 맞이했다. 그 중 세 명은 해방 이후 처음 한국을 찾은 동문도 있었다.

한국 측에서는 5회 정영순 회장을 비롯해 재경동문회장과 5회 동창들이 자리를 함께했다. 김규수 재경회장이 한국식 만찬을 베풀어 줬고, 서울에서 첫날밤은 60년 전 학창시절로 다시 돌아가는 느낌을 받았다.

재경회장의 환영사에 이어 일본 총무 스에다케 동문은 "한국이 빨리 발전해서 기분이 좋다. 우리들은 한국이 고향이다"고 답사했다.

해방되면서 미처 졸업하지 못하고 쫓겨나다시피 도착한 일본에서 다시 적응하기 힘들었고, 일본에서도 따돌림을 받았다는 것이다.

30년 동안 도요다에서 근무했다는 가와부치 동문은 귀국 후 힘든 어부 일을 했다고 한다. 그 후 도요다 회사에 시험을 보는데 면접관이 "어부를 하다가 어떻게 이런 큰 회사에 취업할 수 있냐"고 질문했다는 것이다. 그는 곧장 "고기를 잘 잡는 방법을 연구해 남보다 일을 잘했으니 이곳에서도 잘할 수 있다"고 답변해 40대 1의 경쟁률을 뚫고 취업했다고 한다.

필자는 일찍이 연변에 살아계셨던 이모님을 찾아 한국으로 모셨다. 한국에서 3개월 동안 어머니와 친척들의 50여 년의 한을 풀어드린 적이 있다.

어머니가 이모님께 "중국으로 다시 가지 말고 한국에서 같이 살자"고 말하자 대답은 당연히 찬성하지 않았다. 조국이 낯설었던 것이다.

오래 떨어져 있던 시간들은 문명의 이기(理氣)처럼 약자 편에서 보면 '왕따' 같은 기분일 것이다. 그래서 현지의 기본 입장에 있는 사람들은 거리감을 자연히 느끼게 될 수밖에 없다. 같이 발붙여 살 수도 없고, 그리워하는 것도 짊어진 인연의 끈으로만 느끼며 살아가야 하는 것일까?

현해탄에 담을 쌓고 살 수는 없는 노릇이다. 동양인과 서양인이 결혼해 낳은 2세를 혼혈(混血)이라 한다. 그렇다면 살을 섞지 않고 동양인으로 함께 정신을 나누는 일에 젊은 시절을 보냈다면 그것도 혼연(混然)이라고 할 수 있지 않을까.

젊은 후배들이 이상해 할까 봐 걱정하며 재일본 동문들의 도착 소식을 작게 말하는 5회 정영순 회장님을 보았다. 그리고 한국의 동창 친구들이 모두 좋아하며 만나는 표정은 우리도 참 보기 좋았다.

비평은 하되 비관은 하지 말아야 한다. 오래 전 만들어놓았던 이리공고 교기 2개 중 1개를 일본 동창들에게 건네주면서 한국측 회장이 작은 목소리로 귀띔해 줬다.

"이제는 나이 들어서 일본 동창들이 왕래하지 못할 것 같으니 이 교기를 가지고 가서 마지막 2명 남을 때까지 일본에서 모임을 가지게!"

이 말을 끝으로 동창들의 모임을 맺었다.

규슈와 혼슈 지방의 하늘 위로 맘껏 나는 새들은 호남평야를 맴돌아 멀리 시베리아에서 여름을 나고, 다시 추워지면 어미 새가 하던 것처럼 호남평야에 쉬었다가 현해탄을 다시 넘을 것이다.

두 곳의 할아버지들, 그리고 그의 아들과 손자들이 미래에 평화로운 새들처럼 오래오래 마음을 나누고 살았다면 좋겠다.

裡里と 延辺

11年前の12月、毎朝髭を剃って出勤していた職場を後にし、モンゴルへ8日間の旅行をした。

途中、伸びきった顎鬚の顔で再び「シベリアの真珠」と呼ばれているイルクーツクという所を一人で旅行したことがあった。

洒落もなく髭も剃っていなかった、みすぼらしく見える私に興味を持って3人の日本人が近寄ってきた。

バイカル湖のあるその都市には皆スラブ系の白人が暮らしてあり、同じ東洋人は彼等日本人と私だけであった。

彼等はエンジニアで当時自分達の会社で韓国の新しい自動車エンジンを設計・製作していると言った。

彼等はロシア人の悪口を言いたくて同じ東洋人の私に近寄ってきたのであった。

ビザを3日間にしてくれるだとか通過ビザの発給を許可してくれる等、他国にはない可笑しな話に日本人達と私はロシア人に対抗する方法を提供し合った。

去る4月5日、2年に一度の母校との同門会を開くためにはるばる日本からソウルに到着した日本人同門生9名を迎えた。そのうち3人の方は終戦後初めての韓国訪問であった。

韓国側からは5期 鄭英淳会長をはじめ在京同門会長の金圭朱同門（21電）そして4期同窓生が多数同席された。金圭朱在京会長が韓国式の晩餐会を準備し、ソウルでの初日は60年前の昔の学生時代に戻ったような気分になった。

在京会長から歓迎の言葉に続き日本側の幹事末武利項氏が「韓国が早期に発展したことに感動し、大変嬉しく思っております。韓国は私達の永遠な故郷です。」と答辞された。

　戦後・韓国開放で卒業もできず、追い出されるような形で日本に帰り、敗戦して何もない国で再生の道を探し適応して生きていくには想像もつかない苦労であったそうだ。

　30年間トヨタで勤務された川渕敏夫（3電）先輩は帰国後魚業の仕事をされたそうだ。

　その後トヨタ自動車会社の入社試験の際、面接官の「魚業をしていた身でこんな大企業で どうやって働こうと思っているのか」という質問に「魚の採り方を研究し大量に採ることに成功した経験を生かしてこの会社でも成功する自身があります。」と答え、40倍の競争率を 勝ち抜いたというウィットに富んだ先輩の話に感銘を受けた。

　筆者はかつて 延辺(昔の漏州地方)に住んでいる叔母を訪ね韓国に招いた。韓国で3ヶ月間母と親戚間の離散の恨みを解いて差し上げた。

　母が叔母に中国に再び帰らず韓国で一緒に暮らそうと言ったが、叔母は頷かなかった。

　祖国はすでに不慣れな国となっていたのであった。

　永く離れていた時期は文明の理気のように他郷の立場から見ると疎外されている気持ちにもなるだろう。現地の人々が自然と距離感や違和感を持つのと同じであろう。

　一緒に暮らせず、幼いころの絆と思い出だけでこれから生きて行くしかないのだろうか。

　玄海に壁を作って生きることはできない。東洋人と西洋人の間で生まれ

た子供を混血と言う。

　では、血の通わない東洋人同士が一緒に精神を分け合った青年時代を送ったとすればそれは

　「混縁」と言うのだろうか。

　若い後輩がどう受け入れるであろうかと多少心配されながら日本人同門達の到着を伝えられた鄭英淳会長を見つめた。

　そして、宴会が盛り上がりお互い再会の喜びを分かち合い楽しんでいる姿に、まだ若い後輩の私にもよく見られない韓日同窓生間の和気藹々とした雰囲気に心を打たれた。

　批評はしても悲観はしなくていいと思った。

　以前作っておいた校旗の二つのうち一つを日本同窓生に譲りながら韓国側の鄭英淳会長は「後輩のいない日本同窓生の皆様には歳をとるにつれて淋しい思いばかりでしょう、最後の2名の方まで大切にし頑張ってください。」と激励し宴会を終えた。

　九州と本州の空を思う存分飛び回る鳥達は湖南平野まで飛び回りシベリアで夏を過ごす。

　再び寒くなる親鳥のように湖南平野で休んでから玄海を又越えるであろう。

　両国のおじいさん達とそしてその息子系たちが、平和で睦まじい鳥達のように末永く心を

　分かち合い、暮らすことができればどれほど素晴らしいことだろうか。

　ラムニスト　韓国ユースホステス同友会会長　金東坤

📍 글로벌 호스피탤리티

길 떠나기
//////////////////////

2006년 7월 | 한국유스호스텔신문

요즘 뉴스를 듣다 보면 안타까움을 느낄 때가 있다. 외국으로 배낭여행을 떠난 젊은이들이 어느 날 갑자기 나쁜 소식과 함께 집안 모두에게 걱정을 끼치며 한국에 연락이 오는 경우다.

예로부터 여행을 떠날 때는 "두 번을 생각하라"는 말이 있다. 요즘 여행자들은 너무 쉽게, 또한 지나치게 서둘러 외국 여행을 다녀오고 있다. 필자는 여행을 5단계로 나누어 계획해 실행하라고 권하고 싶다.

첫째, 여행지에 대한 사전조사를 해야 한다. 준비성에 관한 얘기다. 지리적 자연 환경, 교통 환경을 미리 숙지하라는 것이다.

둘째, 여행지의 전통 풍습 종교 인종 등에 관하여 긍정적적인 이해를 하라는 것이다. 즉, 로마를 여행 할 때는 로마인이 되라는 것이다. 우리와 다르다는 이유로 현지의 관습을 이상히 여길 필요가 없다. 그들은 그렇게 오래 살아왔다. 즉 고정관념을 버려야 한다.

셋째, 겸손하라는 것이다. 외국을 여행하면서 느낄 수 있는 것은 매사에 겸양의 보상으로 제공받는 사례 부분이 돈을 지불해 받는 서비스보다 더 클 때가 많다는 것을 배우게 된다. 즉 외국에서의 겸손은 돈보다 중요하다는 것이다.

넷째, 현지 음식을 꼭 먹어보고 또한 인정을 해줘라. 먹는 태도는 현지인들에 존경의 대상이 되기도 하지만 마시는 것은 생존문제가 될 수 있다. 즉 인도에 가면 "강물도 세 번을 맛을 보고 마셔라"는 말이 있다.

초원의 길은 사람과 승용차가 만든다.

　다섯째, 민간외교관의 역할을 해야 한다. 현지를 여행할 때 그곳의 주민들은 우리가 궁금해 하는 것보다, 그들도 우리에 대한 의문점이 많다. 우리나라에 관한 기본적인 상식을 준비하고 답변을 해주어야 한다. 그리고 작은 선물을 준비해 감사의 표시를 해야 한다.

　우리나라는 해외로 나가는 관광객 수가 성수기에는 월 100만 명이 넘는 수준이다. 외래 관광객보다 17%가 더 많이 외국을 여행하고 있다. 외화를 소비하는 것 또한 외래 관광객이 한국에서 소비하는 것보다 1인당 400달러 이상을 소비하는 것으로 조사되고 있다. 전 세계의 관광지에 가보면 과거에는 일본인 관광객이 주류를 이루었지만 지금은 그 자리를 한국인이 차지하고 있다.

　오래 전부터 보고 느낀 것이 하나 있다. 한국을 찾는 외국 관광객이 우리나라의 불우시설과 고아원을 찾아 여행경비의 일부를 기부하면서 흐뭇하고 떠나는 것을 본 적이 있다. 최근에는 페리선(Ferry)을 타고 바다의 쓰레기를 줍는 대학생 여행 프로그램도 생겼다.

여행문화가 달라지고 있는 것이다. 경쟁하듯 발바닥 여행 경험을 자랑하고 사진 찍기만 좋아하는 여행으로부터 발전하고 있다. 살아 숨쉬는 문화를 체험한 것을 글로 꼼꼼히 남기고, 가난한 사람들에게 감사하고, 자연에 감사하며, 돌아와서는 조국에 감사하는 마음가짐을 가진다.

바이칼에는 리스트 비앙카 마을이 있듯이, 흡수골은 하트칼이란 예쁜 마을이 있다.

서양의 어떤 성인의 말처럼 '내가 지나온 모든 발자국'의 모양까지도 염려하는 마음가짐으로 모범된 행태를 보여주고, 이로 인해 한국 여행가들의 좋은 인식이 입소문으로 퍼져 가는 곳마다 진정으로 환영받고 존경받는 한국 관광객이 되어야 한다.

무작정 멀고 높이, 그리고 많이 길 떠나는 여행에서 이제는 여유롭고 알찬 여행, 안전한 여행 과 보람을 가져오는 즐겁고 행복을 주는 여행이어야 한다.

글로벌 호스피탤리티

새천년 이브에는 촛불을 켜자

1999년 5월 28일 | 여행신문

요즘 우리 주변에서 꿈과 희망을 주제로 한 노래와 글을 많이 접하게 된다. 모든 것에는 시작과 끝이 있다. 끝과 시작은 같은 점에서 시작된다. 그 곳에는 마치 나이테 같은 쉼이 있다.

우리는 지금 지내온 천년의 끝을 쥐고 있다. 과연 이즈음에 우리는 무엇을 해야 할까? 우리는 좌우도 살피지 않고 앞만 보고 달려왔다. 더욱이 자기 자신을 들여다 볼 여유를 가지지 못했다. 동양인들은 철따라 환경에 어울리는 세시(歲時)를 지녀 가족과 이웃이 한집에서 즐기는 쉼 문화를 간직하고 있다. 서양인들은 땅에게도 휴식년을 7년마다 정기적으로 주고 있으며, 그 한 해에는 씨를 뿌리지도 않고 묵정밭처럼 두곤 한다.

좋은 시작을 위하여 잘 쉬는 방법을 알아야 한다. 지금 우리의 입장에서 본다면 아마도 쉼의 준비가 되지 않은 상황에서 예견된 재앙을 만났고, 또한 무릎을 꿇은 상태가 되어 버린 느낌이다.

그 대가는 너무나 크다. 쉼 문화가 아닌 놀이문화로 너무 탕진했고, 그 결과 너무 큰 고통을 받고 있는 셈이다.

관광산업은 모든 사람이 성실하게 일한 후 저축하여 자기생활을 벗어나 모든 것을 떨쳐 버리고, 휴식을 취한 후 에너지를 충전해 다시 자기생활 터전으로 돌아올 수 있게 도와주는 사업이다.

한 천년을 보내고 있는 요즘 새로운 제안을 해본다. 우선 문명사회를 뒤로 하고

처음으로 되돌아가는 쉼 문화를 마련하자는 것이다. 자연친화적인 민속전통문화 속으로 돌아가는 것이다. 최근 영국여왕의 한국체험이 우리들에게 다시 감명을 주는 것도 그 까닭이다.

북유럽의 노르웨이 사람들은 전기가 풍부해도 전등불보다 촛불을 선호한다고 한다. 소규모 시설이지만 5년 연속 좋은 호텔로 손꼽히는 미국의 '벨 에어' 호텔은 전등·TV·전화 등이 없기로 유명하다. 문명의 시계를 잠시 멈추게 하고 자기 자신의 내면으로 여행을 해보게 하는 것이다. 적은 비용으로 큰 효과를 거둘 수 있는 쉬운 방법이기도 하다.

인간이 만들어낸 전기, 전화, TV, 자동차, 컴퓨터 등은 우리의 생활을 편리하게 해왔으나 오히려 더 많은 크기의 정신생활을 퇴보시켜 왔다.

반나절을 걸어도 좋다. 고향 초가집 아궁이에 불을 지피고 그곳의 맑은 물

양털로 만든 몽골 게르의 아름다운 모습.

로 찻잎을 따다 찻물을 우려내 보자. 그리고 연필을 깎아서 사랑하는 사람들에게 편지를 써보자. 천년 묵은 때를 벗겨내듯 말이다. 지금부터 이런 것을 시작하자. 전통가옥으로 지은 민속호텔을 만드는 것이다.

유럽에서는 일찍이 성공했다. 북한의 개성에는 이미 20개동 100실 규모의 민속호텔을 갖춰 놓고 15년 전부터 운영하고 있다. 알짜배기 개별 관광객은 이런 전통문화 경험을 필요로 한다.

10년간 잘 지으면 100년 손님이 오실 것이며, 100년간 잘 지으면 1천년 동안 역사적 문화유산이 될 것이다.

그곳에서 가야금을 뜯게 하자. 가야금 뜯는 손은 서양의 발레보다 아름답고 그곳에서 울려 퍼지는 음률은 천상에서 내리는 꽃비 소리처럼 아름답고 황홀한 것이다.

마무리를 잘하고 새천년의 새 희망을 준비하기 위한 새 다짐을 해보자. 엘리자베스 여왕 내외가 안동에서 하룻밤 쉴 수 있는 전통숙박시설이 있었다면 1억 달러 CF 모델이 무상으로 연출됐을 것이다.

새천년의 시작 종소리가 울려 퍼지는 순간까지 촛불을 켜보자.

📍 글로벌 호스피탤리티

밀레니엄 월드컵

//////////////////////////////////

2002년 5월 29일 | 알리오 뉴스

역사적으로 기록되는 월드컵경기가 우리 곁에 다가왔다. 우리는 PATA, 88 서울올림픽, ASEM 등 지구상에 위상을 높인 큰 축전을 성공적으로 마친 경험이 있다.

우리는 집을 떠나온 이방인들에게 자기 집에서 느낄 수 있는 편안함을 제공해야 한다. 그리고 반대급부로 우리에게는 경제적인 수익을 기대할 수 있다.

이번 월드컵 때는 역사 이래 가장 많은 관람 관광객이 입국한다. 지방도시에서도 같은 시기에 외국인들을 많이 만난다. 관광객의 소비행태 또한 기록이 갱신될 것이다.

통계적으로 보면 내방객들은 평균 4박(四泊)을 넘기지 못하고 서울과 근교에만 머물다 간다. 피부색이 다르고 언어와 문화가 다른 사람에게는 그들의 욕구가 다르고 민족의 표현도 다를 수밖에 없다.

식품접객업소, 숙박업소, 민박가정에서 도움이 될 만한 내용을 적어 본다. 이미 보건복지부 관광공사, 각 시도에서 배포한 안내서에 기술되지 않은 것을 찾아 6개 부문으로 정리했다.

첫째, 업소의 현 위치를 알려주는 것이다. 권역별로 관광 안내소가 이미 배치됐다. 그곳에서는 영어·일어·중국어판으로 관광지도, 숙박업소, 식당, 관광명소 등 자료가 무료로 제공되고 있다. 그것을 활용해 업소 표시를 하고 복사해두면 관광객이 편리하게 활용할 수 있다. 작은 명함을 준비해두는 것도 꼭 필요하다. 다시 찾아오는 데 불편함이 없게 하기 위해서이다.

또한 영업 시간을 표기해야 한다. 그리고 그 시간을 꼭 지켜야 한다. 숙박업소는 퇴실 시간을 표기해놓고 고객과 마찰을 줄여야 한다. 일부 유스호스텔은 투숙 시작 시간과 때로는 취침 소등시간까지 표기한다.

식당의 메뉴판에는 일부 2개 국어로 준비되어 있다. 하지만 더 중요한 것은 메뉴를 구성하는 주재료와 부재료, 요리 방법, 소스, 곁들여 따라 나오는 음식 등까지 표시하면 외국인들은 처음 보는 음식이라도 마음 편히 주문할 것이다.

둘째, 식사에 관한 것과 잠자리다. 때로는 숙박료보다 식사하는 데 소비되는 비용이 클 수 있다.

지구상에는 빵, 쌀, 고기를 주식으로 하는 사람으로 분류된다. 그러나 세분화해 보면 빵은 유럽인, 중국인, 러시아인이 먹는 종류가 조금씩 다르다. 밥도 손으로, 혹은 젓가락과 숟가락으로 먹는 방법이 다르다.

육류 중에도 소고기를 먹지 않는 힌두교도와 돼지고기를 먹지 않는 회교도가 있다. 술도 식사 중에 먹지 않는 회교도가 있고, 그 밖에 식사 때 맥주나 포도주를 꼭 곁들이는 서양인들도 있다. 이들은 주류 주문을 받지 않으면 오히려 섭섭하게 생각한다. 그리고 채식주의자들에게는 육류를 피하는 대신 생선까지는 먹으며, 달걀이 들어간 음식도 먹지 않는다.

잠자리로 온돌방은 일본인이나 우리 민족은 별 문제가 없으나 대부분 외국인들은 침대를 이용하는 것이 원칙이다. 방 구조도 침대 형태별로, 그리고 욕조가 딸린 방과 샤워만 가능한 방이 있다. 그러므로 고객 입장에서 상세히 안내하고 기능까지도 설명해 줘야 한다.

셋째, 의사소통의 문제다. 의사소통에는 얼굴 표정, 손발 몸짓, 말이 있다. 그 중에 핵심은 우리말을 또렷하게 하는 것이다. 그리고 자신감 있게 웃는 얼굴로 응대해야 한다. 외국어를 못하는 일이 수치가 아니다. 업소에서 외국인을 만나 얼버무리는 행동은 부끄러운 일이다. 요즘 무료통역 서비스를 하는 곳이 많다. 각 시·도, 관광공사 등의 편리한 방법을 미리 알아뒀다가 이용하면 된다.

일본인들은 외국어를 못할 경우 주위에서 끝까지 찾아내 통역을 부탁하고 해결해 준다. 일반 업소에서는 30개 문장만 암기하면 충분한 대화가 되므로 일찍이 준비하는 것도 좋다.

정성을 다하는 종업원의 모습만 보여줘도 그들은 만족한다. 그리고 듣지 못한다고 외국인 옆에서 흉을 보거나 험담하는 것은 자기언어를 못 알아듣는 것보다 더 불쾌하게 생각한다.

넷째, 위생 문제이다. 종업원들의 용모에 대해 많은 신경을 써야 한다. 유니폼은 매일 깨끗한 옷을 착용하고, 손톱은 짧게 깎아야 한다. 손톱에 매니큐어를 칠하면 안 되고 지나친 보석류는 금물이다. 머리도 단정히 하고 남자는 매일 면도해야 한다. 여자는 화장을 지나치게 하면 안 된다. 영업시간에 손님과 같은 화장실을 사용하면 미관상 좋지 않다.

화장실을 이용한 후 손을 꼭 씻는 것도 잊으면 안 된다. 영업 중에 종업원들이 얼굴이나 머리를 만지는 것도 용납이 안 된다. 또 영업시간 중에 종업원이 손님과 같은 식탁에서 식사하는 것도 눈살을 찌푸리게 하는 행동이다.

다섯째, 계산할 때 만족했는지 불편함은 없었는지 고객의 의견 경청을 유도해야 한다. 그리고 현금이나 카드를 받게 된다. 고객들은 대개 계산 내역을 최종 확인하는 버릇이 있다. 그러면 시간이 지체되더라도 함께 설명해 줘야 한다. 왜냐하면 그들은 미처 기록이 안 된 부분을 스스로 찾아 계산하는 정직성이 있기 때문이다.

부득이 외환을 사용할 경우에는 시세표를 참고하면 된다. 각자 계산하는 사람들이 많으므로 한 가정이 아니라면 미리 계산서를 구분해 두는 것이 좋다.

여섯째, 환송 명함이나 연락처를 받아 놓으면 여러 가지 용도로 쓸 수 있다. 전자우편으로 감사의 편지를 띄우고, 분실물을 전해줄 수도 있다. 작은 토산품을 준비해 뒀다가 선물하면 좋은 인상을 오래 간직할 수 있다.

이번 월드컵경기 기간 중에는 전 국민이 세일즈맨으로 뛰어야 한다. 친절만큼 좋은 상품은 없다. 모든 요금에는 상품 값어치뿐 아니라 친절이라는 값이 반드시 포함되어 있다.

실제 우리나라 물가가 일본보다 비싸다고 최근 발표한 적이 있다. 그야말로 정신을 차려 손님맞이를 해야 한다. 다양한 소비자들이 우리의 문화상품까지도 맛들이고 떠나면 수백 명의 다른 고객에게 오피니언 전달자가 되어 다시 돌아온다.

월드컵경기를 계기로 30만 명의 관람 관광객이 수조 원의 부가가치 창출효과를 가져다 줄 것이다. 친절하고 정직하게 그들을 환대하면 우리의 자존심에 상처를 내는 것이 아니다. 그러면 그들은 오히려 우리를 존경할 것이다.

부탁하고 싶은 것이 있다. 길에서 외국인을 만나면 미소 띤 얼굴의 눈인사로 대해 주고, 식당에서는 외국인이라고 이상한 눈길을 주지 말라는 것이다.

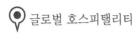

글로벌 호스피탤리티

하멜과 히딩크

2003년 9월 3일

지금부터 20여 년 전 국사편찬 위원에게 이렇게 물어 보았다.

"지금의 역사를 어떻게 기록하시겠습니까?"

대답은 이러했다.

"다행히도 지금의 역사는 우리가 쓰지 않습니다!"

360년 전, 1653년 8월 16일 새벽 1시경에 제주도 남쪽의 이름 없는 바닷가에 네덜란드 선적의 동인도회사 소속 상선 '스페르웨르호'가 난파됐다. 당시 난파선에는 64명의 선원 중 36명밖에 살아남지 못했다. 여기서 생존자 중 한 사람인 총무 역 하멜이 우리 역사 「효종실록」에도 기록됐다.

인도네시아를 떠나 대만을 경유해 일본의 나가사키로 무역상품을 싣고 향해 중 태풍을 만난 것이다. 하멜은 당시의 상황을 이렇게 적고 있다. 조선 사람들은 이 세상에 10개의 나라 정도만 존재하는 것으로 믿는다고 씌어 있다. 당시 네덜란드는 국제상선만 3만4천 척을 보유했다.

조선 효종의 선왕인 인조 때 병자호란의 패전으로 형 소현세자, 셋째 안평대군 등 3형제가 청나라에 볼모로 잡혀 갔다가 8년 후 귀국한다. 이때 청나라에서 수입된 서양문물을 접한 소현세자는 서양 신부 아담 샬과 사귀면서 천주교를 알았다.

귀국한 소현세자는 청나라에서 가져온 서양문물을 찬양하며 조선의 변화를 역설했다. 하지만 결국 의문사당하고 인조대왕과 코드가 맞는 반청주의자인 봉림대군(조선 제17대 효종)이 왕위를 이어받는다.

효종은 북벌정책으로 성공한 듯했지만 지나친 군비 확충으로 민생은 어려워지고, 경제 재건을 꿈꾸지만 뜻을 이루지 못하고 41세로 세상을 떠난다.

하멜이 난파 당시의 일본 나가사키는 네덜란드 빌리지가 이미 형성됐다. 일본은 서양문물을 받아들여 총·대포 전함을 만들어 그 힘을 바탕으로 조선을 침략한다.

하멜이 처음 느끼기에는 조선을 청나라의 일부쯤으로 생각했고 동양의 은둔 국가로 묘사했다. 그로부터 반세기 전 임란 때 일본은 조선에서 활자를 약탈해 활자 기술을 발전시켰고, 조선 학자들을 끌고 가 성리학을 배웠다. 그리고 심수관 1세와 딸린 도공까지 데려간 일본은 세계적인 우리 도자기 제조기술을 이용해 만든 작품으로 세계에 널리 알렸다.

그 무렵 서방에서는 셰익스피어와 세르반데스의 전성기였다. 극문학이 고조되었으며 이미 소설 장르가 싹트고 있었다. 같은 시기에 살았던 송강 정철과 율곡 이이는 귀양문학 혹은 좌천문학의 업적을 남긴다.

네덜란드에서 은퇴 후 3개월간 자동차 여행중인 부부를 몽골 후스타인 공원에서 만났다.

효종 때 조선에서 13년을 보낸 하멜은 총포기술을 전수해 줬다고 실록에는 나오지만 그 이전에 귀화한 박연(네덜란드 벨트브레)이 가르쳐 주었다는 학설이 먼저이다.

핵심 기술자들을 끌어다가 과학기술·천문학 등 국익 차원의 욕망을 채운 나라와 조선에서는 사대주의 배격을 중시해 하멜 일행을 노동자 수준으로만 일을 부린 것 같다. 그것은 13년간의 노임청구서를 책으로 만들어서 우리에게 보낸 것을 보면 알 수 있다.

내 것을 지키기 위해 울타리를 치고 우리 것만 좋아라고 성을 쌓았지만 서울의 이태원은 청나라로부터 일본·미국이 번갈아가며 자기네 땅처럼 사용하고 있지 않은가!

그런데 우리에게 구체적인 희망을 준 또 다른 네덜란드인 거스 히딩크는 한국현대사의 2002년 6월에 우리와 함께 영원히 그 이름을 기록했다. 그는 스포츠맨, 스포츠 과학인, 전략가, 시인이었으며 또한 최고경영자였다.

우리 자신도 놀랐지만 그는 더욱 한국인에 대해 놀랐다는 것이다. 역사 이래 우리들 위에서 군림했던 나라들을 코가 납작하도록 만들어 주었다. 어쩌면 조상들의 한 맺힘까지도 모두 청산해주고 꿈을 현실로 완성시켜 준 셈이다.

최첨단 정보지식으로 무장하고 세계와 맞서 이기는 것은 우선 경쟁 국가들을 알아야 한다. 그 뒷받침하는 기본이 그 나라의 언어를 알아야 한다. 그 다음에야 전술과 전략으로 경쟁 상대국을 승복시킬 수 있는 것이다.

내가 만난 선진국 외교관들은 외교관이라기보다 전문가 집단이었다. 우리나라 외교관은 한두 외국어만 하면 되는 것으로 알고 있지만 그들은 여러 가지 외국어는 일반 상식이다.

히딩크는 5개 국어로 말했다. 앞으로는 모국어를 비롯해 영어는 기본이고,

이웃 중국어와 일본어를 구사할 줄 알아야 진정한 21세기의 강자가 될 것이다.

역대 대통령들은 개혁하자면서 정치인과 공직자들이 달리는 기관차 바퀴를 갈아 끼우는 것에 비유했고, 시늉만 하더니 결국 IMF 관리들이 한국은행 안방의 책상을 차지하지 않았는가.

역사의 교훈은 개혁의 숙제보다 더 무서운 개방이라는 봇물에 이미 숨이 멈췄다는 것이다.

지금 우리들은 300년 후에 기록할 오늘의 역사를 능동적으로 만들어야 한다. 과연 상암 경기장을 히딩크 경기장으로 과감하게 이름 불러줄 수 있겠는가? 혹여 히딩크 동상을 그곳에 세워 보면 어떨까.

세계를 향한 큰 도전정신으로 내 안의 높은 벽을 먼저 허물어 버려야 한다.

모텔과 유스호스텔, 그리고 관광산업

우리나라에서 모텔이라는 용어를 잘못 쓰기 시작한 것은 10여 년이 지났다. 합성어인 이 용어는 국토 면적이 자동차로 2~3일 이상 소요되는 국가에서 하이웨이 주변에 위치해 여행객이 자동차와 함께 숙박하는 자동차 여행객 호텔을 말한다. 이것이 우리나라에 잘못 인식돼 변형된 숙박업소 이름으로 지어졌다.

88올림픽 경기와 월드컵 때에도 예상 방문객이 숙박 객실보다 많다고 해 서울시내 모텔들과 외곽 모텔까지, 교육 자료를 배포해 손님맞이 준비를 한 적이 있다. 이른바 통계숫자 들러리에 한몫을 한 셈이다.

그러나 실제로 88올림픽과 월드컵경기 중에는 모텔은커녕 관광호텔도 상당수 빈방으로 잠을 재웠다. 마케팅 정보 부족으로 공실이 많았으나 객실 요금을 100% 올려 받은 호텔도 있었다.

우리나라 호텔 시설 상품은 값어치에 비교해 볼 때 경쟁국가보다 비싸다는 여론이 있다. 그렇다면 여행객이 묵을 수 있는 한국의 모텔에 관해 따져 본다.

첫째, 외국어가 통하지 않는다. 둘째, 예약을 받지 않는다. 셋째, 입·퇴실에 문제가 있다. 즉 늦은 시간이 되어야 숙박 손님을 받는다. 넷째, 안전 편의시설이 부족하다. 다섯째, 불리한 영업환경으로 말미암아 세수 재원에도 도움을 주지 못한다.

위와 같은 상황과 더불어 요즘 관광산업에 나쁜 시장 환경을 이유로 관광호텔업계는 몇 가지 세금을 감면받고, 모텔 영업은 성매매방지법이 발효되면서 불황을 맞았다.

얼마 전 정부는 3200억의 예산으로 160여개의 모텔을 호텔로 전환하는 개·보수자금을 지원한다고 발표했다. 그러한 근거로 이러한 묘안이 나왔나 했다. 하지만 '내국인 해외소비 수요를 국내로 흡수하고 외국인 관광객 유치를 확대하기 위한 것으로 관광산업의 경쟁력 제고 차원'이라는 것이다.

세계적으로 가장 값싸고 좋은 숙박업소로 알려진 유스호스텔은 모든 나라에 있다. 이곳은 방학 중 또는 수학여행 등에 주로 청소년들이 사용하고 그 밖에 대부분은 일반인이 이용한다.

서울에는 접근하거나 찾기도 힘든 방화동 한 곳에 유스호스텔이 있다. 올림픽공원에 소재한 곳은 호텔처럼 영업하고, 양재동의 한 유스호스텔은 법률에도 없는 특급 관광호텔로 전환해 영업하고 있다.

농부들이 땀 흘려 일하고 있는 농촌마을에 모텔을 허가해 주고, 오래 전에 있던 역삼동의 유스호스텔은 대기업에서 매입해 돈 버는 예술센터와 고급식당을 만들었다. 광화문 주위에 배낭을 메고 한국여행을 하던 외국의 젊은이들은 이제 보이지 않는다. 영어를 구사하던 그곳의 오래된 여관은 재개발로 없어지고, 1~2개 남은 곳은 모텔로 새 단장해 이름까지 바꿔 버렸다.

이곳을 찾은 젊은 외국인 여행객들은 땀에 전 무거운 배낭을 다시 추슬러 메고 발길을 돌린다. 이들이 보고 체험한 한국을 어떻게 말하겠는가. 10년 전에도 이미 일본은 중저가 숙박업소가 많았고, 가격도 저렴할 뿐 아니라 시설도 잘돼 있었다.

올해도 아이치 EXPO를 관람하기 위해 예약한 유스호스텔이 아침식사 포함해 1인당 3만5천 원 정도로 한국의 모텔보다 값이 저렴해 즐거운 여행을 할 수 있었다. 하루 10달러 내외의 유스호스텔은 전 세계에 산재해 있다.

우리나라 관광산업의 역사는 그야말로 미천하다. 국제행사 때 실패 사례가 많은데도 불구하고 스스로 보고서를 만들지 않는다. 관광산업은 온 국민이 친절하게 함께 만드는 상품이다.

성공한 사업에 이유가 있듯이 실패한 사업에도 원인이 있기 마련이다. 가격 정책에서 뒤지고 한국의 좋은 인심도 살리지 못하고 기회도 놓치는 결과를 자꾸 만들어 가고 있다.

일본의 학생들은 한국의 유스호스텔과 중국, 그리고 몽골로 수학여행을 떠난다. 우리 학생들은 일부이겠지만 호화 어학연수를 떠난다.

지방정부와 단체들은 모텔 개조 비용으로 돈을 쓰기보다 마지못해 남는 땅을 배려하지 말고 우선 좋은 땅, 접근성이 뛰어나고 그 지방에서 제일 아름다운 명승지가 있는 곳에 세계의 젊은이들을 위한 유스호스텔을 지어야 한다. 명승지 부근의 모텔을 정부가 매입해 유스호스텔로 개조하면 좋을 것이다.

과거 체육청소년 관계부처에서 유스호스텔을 관계했고, 관광호텔은 문화관광부에서 법령을 집행했다. 그러나 지금은 좋은 상황이다. 위 두 해당 사업이 통합된 부처장관의 지휘를 받으니까 그렇다.

기본이 덜된 청소년 관계시설에서 그나마 경험도 해보지도 못하고 어른이 되어 해외여행을 떠나 보니 외국 현지인들에게 잘못된 한국인의 흔적만 남길 수밖에 없는 노릇이 아닌가?

아이치 엑스포를 다녀와서

일본의 중부지방에 있는 아이치현(愛知縣)은 교토와 도쿄 중간에 위치한 인구 700만의 도시다. 나고야, 토요타, 세토 시가 삼각형처럼 이어져 있다. '아이치 엑스포' 행사장은 세 곳의 중간 도시 접경지인 '나가구테초'에 있는 우리나라 분당 크기의 계곡에 자연환경을 잘 살려 만든 곳이다.

나고야는 예로부터 전통공예와 민속예능 보유자가 많았고 고대·근대 일본의 문을 열고 일본역사를 움직인 천재들의 고향이다. 중세사의 3대 인물인 오다 노부나가, 도쿠가와 이에야스, 토요토미 히데요시를 배출한 곳이다. EXPO 개최지는 나고야 역에서 동쪽으로 20km 떨어진 곳에 있다.

인천공항을 이륙한 국제항공기는 신설된 중부공항에 2시간 후 도착했다. 숙소는 나고야 유스호스텔을 1개월 전 예약했다. 추가 인원수를 도착 1주 전 팩스로 통보했다. 또 영문 이름, 생년월일, 여권번호 등의 리스트를 4일 전에 보냈다.

공항에 도착한 후 처음 방문할 도요타 회사 행 버스표를 구입했다가 요금이 예상보다 비싸 반납했다. 다시 9인승 밴을 2대 빌려 도요타 전시장을 관람한 후 숙소인 나고야 유스호스텔까지 데려다주도록 교통편을 바꿨다.

기내식이 부실한 탓으로 시장기를 달래기 위해 먼저 도요타 전시장에 도착해 구내식당으로 갔다. 각자 점심을 먹고 다시 로비에서 만나기로 했다. 식사는 5~6천원으로 가격이 저렴하며 깔끔하고 맛이 좋았다.

식사 후 관람하기 시작했다. 로비 정면에는 우리 단체 외에 미국의 대학생,

싱가포르 회사의 영국지사 직원 등이 방문했다며 단체·소속·인원수 등 상세한 자막을 반복해서 보여주었다. 당일 방문자는 물론 이달, 금년 그리고 오늘의 방문자 숫자까지 표기돼 있었다. 이로써 일본을 대표하는 상징적인 기업이 도요타인 것을 쉽게 알아챘다.

역시 하이브리드 카에 대한 도요타의 자랑은 대단했다. 하이브리드란 ℓ 당 35km 이상 달리는 승용차이다. 고유가와 환경을 생각해 볼 때 최적의 미래형 자동차인 셈이다. 구체적으로 엔진과 모터를 함께 쓰는 고효율 자동차이다. 석유 계통 연료를 사용하는 엔진과 전기로 동력을 발생시키는 모터를 함께 장착한 차량이다.

출발과 가속 때는 배터리가 전기모터를 돌려 동력을 얻지만 일정속도로 정속주행에 들어가면 연료 엔진이 작동해 거꾸로 배터리가 충전되는 방식이다.

고속으로 달리는 구간에서는 엔진과 모터가 함께 이용된다. 하지만 정지나 감속 때는 엔진이 정지하고 관성으로 발생하는 에너지를 전기로 바꿔 배터리 충전에 활용한다. 당연히 연비가 높을 수밖에 없다. 도요타에서는 1997년 첫선을 보였고, 현대차는 올 하반기부터 시범 생산하기로 했다고 한다.

연료 전지차인 FCX는 마지막으로 생각해 볼 수 있는 차량이다. 축전지를 최저가로 양산하는 수소·산소의 화학반응을 활용한 기술, 태양열을 이용한 수소공급기지와 천연가스를 이용한 수소생산이 용이해지면 친환경 고효율 승용차시대가 올 전망이다.

프리웨이를 돌고 돌아 예약해둔 나고야 시내 숲속의 시립 나고야 유스호스텔에 여장을 풀었다. 우리는 두 팀으로 나뉘어 유스호스텔 주변의 히가시야마공원(東山公園)에 가거나 지하철을 타고 시내로 나가 도심 사까에서 쇼핑과 식사를 해결하고 저녁 9시 유스호스텔에 오기로 했다. 그 후 다음날 스케줄을 설명한 뒤 남자들은 4인실 2층 침대에서, 여자들은 8명이 전부 한 다다미방에서 첫날밤을 보냈다.

다음날 아침, 인원수대로 유스호스텔에서 예약한 아침(¥500)을 잘 먹고 나이든 주방장에게 고맙다는 인사와 함께 내일도 잘 부탁한다고 말했다. 된장국과 흰밥, 반찬 등이 마음에 들었다.

아침 식사 후 숙소에서 나와 5분 거리의 히가시야 공원 전철역으로 향했다. 마지막 역인 후지가오카 역에서 리니모라는 초전도 자기부상열차를 갈아타고 아이치 엑스포장으로 갔다. 그 넓은 계곡 마을을 시멘트가 아닌 나무 바닥으로 만들어 구경하도록 한 것이 놀라웠다.

에펠탑이 1889년 파리 EXPO의 산물이라는 것을 이곳에 가서 처음 알았다. 미래의 도전적인 과학기술의 수준과 각 나라의 준비 상황을 볼 수 있는 곳이었다. 그야말로 자국의 자랑거리 상품에서 볼거리 등 자연 자원까지 팔기 위한 아이디어의 전쟁터였다.

당연한 이야기 같지만 일본관은 먼저 자국민의 관람객이 제일 많았는데, 테마는 우주로의 진출과 미지의 해저탐사였다. 천정과 벽면, 의자 바닥에서 나오는 4차원 영상은 관객들을 완전히 우주와 해저로 몰입시켰다. 일본관에 온 관객이라면 엑스포를 잘 왔다고 감탄한 만큼 압권이었다. 일본관을 제외한 각국 전시장 중 한국관은 단연 입장객이 1위로 입장하려면 2시간 이상 줄을 서야 했다.

일행은 저녁 때 백화점 식품부에서 8시 30분부터 적용되는 할인 품목을 구입해 유스호스텔 구내식당에서 파티를 즐겼다.

셋째 날 아침 7시 식당에 가기 전에 침구를 정돈해 놓고 사용한 시트를 접어 세탁물통에 넣었다. 아침식사 후 짐을 꾸려 유스호스텔에서 다시 도리야마쪼의 콘도식 민박집으로 이동했다.

나고야 유스호스텔은 이미 한 달 전 예약할 때부터 토요일 밤은 숙박예약이 불가능해 마지막 1박을 민박으로 잡았었다. 우리는 민박집에 가방을 놓고 나고야성과 이누야마성 등 2개조로 나뉘어 관광했다. 손에는 버스와 전철을 하루 종일 타는 870엔 1일 사용권을 들고 교통비 걱정 없이 편하게 다녔다.

5월 26일부터 3박4일 여정의 전체적인 느낌은 대부분 일본인들이 희망을 잃은 듯 보였다.

마지막 날은 편히 쉬면서 그동안의 여정에 대해 정리하고, 체크아웃 시간보다 일찍 나온 뒤 시내로 들어와 각자 쇼핑한 후 나고야 공항에서 만났다.

오후 4시 30분 서울행 비행기에 탑승한 후 3박4일의 느낌을 정리했다. 간단한 기내식을 먹고, 한국에서 실어온 조간신문을 읽는 사이 창밖으로 영종도가 보였다.

아이치엑스포의 테마는 '자연의 예지(Nature's Wisdom)'였다. 한 달이 지나서야 그 의미가 조금 느껴졌다. 인류문명의 진보와 발전이 환경을 침해하는 데서 벗어나 자연의 지혜를 반영한 슬기로운 개발을 이뤄낼 수 있을까! 인류의 순간적이고 편협한 욕구는 지구의 환경을 파괴해 회생할 수 없도록 만들 것이다.

한강의 야경

2002년 11월 3일 | 알리오 뉴스

한강은 민족의 역사와 함께 흘러왔다. 뗏목을 강물에 띄워 경복궁·덕수궁을 세우도록 했고 6·25 때는 잘라진 철교와 함께 눈물을 흘려야 했다. 월드컵 기간 중에는 온 국민이 기뻐하는 감격의 눈물을 지켜보았다.

서울의 인구가 증가하면서 오염된 한강의 물고기들은 떼죽음을 당하기도 했다. 그때에도 한강은 속으로만 가슴앓이를 했고 인내해 왔다.

어머니 같은 마음으로 모든 것을 수용하면서 다시 살아나길 기다렸다. 1980년대부터 강둑과 둔치를 정리하면서 생활하수관을 따로 분리해 지류인 샛강도 살렸다. 월드컵을 정점으로 20여년의 노력과 투자를 했다.

앞으로는 우리 시민들이 가꾸어 갈 때이다. 스포츠 시설, 꽃밭, 자연생태공원, 위락시설 등 모든 면에서 부족하지 않다.

김포공항 쪽에서 88도로나 강변북로를 이용하는 외래 관광객들의 첫인상은 다양한 의미와 모양으로 강·남북을 잇는 20여개의 다리가 서울의 첫 번째 감동이라고 말한다. 특별히 한강의 야경은 교각 아래위로 비춰지는 조명, 유람선, 가로등 불빛과 주변 네온간판 조명이 한강 물결 위에 부서져 황홀감까지 준다.

늦은 저녁에 산책을 나가 보면 달리기하는 시민, 자전거와 인라인스케이트를 즐기는 젊은이 등의 활기찬 모습을 볼 수 있다. 그리고 중요한 위치마다 전진 방향 다리까지의 거리가 표시돼 있다.

한강물이 되살아나면서 50여종의 강물고기와 바닷물고기가 살고, 580여종의 식물과 54종의 수서곤충이 서식하고 있다.

이제 우리들은 다시 살아난 생태계에 고맙고 미안한 마음으로 다가서야 한다. 하루 한강에서 낚시를 즐기는 사람은 1천여 명 정도 추산된다.

얼마나 좋은 한강인가! 유람선, 요트, 윈드서핑, 자연학습장, 습지 생태공원, 수영장, 캠프촌 등 완벽한 국민관광지로 변신했다. 한강과 이어진 난지공원이 완공되면서 한강의 생태계가 거의 살아났다. 희귀종 텃새와 철새들, 풀벌레들이 놀라울 만큼 우리와 함께 다시 숨을 쉬게 됐다. 하류 쪽 늪지에 가보면 자연휴양림이나 바닷가에서나 느낄 만한 향기도 맡을 수 있다.

우리에게 건강과 휴식, 행복을 주는 한강을 즐기고 누려 보자.

요즘은 한강에 나와 음식을 조리하는 사람도 없고, 담배꽁초나 쓰레기 등을 버리지 않아 깨끗하다. 우리가 자연환경을 즐기기 위해서는 자연을 보호하는

양평 양수리 두물머리 한강 풍경.

부담을 꼭 느껴야 한다. 서강대교 중간에 위치한 밤섬을 멀리서 지켜보면 환상적이다. 가히 한강의 DMZ이며 생태계의 보고라 할 만하다.

행주산성, 난지공원, 선유도, 밤섬, 그리고 중지도에서 광나루로 이어지는 한강의 생태계-생명 벨트를 잘 보존해야 한다. 기존 습지는 현 상태로 유지해 줘야 한다.

현재 야간 조명은 효율적으로 하되 생태계도 감안해야 한다. 물고기나 곤충 등이 야간 불빛으로 잠자지 못해 기형이 우려되고, 화초·식물과 유실수 등도 결실을 맺지 못하는 경우가 있기 때문이다.

또한 모든 교량을 통과하는 차량들과 강변도로 주행 차량들은 경적을 사용하면 안 된다. 한강의 일조량을 빼앗는 고층건물도 허가하면 안 된다.

어족 보호와 환경 교육이 요구되는 낚시 자격증 제도도 검토할 때가 됐다. 우리의 한강은 남한강과 북한강이 양수리에서 만나 큰 줄기를 이루고, 다시 파주에서 임진강과 만나 서해바다로 나간다.

자유로에서 철조망 너머 임진강 하구의 장엄한 겨울철새 떼를 본 적이 있는가. 갈매기는 여전히 마포나루 뱃길을 따라 한강에 놀러오고 육로·철길·뱃길도 열렸는데, 한강의 하구는 언제 열릴 것인지….

아름다운 한강이 있어 서울이 돋보인다. 깨끗한 서울이 있어 자랑스럽다. 이런 한강에 맑은 물을 보내주는 북한산, 도봉산, 설악산에게 오늘도 나는 고마움을 느낀다.

📍 글로벌 호스피탤리티

아리랑 EXPRESS

1999년 1월 18일 | 여행신문

길은 사람이 만든다. 그러나 만들어진 길을 막아 버린 경우도 있다. 우리 한반도가 마지막 일 것이다. 길은 여러 가지로 구분할 수 있다. 비행기 항로, 뱃길, 기찻길, 그리고 육상 도로와 오솔길 등 각양각색이다.

우리 민족이 폐쇄적이라는 것을 스스로 잘 알고 있다. 길이 없고 왕래하지 않으면 생각은 물론 마음도 폐쇄적인 성향으로 가는 법이다.

21세기의 시작은 우리 한반도가 열어 갈 것이다. 2000년에는 'ASEM'이라는 아시아와 유럽 정상들이 서울에서 새 밀레니엄(Millenium)의 희망을 선포한다. 2002년에는 남한과 북한, 일본 등 몇 곳에서 세계의 눈이 지켜보는 가운데 화해의 대제전이 치러진다. 또한 같은 해에는 부산아시안게임이 있다.

우리가 지금 준비해야 할 일은 닫힌 마음을 열기 시작하는 것이다. 그리고 조용한 아침의 나라 보다 '무지개 뜨는 희망의 나라'로 제2의 관광 건국 슬로건을 만들면 어떻겠는가! 정적인 역사로부터 이젠 역동적인 호칭을 붙여서 꿈을 실현시켜 보자는 것이다.

서울역에 가면 누구나 쉽게 관람할 수 있는 철도박물관이 있다. 보는 사람에 따라 철도기술, 토목, 통신, 관광, 인쇄 기술 등의 발전사를 느낄 수 있는 곳이다. 그곳에는 기차표가 옛것부터 최근 지하철 표까지 잘 전시되어 있다. 그런데 잘 살펴보면 요즘 것보다 해방 이전의 승차표가 크기는 작지만 국제화됐다는 것을 알 수 있다.

800년 전 칭기즈칸은 우리를 일컬어 무지개가 뜨는 나라, 즉 '솔롱고스'라고 표현했다. 지금도 몽골 사람들은 우리나라의 모든 것을 동경하며 부르고 있다.

필자는 몇 년 사이에 시베리아, 대만, 중국, 일본, 러시아 등을 배낭만 메고 여행한 경험이 있다. 그것도 비행기보다 배(Ferry)를, 배보다 기차를 더 많이 이용했다. 경험으로 보면 속도가 느린 교통수단이 많은 경험을 가져올 수 있는 탓이다. 물론 도보여행은 더 좋을 수도 있다.

작년 11월 초 ASEM회의에서 중국과는 이미 협조문 합의가 끝난 것으로 보도됐다. 꿈에 그리던 '국제열차'가 그것이다. 이제는 우리나라에서 중국을 횡단하는 TCR(Trans Chaina Rail)이 협조가 된다면 북한 결정만 남은 것이다. 물론 기술적인 문제와 영업적인 어려움 등이 뒤따를 것이다. 하지만 하나씩 풀어간다면 큰 어려움은 없으리라 믿는다.

우리나라 경부선 철도(450km)는 1904년 완공됐다. 우리나라의 새마을호는 부산까지 4시간 10분 소요되며, 모스크바에서 매일 출발하는 TSR을 이용하는 '로시아'호 열차는 일주일 후 블라디보스토크에 도착한다.

우리나라 주변 국제열차를 살펴보면 북경에서 모스크바는 몽골(7865km)과 만주(9001km)를 경유하는 두 노선이 있다. 모두 6일간 달린다. 그리고 북경에서 출발해 베트남과 홍콩으로 가는 노선이 있다. 베트남은 격일 출발인 반면 홍콩은 매일 떠난다. 베트남은 55시간, 홍콩은 29시간 소요된다. 북한에서 출발하는 국제열차로(한국문원 95년) 신의주, 단동을 경유하는 북경행이 주 4회 있고 23시간 소요된다.

본인은 오래 전부터 우리의 국제열차 이름을 지어 놓았다. 그 하나는 외국인에게 널리 알려진 데다 발음이 쉬운 '아리랑(ARIRANG EXPRESS)'이며 또 하나는 '솔롱고스'이다. 유럽인에게 시베리아 철도여행 1주일 기간 중 가장 아름다운 하루를 택하라고 하면 모두가 바이칼의 이르크츠크를 선택한다고 한다.

하지만 TCR이나 TSR을 이용해 한반도의 서울과 부산을 종착역으로 한다면 어떨까. 아마 맑고 아름다운 동해안에 매료돼 마지막 날 하루 한국 동해안의 무지개 뜨는 나라로 변경될 것이다.

관광 분야에서만 경유 고객의 파급효과를 기대해 봐도 관광부국을 생각할 수 있고 기타 물동량은 아시아의 선두가 될 것이다. 그때에는 우리들의 닫혀 있던 마음과 생각이 활짝 열려 있으리라!

그러면 부산역 국제열차매표소에 외국인 관광객이 이렇게 물어 올 것이다.

"모스크바까지 침대칸 국제열차는 며칠 걸립니까?"

금강산 유람선과 유감

1998년 8월 21일 | 여행신문

요즈음 우리 주변에서 가장 화제에 많이 오르는 말은 '금강산 유람선'이라는 여섯 글자이다. 특히 관광업계에서는 더 말할 나위가 없다.

이 사업을 주관하고 있는 기업은 '우리가 길을 열었으니 다른 유사업종이나 관광객들은 굿이나 보고 떡이나 먹어라'는 식으로 말할 수 있을 것이다. 그러나 중요한 것은 대부분의 승객들이 대한민국 국민이라는 사실을 잊어서는 안 된다.

기업은 이윤을 추구한다는 가장 당연한 원칙을 누구나 알고 있다. 그리고 유람선 사업은 특별히 다른 기업에 비해 최초 투자비용이 많이 발생될 뿐만 아니라 노후가 빨라 상품가치의 수명이 짧은 어려움이 있다.

뒤늦게 마케팅 조사를 했는지는 모르겠지만 잘못된 여론을 바탕으로 처음 발표한 여행경비를 하루가 다르게 바꾸더니 급기야 두 배 이상 높은 요금으로 연막을 치기 시작했다.

이 사업이 더욱 어려운 것은 정치적 시장 환경(Political Environment)에 민감한 것이다. 지금 이루어지는 복잡한 당면문제를 세 가지로 요약해 보고자 한다.

첫 번째, 출항 예정지를 속초항으로 발표한 점이다. 여러 가지 이유로 출항지를 번복한 점은 이해하나 무심코 던진 말 한마디에 속초시와 속초시민들은 아직도 온통 축제 분위기에 싸여 있다. 유람선의 성공적인 출항을 기원하는 각

단체들은 앞다퉈 거리에 현수막 물결을 만들어놓았다. 개인기업의 윤리성과 정부 관계자들의 무대책을 어떻게 속초시에 해명할 것인가.

두 번째, 승무원과 종사원 문제이다. 현재로서는 몇몇 승무원 외에는 운항 중이던 외국인 근로자들을 활용한다고 한다. 물론 한국의 고임금 인력은 경영에 압박 요인이 될 수도 있다. 그러나 국내 실업인구 중 엔지니어와 관광 관련의 숙련된 고급 인력, 즉 임금의 많고 적음을 따지지 않고 일자리를 구하고 있는 사람이 많다. 관광업계만 1만 여명 이상이 기다리고 있다. 지금은 월 500달러의 급여라도 돈을 써가며 외국으로 떠나고 있다.

물론 그 이하의 싼 동남아 노동력을 생각할 수 있겠지만 그보다 생산성이나 질 좋은 서비스 상품을 우리에게서 기대할 수 있기 때문이다. 관련업계 근로자와 가족들에게 희망을 줄 수는 없겠는가. 서비스의 시작은 밝은 표정과 친절한 상품, 그리고 입장료가 포함됐다는 얘기다.

인천에서 중국 쪽으로 운항하는 조선족과 백두산 관광객이 주종을 이루는

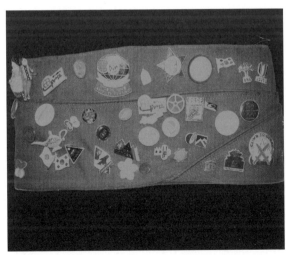

세계 여러가지 배지는 시대의 눈이다.

국제 여객선의 내외국인 승객 비율을 기준으로 한다면 금강산 유람선 관광객도 초기에는 10% 정도로 예측할 수 있다. 그리고 점진적으로 외국인 관광객이 증가될 것으로 본다. 여러 가지 환경이 변화되므로 언제까지 독점 운항할 수 있다고 생각하면 그것은 한 사람만의 생각으로 끝날 것이다.

21세기에 들어서면 미주나 유럽과 같이 한국·중국·러시아에서 출발하는 다국적 유람선이 출항할 것이다. 블라디보스토크, 금강산, 부산 목포를 경유하여 상해, 그리고 싱가포르 등까지 가는 노선이다. 이용자는 물론 공급자와 승무원 모두 거품을 거둬 알뜰하게 여행할 수 있도록 해야 한다. 육상을 이용하는 외국 관광객들은 고부가가치의 달러를 고스란히 놓고 가는 데 반해 위의 경우에는 선주와 선주의 국가에도 별로 득이 되지 않는다.

지금까지 다른 대기업에 비해 비생산적인 사업에 손대지 않으며 우리나라 근대화의 중심의 위치에서 역할을 다한 그분들에게 우리 국민들은 찬사를 아끼지 않는다. 그러나 끝까지 나라 경제를 염려해 주고 슬기롭게 헤쳐 나갈 수 있도록 꼼꼼히 생각하고, 통일의 초석을 이루는 밑거름으로 역할을 다했으면 한다. 멀지 않아 우리 후손들은 육상교통 수단으로 자전거를 타고 배낭을 메고 금강산과 백두산을 오르내릴 것이다.

글로벌 호스피탤리티

금강산관광 서둘면 안 된다

1998년 10월 16일 | 여행신문

얼마 전에 영화로 만들어져 볼거리를 제공했던 초호화 침몰 여객선 '타이타닉'의 출항 기록이 1912년 4월 북대서양에서 승객 1500여 명과 승무원 700여 명을 승선시키고 뉴욕으로 향한 것으로 돼 있다. 같은 해 한국에서는 부산과 신의주에 각각 철도호텔이 탄생했다.

그것은 한반도를 기점으로 대륙을 여행하기 위한 일본인들의 철도호텔이었다. 2년 후 서울에 호텔, 3년 후인 1915년 금강산에 금강산호텔, 내금강에 호텔이 건설됐다. 지금으로부터 약 90여 년 전의 일이다. 이는 일본인들의 한반도 관광호텔의 진출사가 되는 셈이다.

세월이 흘러 이제는 금강산 유람이란 깃발을 들고 남한 사람들이 금강산 관광을 간다고 떠들썩하다. 그러나 이 시점에서 간과해서는 안 될 일이 있다.

지난해 연말부터 한국은 IMF 체제하에서 총체적인 고전을 면치 못하고 있다. 그러던 중 준비와 대책도 미흡한 상황에서 금강산관광이란 한마디로 온 나라가 술렁이고 있다. 기업부도 대량실업, 그리고 경제 한파 등으로 답답해하던 국민들에게 새로운 희망을 불어넣어 준 것은 사실이다. 그러나 그 속내를 살펴보면 상식선에서 상상할 수도 없는 일들이 속속 일어나고 있다.

처음 시작은 순조롭게 진행되는가 싶더니 북쪽에서는 터무니없는 입장료 요구로 사업을 지연시키고 있다. 또한 의례적으로 그래왔던 것처럼 이것저것 말도 안 되는 꼬투리를 잡고 자기들 실속만 차리겠다는 입장이다. 그러다 보니 사업 진행이 잘 될 리가 없다.

금강산관광과 관련해 앞으로 수없이 많은 문제점과 걸림돌들이 돌출할 것은 뻔한 일이다. 기대와 희망을 가지고 지켜보던 이들에게 더 이상 실망을 안겨 주면 곤란하다. 그렇지 않아도 웃을 일이 드문 IMF 체제에서는 더욱 그렇다.

이쯤이면 민간 기업에만 맡겨 둘 것이 아니라 정부 차원에서 나설 때도 됐다. 계량화돼 있지 않은 일이지만 국내 여행보다 해외 여행이 더 경제적이라는 사실은 여행에 관심이 있는 사람이라면 누구나 다 아는 사실이다. 제주도와 부산, 동해안 등 주요 관광지의 살인적인 소비자물가로 인해 동일한 조건의 여행에서 국내 여행비가 해외 여행비를 상회하니 누가 해외여행을 만류할 수 있겠는가.

동해 촛대바위를 배경으로 아내와 함께.

어떤 상품에 대한 부정적인 이미지가 박혀 있을 때 그 인식을 바꾸는 데 10년이라는 세월이 필요하다고 한다. 이제 시작하는 금강산관광 사업이 시작부터 삐걱거려서 좋은 이미지가 생길 리 만무하다.

빨리빨리도 좋지만 사전준비를 철저히 하지 않고 밀어붙이면 완공도 되기 전에 부실공사로 붕괴되는 건축물과 다를 바 없다. 1년 후에 시작해도 된다. 아니 3년 후에 시작해도 늦지 않다. 철저하고 계획적인 사업진행이 절실한 때다.

여행의 3대 요소를 시간, 경제적 여건·경비, 건강으로 분류할 때 이 중 한 가지라도 결여되는 것이 있다면 오래가지 않아 사업의 차질이 초래될 것은 자명하다.

금강산관광의 목적을 이산가족들의 한풀이 방문으로 본다면 영업계획의 중대한 오산이다. 실향민들이 금강산관광에 참가해 봐도 그곳에는 아련히 그리움을 자극하는 예전의 고향 모습도, 보고 싶은 사람도 볼 수 없음을 알게 될 것이다.

다시 말해 한번 방문한 사람은 두 번 방문하지 않는다는 것이다. 이산가족, 실향민들의 1회성 관광으로 끝난다면 막대한 예산을 투입해 기획한 이 사업은 손해가 이만저만이 아닐 것이다. 젊은층과 외국인 관광객을 잡아야 하는 이유가 바로 여기에 있다.

북한에서는 이미 오래 전부터 외국지사망을 통해 금강산 관광객을 모집해 왔지만 성공을 거두지 못했다. 우리는 이 점도 간과하면 안 된다.

한 기업이 세계적 순위를 얻는 데 40년이 소요되지 않았는가. 바른 꿈을 꾸어 보자.

망국의 음식문화

1998년 9월 4일 | 여행신문

선진국을 흉내 내는 것은 방법에 따라 좋은 것일 수 있다. 그러나 잘못 알고 따라하는 것이 있다.

우리는 대량 소비와 허영심 때문에 집안의 쌀독을 생각하지도 않고 마구 낭비만 했었다. 88올림픽 이후부터는 선진국에서조차 하지 않는 소비 행태가 생기기 시작했다. 30년 전까지만 해도 끼니 걱정 때문에 농촌에서는 감히 중등교육마저도 포기할 정도였다.

많은 과소비 종류 중 음식 부분에서 너무나 흔한 잔치음식인 뷔페를 한번 살펴보자. 뷔페는 우리나라에서 처음으로 국립병원에서 시작됐고, 그 후 관광호텔 성장기인 1970년대 후반부터 본격적으로 호텔에서 선호했다. 음식의 맛도 모양도 우리 문화와 맞지 않았지만 서로의 편의 때문에 자연스럽게 받아들여졌다.

뷔페(Buffet)의 어원은 프랑스어로 '음식 찬장'이라는 뜻이 담겨 있다. 다른 유래도 있지만 영업 시작은 대규모 호텔의 경우 여러 종류의 식당들이 한 건물 안에서 영업하다 보니 식자재의 재고를 처리하기 위해 주기적으로 음식을 만들고 상품화했던 것이다. 소비자 입장의 장점은 저렴한 가격으로 여러 가지 음식을 맛볼 수 있고, 경영자 입장에서는 자율적인 방법으로 인건비를 더욱 줄일 수 있어 좋았다.

현재 일반 뷔페식으로 영업하는 식당들은 어떠한가? 음식을 만들기 위해 값비싼 식재료를 다량 구매해 쓰고 영업 후에는 많은 음식물을 남기게 된다. 88올림픽 이후부터 일반 호화 예식장과 뷔페 전문식당들이 우후죽순처럼 생겨났고, 그곳에서 피로연 음식으로 뷔페 음식을 제공하고 있다.

새로운 음식문화에 익숙하지 못한 소비자들과 경쟁을 앞세운 판매자들은 새로운 고민에 빠지게 됐다. 계속 음식의 가짓수를 늘려야 되고, 또한 질을 높여야 했다. 급기야 5~6만원을 받는 곳이 생겨났다. 어느 나라에서도 찾아보기 힘든 비싼 값을 치르고 있다. 그 값이면 고급 레스토랑에서도 식사할 수 있다.

작년까지 우리나라 음식물 쓰레기는 연간 8조 원에 달한다는 통계가 나왔다. 국민들의 생각과 생산자들의 행동이 바뀌지 않으면 안 된다.

뷔페의 문제점들을 몇 가지 지적해 본다. 먼저 식자재 중 30% 이상이 수입에 의존하고 있는 점이다. 그리고 경쟁적으로 가짓수를 늘려야 하기 때문에 원가 비중이 높아진다. 그래서 소비자와 거리가 먼 구색을 갖춰놓아 호기심으로 불필요한 음식까지 가져와 먹지도 못하고 남긴다. 결국 조리하기 편리한 인스턴트식품 회사가 많이 생겨나고 점점 음식들은 인스턴트식품으로 차려지는 것이다.

몽골의 전통 음식.

성숙된 음식문화를 생각한다면 일품요리나 적은 양의 음식을 선호해야 한다. 일부 호텔과 예식장에서는 가격을 낮춰 간결한 식단으로 선전하고 있다. 이는 바람직한 현상이다.

그리고 행사에 곁들여 오랜 시간 음주와 가무를 하는 습관을 버려야 한다. 일본의 한 민박집에서는 한국 관광객이 다녀가면 그날은 온가족이 남겨놓은 음식만으로 한 끼 식사를 한다고 한다.

선진국 식당들은 도그 백(Dog bag)이란 봉투를 준비해 놓고, 먹다 남은 음식물을 싸가는 습관을 문화처럼 여기고 있다. 소중한 음식 재료가 잘못된 행동으로 인해 환경은 물론 국가재난까지도 불러올 수 있다.

우리의 어머니들은 쌀을 씻으면서 바닥에 떨어진 한 톨의 쌀도 주워 소중하게 밥을 지었다. 지금 외래 관광객들을 보면 우리가 몇 년 동안 달러를 썼던 나라 사람들이다. 그들은 우리나라에 와서 적은 달러로 손님대접을 잘 받고 떠났다.

더 가슴 아픈 것은 원가에도 못 미치는 요금으로 음식까지 대접받고 간다. 이것은 품앗이가 아니다. 이미 우리들의 무절제한 소비 행태가 IMF의 굴욕을 자초한 것이 아닐까.

창조관광을 기대하려면

2014년 5월 12일 | 여행신문

엊그제는 평일인데도 중화권 외래 관광객들이 넘쳐 동네 도로를 가득 매우고 있었다. 한국의 봄을 즐기면서 선물을 사고 돈을 쓰고 누리기 위해 그들이 우리에게 왔다.

그런 반면 우리 내부의 경제활동은 거의 정중동이다. 그 이유는 인천에서 제주로 향하던 여객선이 진도의 병풍도 부근에서 300여명의 승객을 무책임하게 버린 사건이 있어난 탓이다.

우리나라 공항에 관광객을 태운 여객기 1대가 내리면 자동차 100대의 수출효과를 가져온다고 한다. 즉, 관광산업은 외화 가득률 88%의 미래 호스피탤리티 산업이다.

그러나 부동산 수지 개념으로 떨어진 서울의 대형 호텔들이 매각대상으로 아쉬움을 남긴다. 더욱이 빌딩임대업을 하는 사람들의 규제받지 않은 마구잡이식 변형 호텔, 레지던스, 숙박업소 등은 생명의 안전을 담보하고 있다.

지난해 9월 우리나라에 관광경찰이 창설됐지만 전문성이 없는 자리를 만들어 준 느낌마저 든다. 지난주 아침, 교통경찰이 동네면세점 길가에 늘어선 관광버스 뒤쪽에서 주민들의 신고를 받고 왔다며 차량 확성기로 동네가 시끄럽게 내쫓고 있었다. 그래서 나도 "왜, 관광객에게 겁을 주느냐"고 경찰청에 신고했다. 그들은 "그럼 어떻게 해야 하느냐"고 다시 물어 왔다. 그래서 나는 "주차장을 안내하든 아니면 조용히 교통 안내를 해 주세요!"라고 답했다.

세계에서 관광객 물가지수가 높기로 이름난 우리나라에서, 우리보다 좁은 홍콩보다도 불편하게 해놓고 1회성 방문 국가로 만들 것인가! 그리고 우리는 이에 걸맞은 행동을 취해 왔느냐 하는 것이다.

한때 서울시장이 3천여 명의 관광 관련 전문인을 모은 적이 있다. 그곳에서는 해방 이후 처음으로 한자리에 모인 기록이라며 모두 의아해했다. 그 모임의 주제는 관광산업에 새로운 아이디어를 접목해 정책에 도입하겠다는 것이었다. 그 결과는 알 수 없지만, 그 이후 홍보나 정책에 뚜렷한 변화는 그다지 없었다.

많은 관광 상품 중 처음 시설투자가 필요하거나 투자와 관계없이 서로 공조해 새로운 상품으로 관광객을 창출하면 훌륭한 제2의 상품이 될 수 있다.

여기서 나는 몇 가지 제안을 한다. 먼저 한자리에 모이게 하려면 정부 쪽의 결단으로 시작해야 한다. 그리고 중앙부처에서 일정부분 재정손실을 감안해 관광, 철도, 운수, 해운업계까지 출혈을 각오해야 한다.

첫째, 각 대도시의 지하철에 1일 사용권을 만들어 외국 관광객에게 한해 1만원에 판매하자. 버스도 마음대로 환승하게 하고, 1주일 승차권도 만들자. 이는 우리나라에만 없지 않은가?

둘째, 고속철과 국철(지하철 포함) 1주일 사용권도 200달러에 판매하자. 이는 이웃나라 일본과 경쟁한 가격이다.

이 제안은 시간과 거리는 물론 비용에 매력을 더해 지방관광산업도 활성화하는 데 목적이 있다. 지금 지방 관광도시인 전주와 안동이 이미 시행 중인 정기 무료셔틀버스가 이를 여실히 증명해 준다. 물론 적용은 외국인 관광객을 대상으로 한다. 유럽의 '유레일패스' 2개국 열차 티켓이 113유로(16만원)니 경쟁력을 생각해 보자.

셋째, '오픈투어 버스' 티켓을 만들자. 이는 베트남에서 오래 전부터 시행하고 있는 버스 상품이다. 외래 관광객이 마음껏 전국을 관광하는 오픈티켓으로 모든 고속버스를 자유자재로 승하차할 수 있다. 운수업 관계자들이 1주일 사용권을 100달러에 판매하도록 협업할 때가 됐다.

우리의 고속도로와 KTX를 주중에 타본 사람은 느낄 수 있다. 고속버스는 몇 사람만 태운 채 운행하는 것을 흔히 목격한다, 고속철도 빈자리로 오가는 객차가 너무나 많다.

먼저 서울시와 철도공사가 발 벗고 나서야 한다. 왜 다른 사업체는 경쟁 운영체제로 가는데 앉아서 허송세월을 보내는가?

또한, 금강산 관광과 인천-제주 노선 페리업체도 애초부터 경쟁체제로 해야 옳았다. 앞으로 정부는 저가 항공회사를 더 허가해 줘야 한다.

넷째, 앞으로 관광 사업자 등록 기준에 안전지수 제도를 도입하자. 이는 관광객의 안전욕구를 충족하기 위함이다.

생각 없이 규제를 완화해 엉터리 경영을 한 사업자는 결국 재앙 수준의 결과를 가져오지 않는가? 호텔과 여행사도 자격제도를 무시하고 용역 직책으로 인원을 구성해 무책임·무관심한 조직화로 국제경쟁력을 떨어뜨렸다.

공동소유의 콘도미니엄을 30년 넘도록 분양해 이익을 취하도록 방치하고 있다. 안전을 무시한 빌딩을 개조해 커피숍 하나 만들면 호텔 등록을 앞다퉈 해주는 현실이다. 젊은 배낭 여행객이 오지 않게 만든 우리 관광환경이 과연 미래를 논할 수 있을까?

더 이상 망설이지 말자. 업종이 달라도 서로 양보하고 협조하자. 새롭고 편리한 데다 매력적인 상품 때문에 멀리 외국에서 찾아오게 해보자.

나보다 우리의 관광을 위해, 그리고 미래를 생각하는 관광 콜라보레이션을 함께 연출해 보자. 통일 이후 한반도와 아시아 대륙의 국경 없는 관광패스를 만들 때까지 국제경쟁력이 있는 상품을 만들자.

    UN의 보고서를 보면 금세기에는 10억의 인구가 집을 떠나 여행을 한다는 것이다. 그 중 70%는 아시아와 유럽을 잇는 거대한 대륙의 여행자들이다.

    자전거에서 비행기까지, 가난한 사람부터 부유한 사람까지 유목민처럼 여행할 것이다. 그러면 우리 한반도는 시작에서 종착지까지 세계인의 낙원이 될 것이다.

📍 글로벌 호스피탤리티

부정의 언어기술

서울에는 지금 늦게 피어야 할 진달래가 개나리보다 먼저 피었다며 기상이변이 심각함을 우려하고 있다. 그리고 기상청에서는 또 여름이 두 달 정도 더 길어진다고 말한다.

우리가 살아가는 우리들의 문화 현주소를 평가하기란 쉽지 않다. 매스미디어의 과당경쟁일까, 규제가 풀린 윤리성인가. 아니면 경쟁회사 제작자들과의 생존원칙일까.

일 년 전 쯤, 늦게 퇴근해 집에서 공영방송의 드라마를 본 적 있었다. 그 내용을 보고 나는 깜짝 놀라 그때 작가와 방송국을 원망하는 글을 '트위터'에 썼었다. 그 드라마 방영 중 "7~8분 동안 출연자가 다른 사람에게 손으로 머리를 쥐어박고 욕하는 장면을 보았다"며 원망스런 소리를 글로 썼다.

또한 고래고래 소리치는 것 또한 일쑤였다. 물론 그 방송만 그렇다는 것은 아니다. 외국방송의 갱스터(폭력배)들 같이 모든 출연자가 하나처럼 앞 다퉈 고성으로 일관했다. 왜 그럴까? 어쩌면 그럴 수가 있는 걸까, 머리가 어지러워지고 곧바로 화면을 꺼버렸다.

일반적으로 시간과 공간을 나누어 판매하는 곳에는 효율성을 갖기 위해서 예약과 해약을 한다. 그리고 규정을 정해두고 만약에 발생할 분쟁을 조정하기도 한다.

특히 호텔 비행기, 기차, 골프장, 식당 등 예약도 그러하다. 그 예약 방법으로 과거에는 전화, 텔렉스, 팩스 등으로 했다. 그러나 지금은 전화나 인터넷으로 한다.

즉 사람과 예약하지 않고 기계와 한다. 편리해진 것 같지만 정감이 없는 세상으로 변해진 느낌이다. 특히 기계음의 안내와 대기하라는 앵무새 같은 소리는 화가 날 때도 있다. 그러나 예약한 그 현장에 와서 보면 직접 사람들과 대화를 하면서 또 까마득하게 잊는다. 그러나 그 기억이 손님 입장에서는 오래 남는다.

예약 담당자는 보통 고객에게 "방이 없습니다", "자리가 없습니다" 등으로 말한다. 그러나 그 말은 기계에서도 할 수 있다. 중요한 것은 고객에게 실망을 주지 않는 말씨를 생각해 보아야 한다.

즉, "죄송합니다, 모든 예약이 끝났습니다"나 "다른 곳을 추천해 드리겠습니다"라고 하면 전화 한 사람은 본인이 늦게 예약했기 때문에 그렇다고 인정한다. 이에 따라 다음부터는 더 일찍 해야겠다고 다짐한다.

그러나 영어권에서는 "미안합니다, 예약이 끝났습니다, 어떻게 하지요?"라는 말을 "I have no idea!"라고 정중히 말한다.

TV에서 연예인들이 군부대에 입대하여 내무반에서 엄격한 내무생활을 배워가는 중 신입병사의 엉뚱한 행동을 보고 지적하며 가르치는 과정에 비웃는 그의 표정을 보면서 말했다. "웃지 마세요!"라고 하지 않고 "웃지 않습니다"라고 하는 것을 보았다.

손자가 다니는 유아원에서 선생님들이 온 시간을 말썽 피우는 아이들에게 "안 돼!"가 아닌, "○○하지 않아요"라고 습관화된 말씨에 감명을 받았다.

"안 돼!"라는 말은 수사관이나 교도소에서, 범죄 현장에서 쓰는 말이다.

밝고 평화로운 사회를 만들기 위해서는 우리말을 순화하고 남을 배려하고 여유로운 환경을 만들어야 한다.

러시아에 간 한국의 정치가가 택시기사에게 레닌을 어떻게 생각하느냐고 묻자 "레닌의 할아버지가 세상에 태어나지 않았더라면 좋았을 것"이라고 답했다는 글을 읽은 적이 있다.

요즘 지하철이나 버스에 타면 듣기 싫은 방송이 있다. "부정승차 시 요금의 20배를 징수합니다"는 멘트가 그렇다. 이는 대부분의 고객이 마치 범죄인 취급을 받는 느낌으로 다가온다.

몽골에서 호텔 경영학을 강의하고 마지막 날 학생들에게 질문을 받는 시간이 있었다. 그때 한 학생의 질문이 나에게 유익한 느낌으로 다가온 말이 있었다. 그것은 "호텔 경영에서 가장 중요한 말이나 행동이 뭐냐?"란 질문이었다.

그때 나는 이렇게 말했다. 취소전화 받을 때와 불평을 접수할 때가 가장 중요하다는 말을 들려줬다. 이 두 가지 이유 때문에 호텔 리어는 자존심이 상하고 화가 나지만 당연히 친절하게 해야 한다. 그렇게 하면 고객을 얻는다. 중요한 사실은 불평하는 사람의 그 하나만 해결해 주면 그는 단순하게 순응하는 평생고객이 된다.

그 이유는 먼저 빨리 취소해 줘 다음 고객에게 판매할 수 있어 고맙다. 그 다음은 미안해하면서 걸어온 마음에 기쁨을 줘 미래 고객을 만들 기회가 되기 때문이다.

물론 계약금이 이미 지불되었다면 일부 금액을 공제받으면 된다고 하지만 그때에도 판매가 가능하다면 공제한 금액만큼의 호텔상품권 등으로 마음을 달래줘야 한다.

우리는 역사적으로 여유가 없이 서두르며 살아온 탓일까? 아니면 여유 있고 평화로운 언어는 없고, 부정하는 언어표현이 항상 앞서가는 이유 때문일까!

물론 고객의 입장에서는 공급자에게 당당한 소비자 입장으로 "노 땡큐"라고 말할 수 있다.

다른 사업도 마찬가지이다. 모든 사업의 시작은 바로, 취소와 불평에서 시작되는 부정적 언어를 여유 있는 느낌 언어로 바꿔 말하는 언어생활 습관을 익히는 것부터 비롯된다.

제3장 21세기 대륙을 가다

21세기 대륙을 가다

운명 같은 여정

1995년 10월 27일

집을 이사하면서 먼지 묻은 원고지를 여러 번 옮겨 담으며 혹시 잃어 버리지 말아야지 하면서 걱정했던 숙제 같은 이야기를 컴퓨터에 옮겨 적으면서 과거로의 여행이 다시 시작된다.

1990년 구소련의 고르바초프는 페레스트로이카(개혁)와 그라스노스트(개방)라는 발표를 스스로 한다. 그리고 소비에트연방이 해체되고 동구유럽의 사회주의 국가들까지 레닌 동상을 내리고, 대통령 직선제로 국가체제가 바뀌는 이른바 20세기말의 냉전체제의 종말을 지켜보았다.

한국에는 6공화국 당시 민주화와 통일이 금방 다가서는 줄 믿었다. 또한 역사적인 북방외교를 선언하면서 서울에는 과거 사회주의 국가들과 수교하고, 평양주재 대사관에서 일하던 외교관들이 대거 서울로 이동 근무를 시작한다.

그 당시 KBS에서 러시아어 공개강좌가 시작돼 그때부터 러시아어 공부를 시작했다. 그때는 그 나라들을 방문하려면 초청장을 받아야 비자를 받을 수 있었다.

먼저 몽골을 경유해 바이칼을 가는 것이 나의 첫째 목표였다. 나를 초청해 준 첫 번째 몽골친구 잉크밧은 우리정부 장학금으로 한국에 온 속이 깊은 청년이었다. 한국유학을 마치고 돌아가 몽골에서 보낸 초청장이 1년 유효기간이 지났을 무렵 나는 여행인의 감춰진 증세가 나타났다.

비자를 받기 위해 찾아간 곳은 동부이촌동의 오래된 아파트였다. 응접실에서 차를 대접받았던 1층 임시 대사관이 생각난다. 내가 받았던 초청장에는 러시아어로 내 이름과 방문기간, 목적 등이 적혀 있고, 마지막 하단부에 고약 같은 검정 물체에 음각이 된 것처럼 된 공증도장이 있었다.

작성한 날짜가 1년이 지났기에 다시 받아야 한다고 했다. 그래서 나는 대사님을 잘 아는데 지금 통화를 하고 싶다고 했다. 잠시 후 연락을 취하더니 승낙하셨다고 해 입국허가 비자를 찾으러 가던 날 나는 과자선물 상자를 들고 갔다. 왜냐하면 그 직전에 나는 감옥소 같은 철장으로 둘러 싼 미국 대사관에서 비자를 받던 생각에 오히려 고마운 마음이 들었기 때문이다.

서양인들은 30대의 젊은 시기에 인도를 가보았느냐고 할 정도로 인도여행이 전통처럼 전해 내려온다. 나는 한국인에게 몽골과 시베리아 바이칼을 여행하라고 권하고 싶다.

나의 경우는 직장에서 11년을 근무했고, 마침 불행하게도 긴축 경영으로 당시 2명이 과로사했다. 그래서 나는 결심했다. 3년을 준비했고, 3개월간 아내를 설득해 몽골과 시베리아를 여행했다.

나담축제 행사 중 초원 말 달리기 현장에서.

그 당시 인천공항이 없을 때여서 김포공항이 국제공항이었다. 10월 27일 오후 1시 50분에 출발하는 울란바토르행 짐을 부쳐 출국수속을 마치고 가장 끝 탑승구로 나갔다. 디스 담배와 김치 한 봉을 상비약처럼 사서 함께 가져갔다.

몽골 항공기 'MIAT' 탑승구에 큰 마크가 눈길이 갔다. 몽골 국기 한가운데 태극 문양과 같은 표기가 마음에 와닿았다. 알고 보니 KAL에서 기증한 보잉기라고 했다.

좌석의 탑승객은 2/3밖에 되지 않는다. 그 중 한국인은 3명밖에 없다. 그 일행은 몽골 공과대학에서 사업과 강의를 하고 있다는 것이다.

우리를 태운 몽골항공은 서해 공해로, 다시 요동반도 상공을 통과해 고비사막 상공을 날고 있었다. 레드와인에 누들을 곁들인 비프스튜로 기내에서 점심을 했다. 궁금해서 창밖을 보니 황량한 달 표면을 보는 듯했다. 아니, 내가 잘못 온 것이 아닌가 하는 생각에 걱정이 앞섰다.

활주로는 크랙이 가고 활주로에서 이동식 트랩이 사람에 의해 비행기 승강구 쪽으로 이동해 우리는 내렸다. 자전거를 타고 마중 나온 아버지는 서울에서 온 아들의 볼에 연신 입을 맞췄다. 여행용 가방을 비행기 하단에서 각자 찾아서 대합실 쪽으로 움직였다. 입국심사라고는 두 사람이 여권을 확인하는 것으로 끝이었다.

대부분 승객이 대합실을 빠져나가고 40분이 흘렀을까. 마중 나온다던 사람은 보이지 않는다. 공항 대합실 창밖에 가로등이 하나씩 꺼지고 공항은 어두운 상황이 된다. 대합실 한구석 석탄난로 옆 전화기를 끌어안고 있는 아주머니에게 2달러를 주고 전화를 부탁했다. 손잡이를 회전시켜 거는 수동호출식이었다.

초청인의 동생이 택시로 마중을 가니 20분만 더 기다리라고 했다. 그래서 로비에 있는 여행용가방과 창밖을 번갈아 주시하던 나는 먼지 묻은 택시가 도착한 것을 확인했다.

그리고 젊은 남녀가 내 쪽으로 달려왔다. 피부가 하얀 아가씨가 웃으면서 자기는 '오유나'이며 함께 온 청년은 초청인의 동생 '잉그르'라고 소개한 후 짐을 가지고 택시 쪽으로 향했다.

먼지가 날리고 포장이 안 된 길에 가로등도 없는데 얼마쯤 달렸을까. 창밖을 보니 300여 마리의 양떼가 도로를 가로질러 가는 것을 목격하고 우리 택시는 기다리고 있었다.

호텔 예약을 했느냐는 말에 안했다고 했더니 자기 아파트로 가자고 했다. 도착해 보니 내 잠자리가 준비되어 있었다. 6달러를 받고 택시 운전사는 '바이르타(감사합니다)'라 말하고서 쌩하니 떠났다. 그렇게 나는 몽골에서 첫날 잠이 들었다.

여기는 울란바토르

1995년 10월 28일

몽골 울란바토르에서 둘째 날이다. 아침에 일어나니 기분만 좋은 것이 아니고 몸이 살아난 기분이다.

오늘은 눈이 올 것 같다는 오유나의 말이 맞아떨어진다. 아침부터 밖의 날씨는 을씨년스럽다. 역시 눈이 내린다. 내린다기보다 눈이 날린다.

안방에 작은 TV가 있고, 아침 9시부터 방송을 시작한다. 어제부터 서울발 CNN 뉴스가 눈에 거슬린다. 전직 대통령의 5천억원 비자금 스캔들이다.

소시지, 빵, 그리고 녹차를 넣어 끓인 뜨거운 밀크로 식사를 하는데 또 볶음밥이 나온다. 당시 밥 종류를 먹는 일은 힘든 일이다. '바자르'라는 가장 큰 시장에 가보니 쌀과 생선을 파는 가게가 각각 한 곳밖에 없었다.

물론 지금은 쌀·보리쌀·김치·한국맥주 등은 물론 몽골인이 만들어 파는 김치도 많이 있다. 몽골인들은 우리와 얼굴이 같다. 체격과 키는 육식을 해서인지 우리보다 큰 편이다.

몽골인 일부는 옷을 잘 입는다. 그리고 털모자와 가죽 부츠도 잘 어울린다. 아파트는 입구 문이 이중으로 되어 있다. 바깥문은 밖에서 당기고 안쪽은 안으로 밀어서 들어간다. 그리고 입구의 신발을 벗는 공간에 외투와 모자를 걸어둔다. 벽의 두께는 1m 가량으로 두꺼운 데다 창문은 3~4중으로 돼 있고, 겨울에는 아예 찬바람이 들어오지 못하게 쪽문까지 봉해 둔다.

집안에서는 신기한 것도 목격된다. 장식장 같은 곳에 오유나의 어머니 영정

사진이 있고, 그 앞에는 초콜릿 캔디와 지폐가 놓여 있다. 또한 아침 출근 전에 인사를 하고 떠난다. 어머니는 3년, 아버지는 2년이란다.

시내에는 무궤도 전기버스가 쉴 틈 없이 시민들을 실어 나른다. 이곳도 아침 10시에 백화점이 문을 열고 있다. 도시가 크지 않아 걸어서도 구경이 가능하다. 차량은 오른쪽으로 통행하고 신호등은 드문드문 보이며, 횡단보도 표시는 지워지고 흔적밖에 없다. 사람이 먼저 가면 차가 양보하고, 차가 앞에 가면 사람은 위험하게 비켜선다.

2006년 7월 나담축제 중 만난 전통의상을 입은 봉사자와 함께.

시내 중심부에 있는 대통령 관저는 러시아대사관과 이웃하고 있다. 러시아를 가기 위해 비자 신청을 하려고 밖으로 줄지어 서 있다.

오늘은 자연사박물관에 갔다. 마치 종합시장과 비슷하다. 동물 박제, 작은 식물원, 광석류, 그리고 토양전시관 별자리와 공룡 전시관이 있다. 실제 공룡뼈로 골격을 갖춰 6~7구의 공룡이 전시되고 공룡알도 볼 수 있다. 그런데 몽골의 각 가정에는 공룡 알이 한두 개씩 집에 있다고 한다. 아내 책자에 보니 박물관이 6개나 된다.

오던 길에 국영백화점을 들렀는데 의외로 한국 상품이 많다. 오히려 맥주 값은 한국보다 싸다. 어제 재래시장(Bazaar)에서 사온 칠리소스 물고기 두 마리, 마늘장아찌 한 병, 통마늘 2통, 오이피클, 양파, 감자 등은 오유나 씨가 거의 나를 위해 함께 사온 것이다.

낮에는 광장 앞에서 오래된 짚의 수동식 시동장치를 보고 우리의 60년대 차량을 연상케 했다.

나의 이번 여행에서 아주 기분 좋은 수확이 하나 있다. 나는 한국을 떠나 다른 나라에서 한국산 자동차가 제일 많은 나라가 '몽골'이구나 하고는 자부심이 생겼다. 유럽의 차량들은 출근길에 고장이 난 상태로 세워져 있다. 그 반면 한국산은 고장 없이 잘 달리는 모습이 마치 태극기를 달고 국위선양을 하는 것처럼 보였다.

그날의 느낌을 엽서에 기록하여 H그룹 회장에게 보내기로 했다.

"저는 시베리아를 넘어가기 전 몽골에서 일주간 머무르면서 이 글을 씁니다. 이곳 수도에서 만나는 차량 중 절반 이상이 귀 회사의 차량이며 다음으로 유럽, 일본, 미국산입니다. 자랑스럽습니다. 그리고 이 글을 쓰는 이유는 귀 회사 직원이 좋은 차량을 만든 독립 운동가들입니다. 부탁이 있습니다. 공식적인 자리에서 꼭 전해주세요. 과거에는 목숨을 바쳐 나라를 구하고 했으나 지금은 산업현장에서 정성과 혼을 쏟아 만든 우리의 상품을 외국 경쟁시장에 보내는 직원이야말로 이 시대의 독립운동가입니다."

저녁식사는 시내에 있는 큰 '게르'형 전통 극장식당 '하스 우그리(Khas Ugree)'에 갔다. 폴란드 관광객과 우리 일행밖에 없었지만 식사와 공연이 매력

적이었다. 자개장과 의자에 곰의 가죽과 호랑이 가죽으로 장식돼 있고, 마두금과 '부친탐'의 연주는 초원의 애잔한 그리움을 느꼈다.

그날 저녁 극장식 식당에서 스테이크를 먹었는데 스테이크 크기의 검정 돌멩이가 두 개 접시에 올려졌다. 알고 보니 보온효과와 식사 전 그 돌멩이를 손바닥으로 번갈아 만지며 마사지하는 것이라고 가르쳐 준다.

문화와 지혜가 공존하는 현상을 보았다. 폴란드인에게는 세레나데를, 나에게는 아리랑을 연주해주었다, 그리고 흠이 노래는 멀리서온 나에게 큰 선물이었다. 항상 웃는 모습을 보이는 오유나와 잉그르는 나에게 만족하느냐며 즐거워했다.

이틀째 울란바토르는 한국인을 만나지도 못한, 한국말을 할 필요도 없는 꿈만 같은 나만의 여행이다. 시간이 흐를수록 새로움과 흥미로움이 긴장과 함께 쌓여온다.

국경을 넘다

모험심이 호기심의 다음 단계일까, 그 중간에 방심이 있었을까?

혼자 떠난 3개국 여행이 생각만큼 신비롭지만은 않다. 당시 몽골·러시아·일본을 줄넘기 코스 같이 김포, 몽골, 시베리아 바이칼, TSR 블라디보스톡, 일본 니가다·교도·후구오카, 그리고 부산으로 이어지는 한국인 최초의 여행자였을 것이다.

비자와 항공, 페리 국제열차 티케팅을 혼자 찾아다니며 했다. 그러나 방심했던 몽골에서 러시아 입국비자, 그리고 이동수단에 문제가 생겼다. 정보가 없어 일단 몽골에 가서 해결하자 했는데 역시 몽골주재 러시아대사관에서 비자 신청을 거절당했다. 한국인이 몽골 경유로 시베리아 여행을 간 사람이 없다는 것이다.

김포-UB 편도 티켓이 50만원이었는데 다시 왕복으로 할 경우 60만원이다. 10여만 원 잔금을 치르고도 서울로 왕복 티켓 복원이 안 된다니 어이가 없다. 김포로 다시 가려거든 50만원을 다시 내야 한단다. 화가 났고 악이 바쳤다.

초청인 가족들이 총동원해 그 방법을 찾아 주었다. 그곳의 국제우호연맹에 가서 20달러를 주고 회원증을 만들고, 그 증서를 첨부해 비자 신청으로 허가를 받았다.

서울 집으로 우편엽서를 써서 보냈다. 항공엽서 44 투그릭(화폐 단위) 우표를 붙였는데, 과연 서울까지 갈까 하는 의구심이 들었다. 더 많은 친구들에게 편지를 하고 싶어도 수첩에는 삐삐번호, 그 외 사무실, 집 전화번호만 적혀 있기 일쑤였다.

8박9일의 이번 몽골여행은 오래 전 역사 속 시간여행 같은 기억과 선물 보따리를 등에 메고 다시 국경을 넘어 바이칼로 향한다. 한 달 후 12월에는 잉그르와 오유나가 결혼한다고 자랑했다.

그래 결혼을 축하하고 내가 다시 온다는 보장은 없으니 한국으로 여행을 오라 했다. 내가 결혼 선물을 몰라 100달러 한 장을 건네주었더니 절대 받지 않는다. 그래서 내가 이것도 받지 않으면 나를 나쁜 사람으로 만든다는 조건을 달았다. 그랬더니, 그렇다면 그 돈은 '내가 다음 몽골에 오면 나를 위해 쓰겠다'고 말하면서 받았다.

그리고 집안의 영정사진을 보았다. 나는 몽골의 풍습이 우리나라와 같은 것을 알고 놀랐다. 어머니가 돌아가신 지 3년인데 아침마다 절을 하고 초콜릿, 사탕, 그리고 칭기즈칸이 들어 있는 지폐를 사진 앞에 두었다. 그렇게 하면 어머니가 하늘나라에서 자식들을 보호해 준다는 것이다.

11월 4일 이르크츠크행 비행기에 탑승했다. 이르크츠크까지는 1시간 소요되고 편도 100달러다. 오이 다섯 쪽에 소시지 2개, 주스 한 잔이 기내식이었다. 식사 후 20분쯤 지났을까. 비상등이 깜박거리더니 안내방송이 터져 나온다. 눈이 너무 많이 내리는 관계로 목적지 이르크츠크 공항을 갈 수 없어 울란우데 공항에 비상 착륙하겠다는 것이다.

나는 급할 게 하나도 없었다. 공항에 활주로가 보이지 않을 정도로 많은 눈이 왔다. 입국심사를 울란우데 공항에서 하고 커피 한잔씩 마시고 3시간을 기다린 후 다시 그 비행기로 이르크츠크 공항에 도착했다. 두 도시의 위치는 한국에서 보면 바이칼 호수를 가운데 두고 왼쪽이 이르크츠크, 오른쪽 동쪽에 있는 도시가 울란우데이다.

전 좌석이 48석인데 러시아인 4명, 몽골인 5명, 그리고 나를 포함해 모두 10명이다. 이번 여정에서 가장 힘든 시베리아에 입성한 것이다.

그것도 파리보다 아름다운 바이칼시티 이르크츠크, 한강보다 큰 앙가라 강가에 데카프리스트(12월 혁명주의자)들이 가꾼 시베리아의 보석인 아름다운 그곳에 도착했다. 이 도시에도 온통 눈으로 덮여 있다.

이곳에 여행을 오면 누구나 시인이 된다는 얘기를 들었다. 그렇다. 크리스마스카드에 등장하는 그런 조각 작품 같은 예쁜 집, 러시아 정교회, 그리고 강변과 자작나무숲 호수를 품은 도시이다.

바이칼 호수는 336개의 크고 작은 강들이 유입되어 호수를 이루고, 넘쳐서 흘러 나가는 강은 오로지 앙가라강 하나뿐이다.

이르크츠크 공항에도 하나 둘 여행객이 공항에서 빠져나가고 나만 남았다,

2006년 나담축제 800주년 행사 후 UB에서 모스크바행 열차를 기다리며.

이곳은 나에게 모두 타인이다. 백곰 만큼이나 덩치가 큰 택시 기사들이 하나씩 순서대로 와서 택시요금을 흥정한다.

택시미터가 없으니 원래 흥정하고 탄다는 정보를 서울에서 알았기 때문이다. 그러는 동안 나는 그곳의 동태를 파악할 겸 그리고 친구가 오기로 했다고 변명하고는 한 시간쯤 지났을까. 시내까지 35달러로 시작한 택시요금이 10달러까지 해주겠다는 것이다.

그래서 내가 다시 역제안을 했다. 지갑을 보이면서 7달러 밖에 없다, 그리고 서울에서 청계천 친구가 선물로 싸준 전자계산기 중 한 대를 주었더니 좋다고 하면서 가자고 한다. 돈이 있어 보이거나 고가의 카메라나 복장은 마피아를 부른다는 러시아 유학생의 말을 들었기 때문에 고액권이 내 지갑에는 없었다.

그런 나를 러시아산 '볼가' 차 택시기사는 앙가라 인투리스트호텔에 내려주었다. 강이 내려다보이고 이불이 두꺼운 싱글침대가 있는 60달러 룸에 여장을 풀었다. 500객실 호텔이니 이곳은 최고급이다.

이곳에서는 일반적으로 규정짓는 정문에 쉽게 눈에 띠는 프런트데스크가 없고 그 자리에 기관총을 장전한 군복 차림의 보안원 2명이 서 있었다. 그곳을 지나면 안쪽에 여행사, 열차 티케팅, 그리고 환전과 객실 판매원이 있다.

돈을 지불하고 받은 두꺼운 종이에 손으로 쓴 객실 번호표를 손에 쥐고 객실 층에 올라가보니 층 담당 직원이 안내를 했다. 안내책자를 보니 파스텔톤으로 그린 관광안내 책자가 바이칼 호수까지 예술품이었다.

편안한 복장으로 하고 로비로 내려갔다. 체크인할 때 보지 못했던 안내 데스크에서 2달러를 주고 다시 브로슈어를 샀다. 여직원의 아름다운 눈을 보고 "오친 끄라시바야~"라며 정말 아름답다고 했더니 방긋 웃었다.

중간층에 각 나라별 식당이 있었는데 한국식당도 보였다. 한국인 관광객은 없는데 어떻게 한국식당이 있느냐고 물었다. 그러자 일본인들이 일본식당에 가지 않고 한국식당만 찾는다는 것이다.

다시 방에 올라가서 서울에서 가져온 김치 봉지를 꺼냈다. 그리고 한국식당의 매니저에게 전화해서 내 김치 가져가서 식사해도 되느냐고 물으니 '하라쇼'라고 좋아한다. 나는 그날 저녁 가져간 김치와 바이칼에서 나는 물고기 '민다이'를 6달러, 그리고 맥주 4.5달러, 밥 한 공기 2달러를 지불하고 저녁식사를 했다.

방에 올라와 창밖에 앙가라 강을 보며 보드카 한 잔을 입에 물고 달빛으로 안주를 삼았다. 오늘따라 밝은 달빛이 찬연해 보인다.

"당신과 은혼식에 이곳을 다시 오고 싶습니다. 자작나무숲 우거진 이곳 강가에서 젊은 날의 추억을 노래해요."

아내에게 편지를 썼다. 이렇게 혼자 오는 바이칼 여행이 아닌성싶다.

"조용히 잠든 사이 누가 창문을 두드리는 소리에 깨어 보니 달빛만 우두커니 서서 나에게 이야기하자고 말을 건넵니다. 오늘도 당신 생각에 잠을 이룹니다."

몽골 아직도 망설이나

2010년 9월 10일 | 유스호스텔신문

지식에 목말라하며 한순간도 놓치지 않으려 했던 학생들을 뒤로 하고 울란바토르를 빠져 나온 지 두 달이 지났다. 나는 지난 4월과 7월 몽골을 방문했다. 아직도 이번 방문에 관한 여러 마음의 정리가 안 됐다.

내가 처음 방문했던 1995년에 한국 사람은 없었으나 한국산 자동차와 주류 식료품 등은 먼저 와 있었다. 나는 수교가 시작된 이듬해에 초청장을 받아 방문했었다.

올해로 한국과의 수교 20주년이 된다. 몽골은 처음 방문했을 때 실망하고도 다시 갔었고, 두 번째 방문했을 때 후회했으면서도 또다시 갔다.

가지 않겠다며 맹세하고 다시 찾아가는 곳이 몽골이다. 그렇지만 알지 못하고 갔다가 이해하고, 생활 풍습을 보고나서는 우리와 다른 나라가 아니라고 느낀다. 함께 노래를 불러 보니 말미에 '다'자(字)가 들어가는 같은 알타이어계이라는 것이 신기했다.

또한 똑같은 몽골 반점이 있어 '또 다른 형제'라는 생각이 든다. 지금은 활발하게 서로를 이해하고 있다. 국토 면적은 한반도의 7.4배이지만 인구는 270만이다.

비교적 사막이 많은 편이지만 세계 8대 자원부국이다. 국민총생산량의 27.4%가 광물이며 총수출의 64%를 점유할 정도로 지하자원의 비중이 크다.

매장량의 통계를 보면 석탄이 1000억 톤, 구리 5.4억 톤, 석유 50억 배럴 등에다 우라늄·텅스텐·희귀금속 등이 있다. 그들은 지금 희망에 부풀어 있다. 어쩌면 불모지로 내몰았던 땅에 마지막 등불처럼 희망이 느껴진다.

울란바토르 시내 수해바타르 광장에서 전시된 대형 마두금.

　인적자원으로는 중국인보다 생각이 깊고 인도상인보다 상술이 뛰어나지만 밖으로 나타내지 않는다. 손재주가 뛰어나기로는 한국인보다 2배 훨씬 앞선다는 교민 사업가의 말이 있다. 또한 외국어를 구사하는 태생적인 가능성은 정말 놀라울 정도이다.

　수도인 울란바토르의 한국인 회사에서 직원 모집을 하면 대부분 지원자들이 한국어는 물론 3개 언어의 이상을 쓰고 말하는 인재들이 몰려든다고 한다. 영어는 배울 수 있는 학원도 보이지 않는데 기본으로 잘 한다. 지금 몽골에는 20여 대학에서 앞 다퉈 한국어를 가르치고 있다. 영문 자판의 컴퓨터로도 보이지 않는 한글문서 작성을 하기도 한다.

　이번 몽골 방문에서는 세 가지를 관찰했다. 첫째, 수도의 중심에 오래 전 초대 터키 대통령이 울란바토르에 초중고교를 지어 주고 '아더투르크' 흉상을 큰 길가에서도 눈에 띄게 세워 놓았다.

　두 번째, 공항에서 시내 쪽으로 들어오면 오른쪽 언덕에 우주선 같은 실내체육관을 짓고 있는데 완공단계에 이르렀고 이것도 중국정부에서 기증했다고 한다.

　세 번째, 수도에서 동쪽으로 60km 정도 가면 작년 말에 준공한 '13세기 테마파크'가 높은 언덕 정상에 있다. 우리 세종로에 세종대왕 좌상의 10배 크기로 칭기즈칸 기마상이 파르테논신전 같은 원형 석조전 위에 역동적 위용을 떨치고 있다. 이 공원은 일본기업에서 공사했다고 한다.

그곳의 지하 '청동기 시대 유물관'에 가보니 유물전시관 벽면에 칭기즈칸이 점유했던 세계지도가 부착돼 있었다. 한반도 오른쪽 동해에 큰 글씨로 '일본해'라고 영어로 눈에 띄게 의도적으로 쓴 글자를 볼 수가 있었다.

우리의 대기업은 비행기를 기증했고 종교단체와 NGO, 각 재단 등에서 의료봉사, 나무심어주기 행사 등을 하고 있다. 그리고 정부 주도의 자원외교라는 말도 들었다. 이는 국가전략 부재라는 생각이 든다. 중국·캐나다 등은 컨소시엄을 하고, 펀드를 조성해 투자를 진행 중인 반면 우리 측은 아직도 검토 중이란다. 일본은 이미 주요광산 채굴권을 상당 부분 차지했다고 한다.

우리 개인 기업체들은 피땀 흘려 세계 정상의 시장을 피 흘리듯 밤낮없이 개척 선점하려고 노력 중이다. 오히려 민간인들이 이룬 땅에 장애가 되는 정부의 관료, 외교관들 중 누가 이 일을 해야 하는가. 모든 자리에서 자기가 해야 할 일에 사명의식을 가져야 할 것이다.

몽골인은 인구가 적고 도로 사정이 좋지 않아 어려운 자연 환경 속에서도 한국처럼 잘사는 나라가 되기를 바라고 노력하고 있다. 각 분야에서 한국 표준 관련 법령을 모듈로 하여 입법을 하고 있다.

그들은 800년 전의 칭기즈칸의 후예로 용맹스러움과 혹독한 생존원칙을 지키며 지금도 살아가고 있다. '생각은 이뤄진다'는 그의 묵시적 유지를 심장에 담고 있다. 수도 울란바토르에는 한국의 이름을 딴 거리가 4개나 있다. 그들은 아직도 우리를 짝사랑하고 있는가. 지금 우리는 어느 쪽을 향하고 가고 있는가.

📍 21세기 대륙을 가다

구름 위의 몽골
//////////////////////////////////

2010년 8월 30일 | 유스호스텔신문

북방정책 외교의 결실로 시작한 우리나라와 몽골과의 수교 역사는 올해로 20년이다.

몽골의 수도는 서울에서 2100km 거리로 울란바토르가 있다. 오가는 교통 수단은 비행 노선이 가장 빠르다. 뱃길로는 인천항에서 톈진항, 그리고 육로로 북경에서 울란바토르 행 TMR로 가는 방법이 있다. 또한 동해에서 페리로 블라디보스토크를 거쳐 시베리아 철도 울란우데(러시아)에서 울란바토르 행이 있다.

유럽인들은 TSR의 침대차(쿠페)를 타고 밤에는 달·별과 이야기하고, 낮에는 못다 읽은 톨스토이 전집을 읽으며 코커서스를 넘어 바이칼을 지나 몽골에 온다. 지금은 버스를 타고 중국·러시아 에서도 국경을 통과해 출입이 가능하다.

몽골은 러시아로부터 70년간 긴 세월을 지배당했다. 그리고 20년 전까지만 해도 러시아 군인들이 몽골에 주둔해 있었으나 지금은 없다.

몽골에서는 아직도 한 해에 1000여 명의 한국어 전공자가 배출된다. 몽골을 방문하는 관광객은 비율은 중국, 러시아, 그리고 한국인 순이다.

우리와 외모가 비슷한 탓인지 처음 방문했어도 먼 친척을 오랜만에 만난 것처럼 편안하다. 그래서 쉽게 친해진다. 생각해 보면 참 신기하다.

관광지로는 수도에 박물관 등 10곳 이상이 있어 약 2일 정도 볼거리가 있다.

울란바토르에서 동쪽으로 60여km 부근에는 '21세기 칭기즈칸 테마파크'와 '드릴치 국립공원'이 있다. 그리고 우리가 본받아 지어야 할 만큼 아름다운 몽골 전통호텔인 호텔 몽골리아가 있다.

울란바토르에서 남서쪽 방향에 자동차로 7시간(360km) 거리에 원나라의 옛 수도 핫허른(카라코럼)이 잘 보전되어 있다. 지루한 자동차 여행 중 오아시스처럼 반갑게 맞이하는 하얀 라마교 사원이 성처럼 아름답다. 또한 돌아오는 길에 겔(유목민 이동가옥)에 하루 숙박하는 경험도 좋을 듯싶다.

마지막으로 여유롭다면 두 곳을 추천해 볼까 한다. 한 곳은 남고비로 그곳에 가면 왜 인간이 신앙을 갖게 되는지, 왜 자연이 위대한지, 그리고 우리나라가 얼마나 아름다운지 상대적으로 느껴볼 수 있다.

그리고 마지막으로 바이칼에 깨끗한 물을 주는 몽골 북쪽 160km 길이의 흡수골 호수가 있다. 이곳은 어쩌면 신이 감추어놓은 마지막 청정 비경지역으로 연중 7~8월에만 관광을 허용한다.

몽골의 초원 위의 구름은 한 폭의 그림이다.

울란바토르 하라 호텔 지배인 코칭 수료 후 기념사진.

그들은 우리를 솔롱 고스라며 반가이 맞이한다. 우리 드라마를 좋아하고 '메이드 인 코리아'를 조건 없이 믿는다.

긴 여정은 있어도 디테일한 스케줄을 강요받지 않는다. 왜냐하면 서두르고 따지는 과정에서 그들은 먼 길에 화를 입는다고 짐작하며 오랜 샤머니즘의 마지막 신도처럼 느껴진다.

외롭고 힘든 여행을 하는 나그네에게 융숭한 대접을 한다. 반대로 손님 입장에서는 가정집을 방문할 때는 꼭 한 가지 선물을 해야 한다.

그들은 지구 온난화에 마지막 생존지가 될 것이며, 지진이 없는 지구상 몇 없는 곳이라고 자랑한다. 주말이면 젊은이들이 광장에서 록페스티벌을 즐긴다. 초원에서는 목가적이고 진취적인 허미송을 하는 스무 살 같은 아주 젊은 청춘 국가이다.

자동차를 운전하는 사람들은 기본적으로 자기차를 정비할 정도로 손재주가 뛰어나고, 조상들이 해왔던 것처럼 많은 외국인과 외국어에 대한 공포 없이 하얀 솜처럼 자연스럽게 받아들인다. 말 타기에서 몸에 밴 속도감 덕분인지 랩을 잘한다. 초원에서 자기 말을 구분하기 위해 엉덩이에 찍은 불도장 유래 때문인지 공문서에 서명보다 멋진 도장을 꼭 찍는 관습은 멋지고 신기할 정도이다.

춥고 긴 겨울이 그들에게 경제활동을 제한하기도 하지만 몽골은 지금 자원 부국으로 발돋움하고 있다. 전국에 산재해 있는 50여개 온천을 개발하고 도로를 확충하면 겨울관광 스포츠 산업에 도 큰 도움이 될 것이다.

끝도 없이 펼쳐진 초원과 평균고도 1580m 이상으로 항상 예쁜 구름이 사방에 널려 있으니 볼 때마다 마치 구름 위의 도시처럼 느껴진다. 척박한 땅에서 상실한 허탈감을 하늘에서 동화 같은 감동을 선물로 받는 듯하다.

게르(몽골 전통이동가옥)에 누워서 하늘의 별을 관찰하는 즐거움이란 일생에 한 번쯤은 경험해 볼 만하다. 특히 자라나는 청소년들에게 큰 우주의 꿈을 이곳에서 체험하도록 권장하고 싶다. 망원경이 없이도 관찰이 가능한 밤하늘의 은하수는 지친 여행자들에게 감동의 끝을 정리하게 한다.

칭기즈칸은 수·금·지·화·목·토·천·해·명왕성을 본 따 아홉의 참모를 두었고, 또한 각기 다른 종교를 인정했다고 한다. 칭기즈칸은 점령국의 강물에 오줌을 싸거나 빨래하는 부하를 처벌했고, 대지를 함부로 파내지 못하게 했다. 그리고 그의 생각은 오늘에 전해지고 있다. 우리가 얘기하는 자연을 아끼고 글로벌을 넘어 우주를 마음에 품은 리더요 철저한 환경주의자였다.

그러한 천년의 지도자를 가졌던 몽골인들은 지금도 자존심을 가지고 산다. 그 후예들이 지금 세계에서 다시 뛰고 있다.

지금 몽골리안은 부족한 자연환경을 오히려 극복하고 21세기의 새 퍼즐을 짜고 있다. 학교에서 연구소에서 일터에서 그리고 외국에서 그리고 생각에서.

📍 21세기 대륙을 가다

아름다운 흡수골 호수
Huvsgul murnii magtaal

Бурхан дөнгөж төрсөн хүүхдийг өөрийнхөө төрхөөр бүтээж нялх балчир хүүхэд мэт гэнэн цайлган хүн л бурханы оронд очино гэж айлджээ.

神은 갓 태어난 아이를 자신의 모습대로 빚으시어 어린이와 같은 사람이 천국에 갈수 있다 하였다.

Бурхан солонгыг бүтээн Сибирийн тэнгэрт зураг зурсан мэт солонгоруулан татаж хүнд амласан амлалтаа уран сайхнаар илэрхийлжээ.

神은 무지개를 만들어 시베리아 하늘에 그림을 그리듯 펼쳐주면서 인간과의 약속을 예쁘게 표현하였다.

Бурхан хүмүүст гоо сайхан байгаль дэлхийг өгөхийн хамт дээр нь ямар бэлэг нэмж өгөх вэ гэж бодож байгаад монголын хээр талд өнгө өнгийн цэцэгсийг илгээжээ.

神은 인간들에게 아름다운 자연 위에 선물을 무엇으로 할까 하다 몽골초원에 온갖 예쁜 야생화를 주셨다.

Бурхан хүнд гоо сайхныг мэдрүүрэх гэж Байгаль нуурыг бүтээж, илүү даруу дөлгөөн бай гэж Хөвсгөл мөрөнг тэдэнд хайрлажээ.

神은 인간의 아름다운 감성을 주려 바이칼을 주셨고, 더욱 겸손하라고 여기 흡스골 호수를 주셨다.

Бурхан өчүүхэн дорой намайг сайн хүн болоорой хэмээн миний хайрт гэргий Дэрэсаг надад бэлэг болгон өгсөн юм.
神은 부족하고 모자란 내가 더 착한 사람이 되라고 사랑스런 아내 데레사를 귀한 선물로 주셨습니다.

Байгаль дэлхийг магтан дуулж аз жаргалын утга учрыг ухааруулсан 31 жилийн хайр, харуусал хосолсон он жилүүдийг хөвсгөл мөрний шөнийн тэнгэрт гялалзан харагдах үй түмэн оддын цаана орших миний болон бидний бурхан тэнгэрт зориулж байна.
자연을 찬미하고 행복의 의미를 심어준 31년 함께한 사랑과 미움의 세월을, 흡수골의 밤하늘 저편 무수히 빛나는 별 뒤에 계실 나의 주인이며 우리의 주인에게 바칩니다.

21세기 대륙을 가다

고향 하늘로 날아라

2008년 4월 18일 ┃ 네이버블로그

목이 말라 여느 때보다 한 시간 일찍 일어났다. 방문을 열고 거실 쪽으로 나와 먼저 냉장고를 보던 중 어렴풋이 휴대전화의 작은 불빛 신호와 함께 약한 떨림이 나를 원망이나 하는 것처럼 보였다.

어제 오후 생경한 한국어 표현으로 부천에 있는 S병원 수술실 밖에서, 맥 빠진 목소리로 "수술 결과가 좋지 않아 내일이 고비다"며 그쪽 분위기를 몽골인 자야 씨가 했던 말이 떠올랐다. 휴대전화를 열어보니 새벽 5시 15분에 이미 문자가 찍혀져 있었다. "애가 갔어요". 부재중 전화도 두 번이나 걸려와 있었다.

17세에 희귀병 '타카야수 혈관염' 등을 앓고 있는 몽골 소녀 밤바의 얘기다. 가장 참기 힘들었을 수술 시험대에 마지막이 될 줄도 모른 채 3시간의 긴박한 수술시간 동안 함께 해주지 못했던 내가 빚쟁이처럼 부담이 밀려온다.

그 이유는 그들이 나를 한국에 있는 유일한 친척처럼 생각했고, 가장 힘들 때 그리고 중요한 일을 나와 상의했고, 십년 이상 믿는 마음으로 대해 주었기 때문일 것이다.

병원으로 달려간 나는 담당 의사를 만났다. 대부분 종합병원의 3분도 되지 않는 짧은 검진 시간처럼 명함을 건넨 나에게 자기는 명함이 없다고 했다. 심장 차트를 벽에 걸어 놓은 상태로 서둘러 죽음으로 갈 수밖에 없었다는 논리를 애써 나에게 주입시키려고 했다.

그때의 나의 느낌은 사람을 살리는 인술(仁術)보다도 사후처리 방법이 훨씬 앞서 보였다. 한국주재 대사관에 사망 사실을 알리고 본국의 집안에 연락해 자기네 풍습대로 발인과 화장하는 날을 확정짓다 보니 기다림의 '닷새 장례'가 되고 말았다.

벽제 화장장으로 가는 이른 아침, 서둘러 지하 영안실에 가보니 몽골에서 온 조카 그리고 한국에 와서 목수 일을 한다는 밤바 양의 작은 아버지 내외가 영정 앞에 앉아 흐느끼고 있었다. 아버지 푸제는 옆방의 희미한 불빛 아래서 손 글씨로 천천히, 그리고 애절한 모습으로 딸에게 쓰는 마지막 이승의 편지를 적고 있었다.

세 시간 후 그 편지를 출관예절하기 전 딸이 보이는 면전에서 읽기 시작했다. 그리고 살아생전 애틋이 사랑했던 추억을 눈물로 접어 두고 이젠 고별식을 하기 시작했다.

"너는 우리 가족에게 17년 동안 행복을 가져다주었다"며 부모의 마지막 입

몽골 초원에서 훈제 물고기를 파는 구멍가게. 멀리 양떼들이 평화롭다.

맞춤이 이어졌다. 이어 나머지 친지들 모두는 경배를 끝으로 함께 그가 잠자고 있는 주위를 침묵 속에 세 바퀴를 돈 뒤 성급히 이동 채비를 했다.

그들의 풍습대로 물보다 우유를 영구차 네 바퀴에 뿌렸다. 선두 차량인 내 차가 출발하고, 뒷좌석에서 밤바의 아버지는 차창을 열어놓은 상태로 쌀알을 몇 개씩 집어 밖으로 날려 보내며 흐느끼고 있었다.

파란 견사 천으로 감싸인 영정사진을 화구 앞에 놓고 마지막 순서라 느낀 부모는 다른 집 상주들이 목 놓아 우는 모습에 당황했는지 어찌할 바를 모르던 가족들은, 돌아오던 길에 나에게 "낯선 타국에서 마음 놓고 울지도 못했다"며 남겨둔 눈물을 훔치고 있었다.

그의 웹사이트를 보니 영어와 러시아어로 밤바의 친구들과 만나 또래의 즐거움과 만남이 이루어지기도 했다.

밤바 양은 3개월 전 치료차 한국에 왔을 때도 수술받기 얼마 전 아버지가 준 용돈을 모아서 오빠와 친구들에게 줄 선물을 준비했다. 완쾌 후 몽골 초원을 달리겠다며 선물을 받은 성인용 새 자전거는 타보지도 못하고 떠나가 버렸다.

우리 친구 일행들이 작년 '나담축제' 때 울란바토르를 방문했을 때 통역 안내자의 옆에 따라 다니며 고운 미소로 그 사람이 미처 설명하지 못했던 내용을 나에게 한국어나 영어로 보충 설명도 해주었던 기억이 떠올랐다.

유골을 받아든 가족들은 치료하기 위해 몇 개월 지내던 동대문 숙소에는 유골함을 가져가지 않고 인천공항이 가까운 숙소에서 가족 친지와 마지막 밤을 지내야 한다며 부평에 잠자리를 구했다. 그 이유는 밤바의 영혼이 행여나 잠시 정든 서울 동대문 쪽에 착각해 안주하는 것을 피해야 한다는 것이다. 그래야 정처 없이 한국에서 떠돌지 않는다는 얘기다.

잠시의 인연은 이곳에 두고 고향의 하늘로 이어지는 천상낙원의 창으로 가기 위함이란다. 그래야 세월이 흐른 후 부모와 친구와 다함께 만날 수 있다고 얘기한다. 영정 앞에 놓인 그가 생전에 즐겨했던 몽골 초콜릿 3개를 그의 어머니 미가 씨가 내 검정양복 호주머니에 넣어주었다.

며칠 후 그 초콜릿 중 하나를 나의 손녀 손에 쥐어 주었더니 뜻 모르는 얼굴로 겉 종이를 펼치며 나에게 활짝 웃는다.

"밤바야, 고통 없는 고향 하늘에서 잘 지내거라!"

발 앞에서 초원 길 끝 구름이 만나는 그곳 고향 하늘을 날아라. 그리고 친구들과 놀던 고향 뜰에 내려앉아 쉬어라.

누가 돌보지 않아도 스스로 자라는 수많은 보랏빛 꽃 야생허브 뜰 위에서 친구들 따라 노랑나비 한 마리 되어 일 년에 한번만 아빠의 눈물을 닦아 주거라.

Төрсөн нутгийнхаа тэнгэрт хөөрөн хөөрөн нисээрэй

Миний бие өглөө ам цангахын эрхээр жирийн үед босдог цагаасаа нэг цагаар эртлэн бослоо. Унтлагын өрөөнийхөө хаалгыг онгойлгож зочны өрөө руу дөхөөдхөргөгчөө нээн хараад зогсож байтал гар утасны гэрэл асах шиг болж үл мэдэг чичрэх дуу нь намайг зүхэх мэт сонсогдлоо.

Өчигдөр үдээс хойш Пүчон хотод байдаг "S" гэх эмнэлгийн мэс заслын өрөөний гаднаас сулхан дуугаар "Мэс ажилбарын дараа бие нь нэг л сайн дээрдэхгүй байна.Маргааш хамгийн хүнд үе давах байх." хэмээн тэнд болж байгаа үйл явдлын талаар солонгос хэлээр тун чадмаг ярьдаг Заяа гэгч монгол охины хэлсэн нь санаанд орлоо.

Гар утсаа нээгээд үзтэл альхэдийн үүрийн 5 цаг 15 минутанд "хүүхэд маань өнгөрчихлөө" гэсэн мессэж ирсэн байсан бөгөөд хоёр ч удаа дуудлага ирсэн байв.

Өнгөрдөг талийгаач бол орь залуухан 17 насандаа ховорхон тохиолддог цусны өвчин туссан Бямбаа гэж монгол охинбайлаа.

3 цаг гаран үргэлжилсэнхүнд бэрх мэс заслын үеэр хамт байж чадаагүйдээ өөрийн эрхгүй харамсанөрөнд баригдсан хүн шиг шаналах сэтгэл төрлөө. Яагаад гэвэл талийгаачийн гэр бүлийнхэн өнгөрсөн 10 гаран жилийн хугацаанд надад чин сэтгэлээсээ хандаж намайг Солонгост байдаг цорын ганц хамаатан шигээ санаж хамгийн хүнд хэцүү үедээ дууддаг, чухал ажил хэргээ зөвлөлддөг байсан

юм.

Эмнэлэг дээр яаран сандран очсон миний бие хариуцсан эмчтэй нь уулзлаа. Намайг нэрийн хуудсаа өгөхөд хариу өгөх нэрийн хуудас байхгүй байна гээд,чагнуураа хананд өлгөчихөөд ихэнх нэгдсэн эмнэлгийн 3 минутын үзлэгийн цаг шиг ум хум талийгаачид үхэхээс өөр арга байгаагүй хэмээн надад итгүүлэхийг оролдож эхлэх нь тэр. Миний хувьд тэр хүн хүний амь насыг авардаг эмч гэхээсээ илүү араа бодсон арчаагүй хүн шиг санагдлаа.Солонгос улсад суугаа Монгол улсын Элчин Сайдын Яаманд нас барсан тухай нь мэдэгдэж нутгийнх нь ёс заншлын дагууталийгаачийг чандарлах өдөр судрыг товлох энэ тэр гэсээр байтал нэлээн удлаа.

Чандарлах газар руу явдаг өдрийн өглөө цогцос хадгалах өрөө рүү очтол Монголоос ирсэн үеэл болон Солонгост ирээд мужааны ажил хийж байгаа авга ах нь гэр бүлийн хүний хамттэнд мэгштэл уйлж суугаа харагдлаа. Талийгаачийн аав Пүүжээ хажуу өрөөнд нь сүүмийн харагдах бүдэг гэрэлдүй гашууд автан хайрт охинтойгоо хамгийн сүүлчийн удаа салах ёс хийн удаан гэгч нь захиа бичин суух ажээ. 3 цагийн дараа талийгаачийг чандарлах саванд хийхийн өмнө уг захиаг охины дэргэд уншиж эхэллээ. Нүдний цөгий мэт хайрлаж байсан хайрт охиноо нулимсаар үдэж салах ёс хийв.Чи минь бид нартаа 17 жилийн турш аз жаргал бэлэглэж байсан гээд эцэг эх нь охиноо хамгийн сүүлчийн удаа үнслээ. Бусад хамаатан садан нь мөн адил салах ёс хийв. Дараа нь нойрсож буй талийгаачийг нар зөв 3 удаа тойрсны дараа тэндээс хөдөлцгөөсөн юм. Нутгийнх нь ёс заншлын дагуу машины дугуй руу сүү өргөлөө. Миний машин түрүүнд явсан бөгөөд арын суудалд суусан талийгаачийн аав машины цонхоор будаа цацангаа эхэр татан уйлсаар байлаа. Эцэст нь хөх хадгаар ороосон талийгаачийн зургийгчандарлах зуухны өмнө тавиад салах ёс гүйцэтгэх сүүлийн мөч болохыг мэдэрсэн эцэг эх ньөөр айлынхан орь дуу тавин гашуудаж байгааг хараад цочирдсондоо ч тэр үү, хүний нутагт байгаадаа ч тэр үү сэтгэлээ онгойтол уйлж чадахгүй дотроо мэгшин байлаа.

Талийгаач 3 сарын өмнө эмчилгээ хийлгэхээр солонгост ирэхдээ аавынхаа өгсөн мөнгийг цуглуулж байгаад найз нартаа бэлэг авч өгөхөөр бэлдэж байжээ. Англи, орос хэлээр үеийнхээ найзуудтай харьцаж, түүнийгээ аав, ээждээ гайхуулж байсан нь түүний вебсайтаас харахад илхэн. Бүрэн эдгэснийхээ дараа Монголын тал нутгаар давхиарай гэж бэлгэнд авсан дугуйгаа ч унаж чадалгүй өөд болж дээ.

Бидний хэсэг солонгос нөхөд Монгол нутгийн наадмыг үзэхээр ноднин Улаанбаатар хотод аялж байхад орчуулагчийн дэргэд хөөрхөн гэгч нь инээмсэглэн явах нэгэн охин зарим нэг зүйлийг солонгос англи хэлээр нэмж орчуулан тайлбарлаж байсан нь санаанд тодхон бууна.

Талийгаачийн чандрыг гар дээрээ авсан ар гэрийнхэн нь хэдэн сарын турш байсан Дундэмүнд байрладаг буудал руу чандрыг авч явж болохгүй. Инчоны ойролцоо газар буудал олж хамгийн сүүлчийн шөнийг өнгөрөөх ёстой гээд Бүпёнд буудал олж хонохоор боллоо.Учрыг асуухад талийгаачийн сүнс нэг хэсэг амьдарч, идээшиж дассан Дундэмүнд хоргодож хаана очихоо мэдэхгүй тэнэж магадгүй гэж болгоомжилсных гэлээ. Өөрийн төрсөн нутгийнхаа тэнгэрт гарч бурханы оронд очин хожим эцэг эх найз нөхөдтэйгээ уулзахын ерөөл тавьж байгаа нь энэ гэлээ.

Талийгаачийн зурагны өмнө тавьсан монгол шоколаднаас түүний ээж Мийгаа миний охин дуртай байсан юм гээд 3 ширхэгийг надад өгөв. Тэр шоколаднаас нэгийг нь ач охиндоо өгөхөд юу юм бол гэсэн аятай цаасыг нь задлангаа миний өөдөөс инээж билээ.

Бямбаа охин минь тэнүүн сайхан төрсөн нутгийнхаа тэнгэрт сайн сайхан аж төрөөрэй.

Тэртээд харагдах тал нутгийн заагтай хаяа дэрлэх хөх тэнгэртээ хөөрөн хөөрөн нисээрэй.

Найз нөхөдтэйгээ наадан тоглож байсан тал нутгийнхаа зүлгэн дээр буун суун амраарай.

Хэн ч арчилж тордоогүй байсан хээв нэг ургах хээрийн зэрлэг цэцгэн дээр найз нөхдөө даган наадан тоглох эрвээхэй болоод жил жилдээ нэг ирээд аавынхаа нулимсыг арчиж байгаарай.

Төгсөв.

21세기 대륙을 가다

몽골 만세

2007년 8월 23일 | yahoo blog

 지난여름 일주일 동안 몽골 여행을 다녀왔다. 생소하고 다양했던 볼거리보다 더 많이 몸에 붙은 먼지를 땀과 함께 씻어 내렸다. 머릿속에 미처 정리 못한 여정이 아쉬운 숙제처럼 가슴을 짓누르고 있다.

 여러 곳을 여행해 보았지만 '몽골은 멋모르고 호기심에 처음 가고, 멋이 없어 후회하면서도 다시 가고, 줄 것이 없어도 형제 같은 느낌 때문에 도움을 주고 싶어 세 번째 가는 곳'이다.

 보통 지인들이나 혹은 매체를 통해 그곳에 관심을 가지고, 또한 나 같이 그 나라에 관련을 가진 사람이 몽골 경험을 얘기하면 대부분 한번쯤 같이 가고 싶어 한다.

 내가 들려주는 몽골 이야기는 여행 중 불편했거나 멋없던 부분은 일부러 감춰 둔다. 신기한 얘기에 듣는 이들의 기대와 관심, 스스로 이야기에 취해 벌여 놓은 소재들을 채 수습도 하지 못하고 끝내는 경우가 있다.

 이듬해 봄이 오면 내 얘기를 들었던 사람들은 기다렸다는 듯이 몽골에 가자고 한다. 그러면 그 곳으로 함께 떠나는 날에야 나는 공항 대합실에서 솔직히 이렇게 얘기해 준다. '괜히 왔다'는 소리가 나올 수도 있다고 말을 흘린다.

 물론 출발하는 그 자리에서는 포기할 수 없는 상황이기 때문에 여행 기대 후 실망을 일부 줄여보겠다는 뜻이다.

 그곳에 대한 사전지식이 없는 여행객에게는 세 시간 반의 비행거리 중

한 시간 정도 아래로 내려다보이는 황량한 고비사막은 마치 지구의 종말을 보는 느낌을 줄 수도 있다. 하지만 그 정도는 신고식도 못 된다.

고생했던 여행일수록 오래 기억에 남는 것은 눈으로 느낀 추억보다 여행 중 그리고 이후 느낌이 어느 정도 시간의 숙성과정을 통해 걸러지기 때문이다.

그런데 추억이나 감정보다 더 무겁고 큰 짐은 8년 전 두 번째 방문 때 가지고 왔다. 흘려서 듣기에는 너무 간절한 숙제를 받아왔다. 몽골 인사들이 고민해 제안한 '한국과의 국가연합' 이야기였다. 처음에는 농담으로 여겼었다. 자리를 옮겨가며, 그리고 밤새워 의논했던 기억이 아직 남아 있다.

몇 년을 책임 없이 머릿속에 담아두었고 사석에서 얘기도 했다. 작년 말에는 몇몇 지도자에게 이와 같은 내용을 서면으로 제안하기도 했다. 그리고 가시적이긴 하지만 작년 3월에는 양국 학계와 외교관이 심포지엄까지 했다.

10여 년 전까지는 그곳 초등학교에서 러시아어로 공부했으나 지금은 몽골어로 하고 있다. 10명 중 1명이 한국어를 할 수 있고 그만큼 한국을 다녀왔다고 말한다. 그리고 한국에 간 후 못 돌아온 몽골 처녀를 기다리다 장가 못간 총각들이 많다는 얘기를 들었다.

우리보다 7배나 큰 대지 위에 우리와 함께 대륙의 통과 거점을 만들었으면 한다. 3년 탈상을 지내는 풍습을 보고 놀랐던 첫 번째 경험은 겨울 민박여행이었다. 두 번째 방문은 6월이었다. 그때까지의 몽골 여정은 눈으로 보고 느꼈지만 2006년 세 번째 방문은 가슴으로 느꼈다. 감동과 역동의 800주년 나담축제(매년 7월 11일 전후로 1개월)를 보고난 후 몽골을 더 많이 알게 됐다.

서울에서 북서쪽으로 3천km에 울란바토르를 만나는 것은 3시간 반이라는 비교적 짧은 비행거리에 의아함을 느낀다. 칭기즈칸이 살았던 800년 전의 인구가 250만이었는데 지금 인구가 그때 인구에서 크게 변화되지 않았다는 것이다.

　지금의 유럽과 아랍을 정복한 이후 헝가리나 터키 등에 남겨져 살고 있거나 러시아(울란우데)나 중국(내몽고)에서 살아가고 있는 몽골 후손은 오히려 숫자가 더 많을 수도 있다. 그들은 우리의 고려인이나 조선족, 재일본 교포처럼 전쟁의 역사 속에 내몰리며 자기 의지보다 타의에 의해 내몰려 힘들게 살아가고 있다.

　흩어진 몽골 민족을 규합하도록 힘을 키워주고 밀어주어야 할 것이다. 몽골인은 그저 눈빛을 보고 얼굴만 마주해 보면 말을 하지 않아도 영락없는 우리 형제라고 느껴지니 어찌된 일일까. 몽골 말을 배우기도 전에 그들이 하는 언어에는 우리말과 비슷하거나 같은 단어가 많다. 가끔 대화중 말을 막고 다시 들어 본다. '바른쪽', '닭', '왔다갔다', '말(동물)', '인두' 등은 우리말과 똑같이 소

김충순 화백이 그린
징기스칸의 모습.

리를 내어 쓰며 의미도 같다.

몽골에 기간산업을 일으켜 주자. 그리고 그곳에 러시아 연방에 흩어져 사는 고려인들에게도 보금자리와 일자리를 주고 50년 후에는 진정한 선진강국에 함께 설 수 있도록 해보자. 그들은 지금 애타게 우리의 손길을 지켜볼 뿐이다.

중국인들이 받아주지 않던 탈북자들이 갈 곳이 없어 고비사막 몽골 국경을 맨발로 넘어갔을 때 그들은 '솔롱고스(무지개가 뜨는 나라 사람)'라며 따뜻하게 받아 주었다.

드라마 『대장금』을 번역할 때 자기나라에 없는 식재료를 명명하기 힘들었다는 나의 몽골 친구의 전화 목소리에서 간절함을 다시 느꼈다. 그들은 지금 2개의 채널로 한국 TV를 보고 있으며 실시간으로 컴퓨터에 접속해 우리 드라마를 즐기고 있다.

그곳 나담축제 때 입고 나온 전투병들의 전투복과 12부족 민속의상들을 보면서 다양성과 아름다움에 감동했다. 그리고 나는 인터넷 카페에 '제3의 한류를 꿈꾼다면 나담축제에서 배워라!'는 글을 올렸다.

빚쟁이 같은 나의 마음을, 아직도 쯔쯔쯧 몽골족과 우리에게만 사용하는 혀차기를 하는 것으로 고민에 빠진다. 나담축제 주경기장 한가운데에 그들과 관련이 없는 2008년 북경올림픽 광고탑이 서 있는 것을 보고 나는 깜짝 놀라며 분개했다.

"어쩌나 그들이 가장 싫어하는 중국 자본이 들어오네!"

몽골과 한국에서

2012년 3월 15일 | 유스호스텔신문

눈 덮인 고비사막을 뒤로 하고 몽골에서 러시아식 건축양식의 마지막 기차역 자밍우드를 지난 열차는 국경을 넘어 중국의 예린(二連)역에서 광궤를 벗고 표준궤 기차바퀴를 바꿔 끼운다. 신발을 갈아 신 듯하지만 2시간이 소요되고 이때 CIQ(세관, 입국심사, 검역)가 시작된다.

처음 하는 여행이라면 보여지는 변화만 느낌으로 오겠지만, 보이지 않는 민족과 국력의 관계 그리고 현재 국가 지도자의 행위에도 해외에 나간 자국민의 처우에 영향을 끼칠 수 있다. 해가 되거나 아니면 득이 되어 민감하게 돌아올 수 있다.

이번 두 달간 몽골에서의 강의를 마치고 일부러 힘든 기찻길과 서해의 페리를 이용해 인천항으로 귀국했다. 그러니까 1500km의 기찻길에 500km의 서해 뱃길의 여정이었다.

항상 글을 쓰면서 생각하는 맺는말이 떠올리듯 고민하지만 나는 몽골이 10여년 후에는 중진국이 되리라고 점쳐 본다. 나는 그 이유를 여러 곳에서 찾는다.

첫째는 사람이다. 이들은 청소를 열심히 잘한다. 한국에 와서도 어느 나라 사람보다 빨리 인정받는다. 나는 그 원인을 오래 관찰했다. 세상에서 청소 잘하는 순으로도 부지런히 일도 하기 때문이다. 독일, 일본, 한국이 그렇듯이 주변 환경과 몸을 깨끗이 한다.

그리고 800년 전 칭기즈칸이 살아 있을 때 인구 2배도 안 되는 지금 290만 인구는 서바이벌 개념으로 접근해 보면 적은 것이 아니다. 100년 동안 지구의 1/3을 점유하고도 '성을 쌓는 자는 멸망하고 이동하는 자는 멸망하지 않는다'며 계속 이동하면서 독립 채산제 국가경영을 했던 그들이 다시 살아서 돌아올 때까지 나약한 자와 병든 사람이 끝까지 몽골로 돌아올 수 있었겠는가.

상술도 유태인이나 중국·인도 상인들보다 뛰어나다. 예를 들면 한국 상품을 몽골에서 더 싸게 소비자가 구입할 수 있다.

둘째, 문화적인 면이 또 그렇다. 그들의 십여 부족의 전통의상을 보면 화려하고 아름다우며, 그 권능까지 보여주는 것처럼 감동적이다. 나는 나담축제에서 느낀 글 중에서 '제3의 코리아웨이브'의 콘텐츠를 '나담'에서 충전하라고 쓴 적이 있다.

셋째, 그들의 오픈마인드 정신이다. 그들의 유전자가 질주본능과 정복과정에 상대국의 정보·종교·문화·자연환경을 인정 보존시키는 과정이 결국 상대 점령국의 마음을 사로잡는 지략이 오늘까지 살아 있다는 것을 이해할 수 있다.

오늘도 그들은 생활주변에서 그리고 전 세계에서 '네오 몽고리카'를 주창하고 이해시키기 위해서 뛰고 있다.

넷째, 지구 기후변화로 오히려 덕을 보는 나라가 몽골이다. 전에는 눈도 비도 없었다. 연중 강우량이 우리 여름철 이틀 정도 양밖에 오지 않았다. 하지만 지금은 초원과 사막에서도 비와 눈이 제법 내린다. 고원지대이기에 덥지 않고 박테리아와 지진이 없다.

비교하기 좋아하는 우리 한국인에게 설명해 본다. 가까운 곳에서부터 보면 그들은 우리보다 먼저 러시아 우주선에 우주인을 승선시켰다. 러시아의 레닌과 영국에서 활동하는 가수 알수도 '몽골리안' 타타르족 후손이라고 자랑한다. 러시아 툰드라지역 사하공화국 대통령도 몽골리언이다. 그렇다면 칭기즈칸은 누구였던가.

메마른 초원과 사막을 고향으로 안 그들은 머리 쓰기를 좋아하고 또 자연스럽게 지혜를 공유한다. 그들의 200여 가지가 넘는 '몽골리안 큐빅'을 보아라.

그래서 우리를 닮았던지 한국문화를 좋아했던지 재작년 그 추운 날에는 이웃집 '게르'가 20km 거리인 친구 집 TV로 한국드라마를 보려고 말을 타고 가다 추위에 목숨을 잃었다는 얘기가 있다. 우리를 무지개가 뜨는 무지개와 같은 나라 '솔롱고'라 하며 아직도 동경의 대상으로 삼지 않는가.

모두가 버린 몽골의 고비사막에 이제 석탄과 석유 매장량은 중국이 50년간 쓸 만큼의 자원보유국이 되었다.

우리는 지금 무엇을 하고 있는가. 그들 인구의 10% 이상이 한국에 와 있다.

몽골 울란바토르 하라 호텔에서 호텔 경영학 강의 수료 후 기념사진.

그리고 그보다 훨씬 많은 한국인이 몽골에서 사업을 한다. 그곳에는 중국식당은 한두 개인데 한국식당은 30여 개 나 된다.

그리고 매일 몽골과 한국에 비행기가 오고간다. 이해관계로 인한 MIAT와 KAL 항공회사는 가장 비싼 항공요금이 흠이다. 차선의 기차와 페리 여행길은 몽골인들에게 중국 쪽에서 가로막고 있다. 정부와 관계부처는 항공요금 현실화와 서해에 운항(한중 50:50)하는 페리의 부당영업행위에 대한 관리감독을 해야 한다. 그리고 이제는 몽골과 한국이 상호 비자면제를 허용해야 한다.

그들은 여성스럽게 묘사된 과거 칭기즈칸의 얼굴을 벌써 용맹스런 모습으로 다시 조각했다. 우리 세종로에 세종대왕의 10배 크기로 만들어 우리와 똑같은 시기에 만들어 세웠다. 또한 집안에서나 호텔에서 세계의 모든 방송을 쉽게 시청한다.

작년에는 울란바토르 시내 한복판에 마르코폴로, 그리고 비틀즈상이 조각된 무대를 도심공원에 멋들어지게 만들어 세웠다. 마르코폴로는 우리의 광화문 네거리에 해당하는 종로 1가 대로변에 위치해 있다.

우리는 과연 마포나 신촌에 히딩크의 흉상을 세울 수 있겠는가. 지금 우리는 어디쯤에서 생각만 하고 있는 것일까.

기대하지는 말자

2006년 7월 13일

시베리아를 다녀온 지 일주일이 지났다. 배낭에 넣어갔던 푸시킨 산문 소설집 속에 책갈피처럼 눌러 가져온 그곳 야생화를 보니 벌써 색깔이 바래 있다.

시베리아를 다녀온 이후 꼭 10년 만에 두 번째 여행이다. 먼저 번 아날로그 사진과 비교해 보니 지금의 내 얼굴이 조금 변해 있다. 그러나 11월 시베리아의 겨울 여행과 올해 여름 배낭에서 느낌은 설렘과 열정이 변하지 않았다는 것을 알 수 있었다.

이번 회원들의 즐거운 여행이 되도록 하기 위해 나는 작년부터 구글 창에 들어가 바이칼과 '리스트 비앙카'에 시선이 고정됐고, 마음도 함께 그곳에 머물러 있었다.

멀고 긴 여정을 혼자 꾸미는 일은 여간 어렵지 않았다. 시베리아의 겨울 여행은 시인 같은 마음을 여는 느낌이었고, 이번 여름 여행은 아마 인생 여정에 눈을 풍요롭게 해준 기회가 됐다.

여름 시베리아의 끝없는 초원 위에 피어 있는 '바가로드 스카야'라는 예쁘고 향기로운 보랏빛 야생화들과 키 작은 달맞이꽃들이 나의 눈을 사로잡았다.

다른 세상의 변화를 부러워하거나 따르지도 않고 착하게 살아가는 브리야트인(몽골계 러시아인, 우리와 비슷함)이 자기네와 닮은 우리에게 환대하는 모습이 고맙기까지 했다.

1년 중 절반 이상이 영하의 기온이고 보니 눈을 퍼다 집안에서 녹여 쓰던 습관이 익숙해지면서부터 물을 아껴 쓸 수밖에 없었으며, 그로 인해 자연을 오염시킬 일이 적어졌고 따라서 생태계가 보존됐다. 그 아름다운 자연 속에서 참삶을 살아가는 그들의 모습이 부러워 보였다.

흩어져 힘없이 살아가는 우리 고려인들이 여러 가지 이유로 자생력을 잃어가며 사는 것도 보았다. 연해주와 시베리아 쪽에도 중국 정부의 동북공정의 계획이 자행돼 가는 강한 느낌을 받았다. 과거에 있던 차이나타운을 다시 만들어 가는 것을 보고 우리의 미래도 걱정해야겠다는 생각이 들었다.

해방 전후로 이주 정착한 고려인들이 분열된다는 소식에 더욱 가슴이 아팠다. 중국인은 새로운 거점에 정착하고도 그들의 특유한 단결된 모습을 보여 주는 데 비해 우리 쪽은 정부차원의 장기계획기구도 가동되고 있지 않았다. 일관성 있는 직간접적인 지원과 관심이 아쉬웠다.

시베리아의 어느 반야(러시아식 사우나)에서 만난 화부에게 내가 물었다.

나무로 만든 흡수골 하구의 긴 다리. 이곳을 자동차, 말과 짐승, 사람들이 건너 다닌다.

"당신은 브리야트인(시베리아에 100만 명 이상 거주)이냐?"고 했더니 "아니다. 까레스키-키르키스탄(고려인이 키르키스인과 결혼하여 낳은 2세)이다"고 자신 있고 자랑스럽게 말해 우리 일행을 놀라게 했다. 그래서 우리는 같은 피가 섞인 그에게 고마운 뜻으로 선물을 건넸다.

이르쿠츠크에서 만난 고려인 회장은 자랑스럽게 빛바랜 2002 월드컵 티셔츠를 아직도 입고 있었다. 그분은 "북방외교가 시작되기 전부터 한국을 위해 개인 비용과 정성을 들여 여러 모양으로 조국과 정치인, 사업가 등에게 도움을 주었으나 지금은 배신감을 느낀다"고 말했다.

국내외의 민족끼리 서로와 국가를 위해 도와가는 모습이 얼마나 아름다운가. 상처를 주지 말아야겠다는 얘기를 하고 싶다. 너무 공적을 자랑해서도 안 되겠다.

몽골의 국민들이 지금도 '솔롱고'(한국과 무지개를 뜻함)를 향해 구애하고 있다. 그들은 지금 10% 이상이 한국을 다녀갔으며, 10% 정도의 국민이 한국어를 공부하고 있다. 2006년 7월, 그들은 몽골제국 건국 800주년 축제 행사를

한, 몽골 기술정보협의회 로고.

했다.

13세기 초 270만 명이었던 인구가 지금의 인구에도 못 미치고 있다. 우리는 지금 여의도 국회에서, 그리고 좁은 땅 몇 구석자리 안에서 지역이권 싸움에만 열을 올리고 있지 않는가? 정치 지도자들은 자기 책상 앞에 고려인과 조선족, 재외 교포들을 위한 생각을 매일 점검해야 한다.

그곳의 우리 형제들에게도 '당당하게 살아라'고 하고 싶다. 기대는 하지 말고, 억세고 거친 바람 속에서도 향기로운 꽃을 피운 야생화처럼 당당하고 용맹스럽게 살아가라고 부탁하고 싶다.

지금까지 잘 살아 오지 않았는가? 그리고 희망을 함께 가지자. 모스크바나 북경 백두산을 가보라. 우리 대한민국의 기업체 광고 문안을 보아라. 그곳의 현지 선전광고보다 그리고 강대국의 광고보다 더 자랑스럽게 빛나고 있지 않은가?

그래도 지혜 있는 우리 국민성이 세계 어느 민족보다 뛰어나다는 것을 느낄 수 있다. 그리고 세계가 인정해 주고 있다. 한류가 현실적으로 잘 말해 주고 있다.

나라를 위한 지도자는 작은 의미의 경쟁보다 250여만 재외민족들이 힘을 모을 수 있도록 고민하고 지혜를 가져야 한다. 그리고 우리의 영역을 키워야 한다.

희망이 있다! 조국에 기대하지는 말자. 의젓해지자. 위에서 말한 민족 집단을 아우를 백년대계를 세우자. 독립운동을 했던 선열들이 목 놓아 부르고 민족의 힘을 일구어낸 것처럼 가슴으로 부를 수 있도록 새 노래를 만들어 보자.

시베리아의 여름

//

2006년 8월 15일

7월 중순에 도착한 시베리아 바이칼에서 라일락이 곱게 피어 있는 것을 본다. 서울에서 북쪽으로 6천리 떨어진 이곳의 자연은 우리와 계절 차이를 느끼게 한다. 몽골에서 구해온 엽서로 시베리아 횡단열차 안에서 쓴 편지를 아내에게 부친 뒤 시베리아의 여행이 시작된다.

이 예쁜 이르크츠크 기차역에는 여름휴가를 즐기기 위해 온 유럽인들이 장사진을 이룬다. 우리 일행은 이르크츠크에 여장을 풀어놓고 시내관광을 하기로 했다. 한강보다 큰 안가라강이 제일 먼저 눈에 띈다. 남한 땅 크기의 바이칼이 어머니처럼 도시를 감싸고 안가라강의 맑은 젖줄은 황량한 시베리아와 이 도시를 살려내는 듯하다.

우리를 태운 국제열차가 몽골에서 울란우데역에서 바이칼 호수를 따라 동에서 서쪽으로 7시간 동안 감동을 줬다. TSR의 차창에 설레는 그림을 보며 일행들과 보드카 잔을 채워 "끄라시바야 바이칼(아름다운 바이칼)"이라고 건배했다. 시베리아는 우랄산맥의 동쪽을 말하며, 동서 러시아 9시간 시차 중 6시간의 동쪽 대부분을 차지하고 그 중심에 시베리아의 진주 바이칼이 있다. 이르크츠크는 시베리아를 대표하는 보물 같은 도시다. 이번 여름 여행지로 택한 것이 다행이라 생각된다.

18세기부터 러시아인들은 원정과 점령으로 자원 확보를 위해 식민지 통치를 고착화시켰다. 이곳 개발을 위해 강제노동 정치범 수용, 강제 유형이 늘어났다. 레닌도 이곳에서 유배 경험을 갖고 있다.

2차세계대전의 경험과 교훈은 러시아인으로 하여금 시베리아에 눈뜨게 하여 시베리아의 공업은 질과 양적인 면에서 급속도로 성장을 이루었다. 그리고 이곳 이르크츠크가 아름답게 꾸며진 원인은 '데까브리스키이 레보루찌아(12월 혁명)'의 주역인 데까브리스트라는 121명의 귀족 출신 장교집단의 시베리아 유형이 계기가 된 것이다.

알렉산드로 1세가 죽은 뒤 제위가 비워 있던 시절에 일어난 혁명이다. 1812년 나폴레옹이 60만 대군을 이끌고 모스크바를 쳐들어갔을 때 군사적으로 열세였던 러시아는 모스크바를 불태우고 후퇴했다. 9월초에 입성한 나폴레옹 군대는 지치고 굶주리다가 쉴 곳을 얻지 못해 퇴각한다. 이때 러시아 정규군과 파르티잔은 다시 프랑스 파리까지 쫓아 입성한다.

러시아는 이 전쟁의 결과로 폴란드를 얻는다. 이때 전쟁에 참가했던 젊은 장교들은 유럽의 자유로운 바람과 새로운 문물을 보고 조국의 불합리한 왕정 제도와 농노제도에 환멸을 느낀다. 결국 1825년 12월 14일 봉기함으로써 일부 사형되고, 나머지 장교들은 폴란드 정치범 2만명과 함께 유형을 한다.

시베리아의 7월 낮 기온은 서울보다 7~8도 낮아 크게 더운 느낌은 없으나 저녁에는 꼭 이불을 덮고 자야 한다. 모기가 없을 것이라는 이야기를 듣고 모기약을 준비하지 않은 것이 실수였다. 저녁에는 모기가 물어 긴 옷을 입어야 했다.

1년 중 8개월이 겨울인 관계로 풍부한 산림자원을 이용한 목조주택 건축물에 조각 등으로 만들어놓은 정교회, 시베리아의 창이라고 할 만큼 예쁜 보조창문 여닫이문은 관광객으로 하여금 감탄을 자아내는 데 충분했다.

두 번째 날은 반야(러시아식 사우나)를 경험한다. 이 사우나의 특징은 전년도 봄에 나온 자작나무 새순을 1년간 말려서 작은 단으로 묶어 등을 두드리는 것이 특징이다. 그리고 문밖의 차가운 바이칼 호수로 뛰어드는 즐거움을 맛본다. 그곳 자작나무 숲속에서 우리 입에 맞는 샤슬릭(러시아식 돼지 꼬치구이)을 먹는 것 또한 즐거움이었다.

우리는 바이칼 호수의 알혼섬을 가기 위해 이르크츠크에서 북서쪽 방향으로 6시간을 달려 선착장에 다다랐다. 그곳에서 배로 10분 거리인 알혼섬은 바이칼 호수의 28개 섬 중에서 가장 크다. 알혼섬으로 들어가는 배는 무료다.

그곳의 원주민은 부리야트(몽골계)인들인데 주로 어업, 양과 말을 방목하는 목축업을 하고 있었다. 그곳에 유명한 샤만 바위가 있다. 알혼섬 중간쯤에 '후지오' 마을이 있는데 그곳에서만 관광객을 받고 있었다.

끝을 모르고 펼쳐진 야생화 군락은 멀리서 온 우리들에게 향기와 행복감을

알혼섬에서 유스호스텔 회원들과 함께.

주었다. 짙푸른 호수 물결은 형형색색으로 보여주는 듯했고, 멀리 북쪽에 보이는 툰드라 지역 산에는 만년설이 태고의 자태를 뽐내고 있었다.

연변과 북한에서 온 불법 이민자들이 흔하게 보인다는 얘기를 들을 때 우리 관광객들은 마음이 무거워졌다. 몽골초원에서부터 이어지는 드넓은 이 시베리아에 해야 할 일이 많아 보인다. 숨어 지내는 같은 민족이 우리와 함께 당당하게 살아갈 날이 언제쯤일까.

공항에서 만난 환갑이 넘은 고려인과 깊은 대화를 나누었다. 조국이라는 단어를 여러 차례 듣게 됐다. 갈라지고 이별하고 오랜 세월이 흐른 지금에도 우리의 마음이 열려 있다고 얘기 할 수 있을까?

얼마되지 않아 이곳 동토는 다시 추위에 떨며 어떤 변화를 기대하게 될 것이다. 북경을 경유하여 인천공항으로 돌아오는 우리의 발걸음은 무겁기만 하다. 언제 하나가 되어 연해주와 만주 땅에 다시 우리의 집을 지을 수 있을까!

이번 여행에서도 내가 시베리아에서 아내에게 부친 엽서를 서울에 도착한 지 3주가 지나서야 받았다. "사랑하는 테레사에게 회갑 때나 당신과 시베리아 횡단열차를 타고 다시 바이칼을 갈 수 있다면 참 좋겠는데"라는 내 글을 아내가 읽고 화장대에 슬그머니 내려놓는다.

바람 불어 나지막하게 앉은뱅이 야생화가 돼 버린 들꽃들이 내주는 진한 꽃향기가 자꾸 내 주변을 감싸곤 한다.

🔴 21세기 대륙을 가다

시베리아 횡단열차를 타라

1995년 11월 8일

이 열차를 타는 승객은 시베리아철도만큼이나 유별난 사람들이 타고 다닌다. 물론 사람만 유별나지 않고 열차 구조 운행 방침 등도 아주 특별하다.

열차를 탈 때 티켓을 확인하지 않는 대신 여권을 압수하고, 식당 칸은 있으나 칸칸이 통제하기 때문에 사용할 수 없다. 시계를 가져가도 매일 변경하는 시계를 고칠 일이 없고 처음부터 마지막 날까지 모스크바 타임으로만 운행한다. 먹는 것 또한 가끔 쉬는 큰 역에서 민간인 간이매점을 잠시 이용해야 한다.

모스크바에서 출발하는 '로시아'호 열차는 쉬지 않고 달려 7일 후 태평양이 보이는 블라디보스토크에 아침 무렵 도착한다. 이용하는 사람들은 어떠한가. 공무, 신혼여행, 탐험가, 여행, 작가, 휴가자, 그리고 읽다만 톨스토이와 톨스토이에프스키의 소설을 읽기 위한 사람 등 다양하다. 또한 재결합을 목적으로 마지막 이별 여행자들이 함께 이 침대 열차를 타는 것으로 알려져 있다.

나의 쿠페(침대칸 방)를 찾아 승강구에 짐을 가지고 들어가니 콧수염 달린 차장이 자다 일어났는지 화난 얼굴처럼 안내한다. 창문을 보니 바깥 창이 하얗게 얼어 있고 창 아래쪽에는 방열기에서 뜨거운 바람이 훈훈해 마치 특급호텔 같았다. 우리 방은 가운데 탁자를 두고 양쪽에 3단 침대로 6명이 목적지까지 함께 간다.

여자 남자 구분은 없으나 내 방은 다행히 러시아 남정네들이 차장의 눈을 피해 보드카를 마시고 있었다. 내가 들어서자 준비라도 한 듯 나에게 보드카를 한 잔 권했다. 신고식 같은 기분이었다. 나는 '까레이스키'라고 힘차고 명랑하게 말했다.

　얼마 후 차장이 문을 두드리고 들어왔다. 그러자 우리 방에서는 보드카 병을 감추었고, 차장이 손가락질을 하며 경고를 했다. 첫 번째 경고가 아닌 듯싶다. 그래도 비장의 무기인 듯 마지막 한 친구가 러시아 군용 수통에서 보드카를 꺼내는 게 아닌가. 오랫동안 냄새가 그리웠던 백색 주류가 있어서 우리는 쉽게 친구가 됐다.

　술을 못 마시게 하는 것은 두 가지 이유가 있는 듯했다. 하나는 술 때문에 사고 우려가 있고, 또 하나는 술 마시고 잠들어서 못 내리면 차장 책임이다. 아무래도 다음 손님 때문인 것 같았다.

　차창이 얼어붙어 바깥 바이칼 호수가 카메라에 잡히지 않는다. 승강구 쪽으로 가서 보니 마찬가지였다. 차장이 따라 나와서 1시간 후면 바이칼 전경이 잘 나오니 그때 승강구를 열어 주겠다고 했다.

　잠시 눈을 부치고 나서 주변을 보니 뭔가 가방에서 꺼내 식사 준비를 한다. 나는 빵과 소시지 몇 개뿐인데 이 친구들은 비닐봉지 안에서 양파, 통마늘, 햄, 그리고 딱딱한 러시아 빵 '흘랴프'을 내놓는다. 나는 그 자리에 낄 수가 없었다. 왜냐하면 장비가 없기 때문이다. 이른바 포크는 물론 양파, 마늘용 칼, 그리고 뜨거운 물을 받아 마시는 머그잔 등이 준비가 안 됐다. 이곳은 우리가 생각하는 한 끼 도시락의 개념이 아니다. 여러 날 먹을 저장 음식물, 캔 등 준비를 잘 해야 한다. 그렇게 하루를 지내고 다음날 역에 내리는 친구에게 머그잔과 카자크스탄 칼을 모두 5달러에 샀다.

　그리고 다음 간이역에서 우유, 삶은 닭고기, 양파, 삶은 감자 등을 사서 나도 여유로운 여행자처럼 즐기면서 식사를 했다.

TSR 전구간은 9300km이며, 모스크바를 기점으로 매 1km마다 흰 바탕의 기둥에 검정 글씨로 거리 표시를 해두었다. 러시아는 나라가 방대해 전체 11시간의 시간차를 가지고 있으며, 6시간대를 가지고 있다. 그러니 아예 이 열차 안에서는 말하지 않아도 모스크바 시간 기준이다.

창밖의 바이칼 호수의 장관을 찍었으나 달리는 기차에서 찍는 기술이 부족하고 각도가 나오지 않는다. 이렇게 추운 겨울인데도 바이칼이 얼지 않는 것을 보니 참으로 신기했다. 호수 주변의 파도에 얼음이 얼어 마치 눈꽃처럼 보였다. 머그잔에 러시아산 차를 넣어 위스키처럼 붉고 따뜻한 차를 마신다. 마주 오는 화물열차가 끝이 보이지 않는다. 세어 보니 50칸이 넘는다.

흔들리는 침대차는 잠자는 동안 여러 번 잠을 깨운다. 둥근달이 창가에서 말 상대를 하다가 한숨자고 나서 또 밖에 복도로 나가면 반대 방향에서 나에게 손짓을 한다. 참으로 신기하다. 창밖에 철교가 보이고 굽어지는 열차 밖에 철교 교각에 유빙이 계속 성을 쌓고 있다.

아침이 밝아오고 화장실 입구에 딸려 있는 세면대는 20분 이상 기다려야 순서가 온다. 아침 8시 30분 '체르느 웹스크' 역에서 몇 사람이 내렸다. 오늘 아침은 차 한 잔으로 때운다. 이동 판매원도 보이지 않는다.

10시쯤 프랑스산 돼지 간 통조림에 보드카 한 잔으로 점심을 마쳤다. 양파를 잘라 곁들여 먹으니 영양에도 좋을 듯하다. 역시 여행은 잘 먹어야 힘이 나고 즐겁다. 그런데 오늘부터는 독수공방이다. 바지는 술술 내려간다. 서울에서 끼고 온 반지도 뱅글뱅글 돈다.

벌써 동남쪽 언덕배기에는 따뜻한 햇볕이 보인다. 12월이 되면 오후 4시에 해가 떨어진단다. '모고차' 역이다. 뛰어 내려가서 '카르토필'(감자)을 3500루불 주고 샀다. 7개나 들어 있다. 그런데 신기하다. 감자와 대파 파란 줄기를

1cm 크기로 잘라 넣어 찐 것이다. 파 냄새가 향기롭다.

오늘이 3일째 되는 날이다. 처음으로 사복 차림의 판매 아주머니가 바구니에 여러 가지 물건을 가지고 왔다. 오리 알보다 조금 큰 능금, 그리고 한국산 '팔도 도시락' 라면을 샀다. 350원 가격을 800원에(5천루불)에 파는데도 잘 팔린다.

열차는 주변의 떡갈나무와 잣나무 군락을 지나고 있다. 그러나 이 나무들이 죽어가는 모습이 안타깝다. 잠시 후 '베르고르스크' 역에 도착한다. 20분간 정차한다. 제법 긴 시간이다. 열차에서 내려 도넛 같이 생긴 '야부키'로 또 한 끼를 때운다.

다시 눈이 쌓이기 시작한다. 차장이 나에게 다가와 "스넥그!" 하며 눈이 온다고 친근하게 인사한다. '아므르' 강이 흐르는 하바롭스크, 그 철교 위를 졸면서 지나간다. 별들도 꽁꽁 얼어붙어 버린 하바롭스크에는 철길 외에 아무 것도 보이지 않는다.

먼동이 트는 대지의 양지쪽에 파란 풀들이 하나 둘 보이면서 '우수리' 강 하구를 지나 깨끗해 보이는 블라디보스토크 시내가 보인다. 오른쪽으로 메주처럼 네모난 섬이 보인다.

현지 블라디보스토크 시간으로 아침 9시 45분, 대륙의 끝 아름다운 기차 역사가 인상 깊게 나를 반긴다.

바이칼 호수에서

21세기 대륙을 가다

1995년 11월 6일

우리나라보다 한 시간 늦은 시차인 이곳 바이칼시티 이르크츠크는 내가 3년간 노력해 온 여행지이다. 어느 나라든 혼자 여행하기는 쉽지 않지만, 특별히 러시아어를 쓰는 국가여행은 유난히 문화가 다르고 특별히 지명이나 안내문이 발음하는 데 어려움이 따른다.

바이칼은 "지구의 배꼽이다"는 말이 있다. 그리고 지구 최대의 담수호라고도 한다. 그리고 바이칼을 여행할 때 베이스캠프처럼 목적지나 숙박 장소로 이르크츠크를 택한다. 어떤 이는 이곳이 파리보다 더 아름답다고 말한다.

호수에서 나오는 물은 앙가라강으로 흘러 세계 3대 강인 에네세이강으로 유빙이 되어 흐르다가 그 강은 얼어서 봄이 오면 다시 북극해로 흐른다. 우리가 일반적으로 생각하기에는 강이 북쪽에서 남쪽으로 흐를 것 같지만 사실 바이칼 부근 위도에서는 대부분 북쪽으로 흐른다.

앙가라강은 한강보다 더 커 보인다. 큰 화물선과 유람선이 다닌다. 강가에는 시베리아의 상징인 자작나무가 있다. 강가에 여유롭게 놓인 벤치에서 책을 보고, 산책을 하며 그림을 그리는 모습이 아름답다. 이를 통해 이들이 예술성을 키워 가는 듯싶다.

오늘은 바이칼을 가는 날이다. 아침에 호텔에서 잘 차려진 뷔페식 아침식사를 하고 작은 배낭에 카메라만 넣고 버스터미널로 향했다. 오늘은 일요일이기에 호텔에서 출발하는 관광버스가 쉬는 날이다. 걸어도 될 가까운 거리를 기본

요금이라 해서 택시를 타고 이곳 '앞토부스'라는 터미널까지 왔다.

9시에 출발한 버스는 '타이가'라는 침엽수림 지대를 빠져나와 이름만큼 예쁜 '리스트비앙카'라는 호수마을에 도착했다.

바이칼의 길이는 635km로 2600여 동식물이 살고 있으며, 그 중 희귀동식물이 무려 800여종에 달하는 세계문화유산이다. 그 가운데 대표적인 동물이 바이칼호 바다표범이다. 한여름에 가 봐도 북쪽의 산봉우리에는 만년설이 보인다. 이 내륙호수에 바다 갈매기가 나는 것을 보고 있으면 이곳 사람들에게 바다로 불릴 만하다.

리스트비앙카는 춘원 이광수의 소설 『유정』에 나오는 곳이기도 한데, 직접 와보니 아직도 증기기차가 보인다. 호수마을 아낙들이 훈제 물고기를 신문지에 둘둘 말아 팔고 있었다. 또 한쪽에서는 '샤스릭'이라는 돼지고기 꼬치구이도 팔았다. 점심시간이 되어 식당에 가보니 메뉴 중 가장 저렴한 '보즈'라는 러시아식 만둣국을 주문했다.

시베리아 바이칼 호수 알혼섬 최북단에 선 필자.

음식의 이동 경로가 머릿속에 그려진다. 청나라에서 만든 만두가 유럽 이태리로 가서 '라비오리'가 되었고, 한국에는 만두, 중국·몽골·러시아는 '보즈'라고 부른다.

이따금 불어오는 시베리아 본류 바람이 숨을 멈추게 한다. 바람을 등지고 앉아서 바람이 지나가기를 기다릴 때도 있다. 삭막한 시베리아 철도를 설계할 때 일부러 바이칼 호숫가를 통과하게 했다는 것이다.

오후 1시쯤 구름이 낀 듯한 호숫가에서 갑자기 하늘이 열리고, 태양이 호수 위를 비추고 그 반사되는 모습이 장관을 이뤘다. 그야말로 자연의 위대함이 새삼스럽게 경건하게 보였다.

옛날 옛날에는 태양신이 바이칼 위를 지나다
너무 좋아 이곳 바이칼에 붙들려 아직 바이칼을 맴도네.
나도 바이칼에 자작나무로 집지어 사랑하는 그대와 살고 싶네.
달빛에 젖어 사라지는 앙가라야
너는 왜 이다지 깊은 잠에 빠져 있니.
이 깊은 밤 누가 부르는 소리 있어 창문을 여니
밝기만 한 달님만 나를 불러 노래하자 하네.

아침 5시 모닝콜 소리에 깨어 정신을 차려 마지막 짐을 꾸렸다. 앙가라강에게 작별인사를 하고, 어젯밤 예약한 택시가 나를 이르크츠크역에 데려다줬다. 10달러를 건네고 꿈에 그리던 시베리아 횡단 열차를 탔다.

제4장 겨울 장미

겨울 장미

감자 이야기

2007년 8월 29일 | 월간 좋은 생각

오랜만에 소식이 없었던 대학 친구로부터 연락이 왔다. 예전 같이 모임을 가져야 한다는 긴박한 목소리였다. 대답을 하고 선뜻 떠오르는 것이 있었다. 자녀들 결혼 문제로 바쁜 일상 때문에 그동안 만나지 못했기에 그리고 연락처가 필요했던 것이다.

풍습대로 혼례는 마치 그 부모의 인생살이에 활동만큼 돼 보이기도 하며, 청첩장은 성적표쯤 되는 것처럼 보내는 사람이나 받는 사람이 기대와 조바심을 가진다.

얼마 지난 후 섣부른 시인이 쓴 글처럼 만들어진 초대장이 집에 도착했다. 봉투를 여는 순간 마치 고지서를 받은 채무자가 된 느낌이 들었다. 그리고 어김없이 그날에 모두 모였다. 예식장보다 피로연장이 더 일찍 붐비게 마련이다.

강남에 위치한 P호텔에서 혼인식과 피로연을 마친 우리 일행은 내가 사는 강북 방향의 몇 친구와 자가용 안에서 그 동안의 안부, 그리고 그날 결혼식 참관했던 일들을 얘기하던 중 주례 얘기로 이어졌다.

운전하는 친구가 다니고 있는 교회 목사님의 결혼식 주례사 상담 내용이 화제가 됐다. 내용은 이러했다. 하루는 주례를 맡았던 신혼부부가 찾아와서 삶은 감자 먹는 일로 다툼이 있은 후 이혼을 하겠다는 것이었다.

신랑은 삶은 감자를 먹을 때 소금을 찍어 먹었고, 신부는 설탕을 발라 먹는 습관을 가지고 있었다. 이 하소연을 주례에게 고해바치고는 성격, 집안 관계

몽골에서 북경을 가는 고비사막의 마지막에 있는 중국 국경 직전의 러시아 풍의 역사 '초일'.

등을 덧붙여 더욱 사태가 심각했던 둘 사이에서 목사님이 이렇게 얘기했다.

"우리 고향은 강원도인데 고추장을 발라 먹는다"라고 한마디를 하는 바람에 웃음거리가 되고 말았다.

그 소리를 듣고 나는 이렇게 말을 이어갔다. "전라도와 경상도는 김치를 걸쳐서 먹는데"라는 나의 말끝에 옆에 있던 한 친구가 큰 소리로 웃으며 박수를 쳤다. 그쪽에 고향을 둔 친구였다. 딱 맞는다는 것이다.

10년 전 시베리아를 여행하다 찐 감자를 사 먹었다. 그 지방에서는 감자를 찔 때 대파를 함께 쪄서 먹었던 기억이 있다.

그 말도 빠질세라 거침없이 이어진 감자 너스레에 차안은 웃음바다였다. 세상이 넓어지는 것처럼 현대인들은 집을 떠나 지방이나 외국으로 여행을 자주 하고 현지의 음식을 경험한다.

지구상에서 유난히 우리나라 사람들은 타지에서 그곳 음식물에 경험하기

시베리아 바이칼 호수에 통나무집의 트윈베드. 통나무의 접합 부분은 그곳에서 나는 이끼를 사용한다.

를 두려워한다. 고추장이나 컵라면, 그 밖의 여러 밑반찬을 휴대하고 먹기를 즐긴다.

　물론 잘 먹으면서 여행하는 일은 즐겁고 행복한 일이지만 현지인들은 그다지 반기지 않는다. 익숙하지 않은 음식 냄새에 대한 거부감을 갖기 때문이다. 그런데 일평생을 함께 식사해야 하는 부부는 신혼 때부터 음식 성향에 따라 마찰이 있게 마련이다. 이는 각자 먹고 자란 환경이 다른 탓이다.

　세상에서 함께 사는 것이 가장 힘든 일이라고 어느 수도자가 말했다. 음식뿐 아니라 말이나 행동에서 자기 입장과 주장만 내세우며 살아가는 것은 이기적이라고 말한다. 함께 사는 배우자의 입장에 서보는 행동은 이타적이라고 하겠다. 이해를 돕는다면, 배우자에게 행위의 잘못됨을 찾지 말고 나와 같지 않고 '다르다'라고 인정하라는 것을 의미한다.

📍 겨울 장미

가을이 오는 소리
///////////////////////////////////////

2006년 9월 8일 | 사이월드

무더위가 가시니 조금은 살 것 같다. 승용차의 창문을 내린 다음 라디오를 켰다. 진행자가 감정 섞인 목소리로 노랫말을 흥얼거린다.

"가을이 오는 소리~ 낙엽이 지는 소리~ 꽃잎이 지는 소리~"

이 노래는 오래 전에 유행되었는데, 당시에는 음정이 좋아 따라 불렀으나 오늘은 가사 때문인지 옛 친구가 생각난다.

나에게는 앞을 못 보는 친구가 둘이 있다. 한 친구는 서울에 살고 또한 친구는 장수에 산다. 그들의 공통점은 정상인이 표현하기 힘든 유머를 간직하고 세상을 긍정적으로 살아간다는 것이다. 그리고 그들은 둘 다 '중도 실명인'이다.

어쩌면 그들은 태어날 적부터 맹인인 사람에 비해 그래도 아름다운 세상을 본 기억이 있다는 것에 자랑이나 위안을 느끼는지도 모른다. 두 친구의 다른 점이라면, 서울 친구는 술을 좋아해서 부딪치고 넘어지어 가끔 머리와 얼굴에 상처를 달고 다니기도 한다. 한 번은 그와 저녁식사를 하게 됐다.

그의 맹인 친구까지 불러내 세 명이 한자리에서 밥을 먹었는데 두 사람에게 번갈아 술을 따르다 보니 나까지 바빠졌다. 그들이 아무리 정상인들과 같이 행동한다고 해도 작은 술잔에 술을 따르는 일은 하지 못했기 때문이다. 물론 반찬은 젓가락을 함께 잡고 위치를 확인시켜 이름을 알려주면 불편 없이 잘 먹는다.

또한 고향 친구인 K는 지금 세상에 없다. 그 친구가 지금 번뜩 머리를 스친다. 그는 섬진강과 금강의 원천이 있는 장수 수분리에서 남원 쪽으로 가다 보면 하늘과 맞닿은 산골마을에서 태어났다. 나와 중학교까지 같이 다닌 그는 말수가 적은 친구였다. 군에서 제대가 얼마 남지 않았을 즈음 낙하 훈련 중에 머리를 다쳐 앞을 보지 못했다.

그리고 제대하여 서울에서 지압과 점자를 배운 후 고향에서 간판을 걸어놓고 일을 시작했다. 결혼도 하여 사랑스런 딸도 낳았다. 부인이 읽어 주는 성서의 시편을 암송하여 주위 사람들을 놀라게 하였고, 내가 어쩌다 방문하면 나에게 이런 이야기를 들려주곤 했다.

그는 "눈이 잘 보일 때보다 지금이 오히려 청각이 더 발달했다"며 "새로운 느낌으로 세상을 살고 있다"고 말했다.

그러던 어느 날 전국을 순회하며 공무원들에게 정신교육을 하던 S대의 L여교수가 그곳 장수에 왔다. 그곳에서 몸이 아파 강연을 할 수 없자 이 친구가 불려가서 지압하려고 했지만 그 교수는 여자 지압사가 아니라는 이유로 거절했다.

하지만 L 교수는 순간 이 친구의 조용한 말씨를 듣고 안심했는지, 그리고 이곳은 여자 지압사가 없다는 것을 안 후 그에게 지압을 받았다. L 교수는 친구로부터 뜻밖의 말을 들었다.

"앞을 볼 때는 계절이 바뀌어도 별 느낌이 없었는데 지금은 꽃잎과 마른 잎이 지는 소리가 들린다"는 이야기였다. 그 후 여교수와 친구는 오랫동안 편지를 교환했다.

몇 년 후 L 교수는 『사랑과 은총의 세월』이란 책에서 내 친구의 편지 가운데 몇 문장을 인용했다. 서울에서 우연히 그 책의 내용을 보고 내 친구에게 전화로 "너 L 교수와 인생 친구이니?"라고 묻자 그는 자랑스럽다는 듯이 어떻게 그런 관계를 알았냐고 오히려 내게 되물었다.

그는 지금은 고인이 됐지만 내가 쉽게 지나치던 느낌들을 감성적으로 가르쳐준 친구였다. 그로 인해 내 자신도 세상을 새롭게 보기 시작했고 또 고마운 마음을 갖게 됐다.

오늘은 출근 시간보다 한 시간 일찍 간편한 복장으로 자하문 스카이웨이 산책길을 걷고 있다. 십오륙 년 전에 떠난 그 친구를 생각하며 묵주기도 한 꾸러미를 바친다.

'친구야! 참 좋은 세상이다. 그리고 네가 내 곁에 있었던 그 세월이 고맙게 느껴졌다'고 혼잣말을 하며 걷는 동안, 누가 씨를 뿌렸는지 가을이 오는 산길 자락에 작은 보랏빛 나팔꽃이 나를 향해 밝게 춤을 추고 있다.

나는 아직 가을이 오는 소리를 못 듣고 있다.

겨울 장미
일하며 유랑하는 황 목사

2014년 1월 20일

지금 나의 왼쪽 발은 한 달째 깁스를 하고 있다. 지금은 그 불편함보다는 작은 복숭아 뼈 하나 때문에 온몸 전체가 구속받아 초라해짐을 체험하고 있는 것이다.

그런데 좋은 것도 있다. 그동안 쑤셔 박아놓은 원고지와 미완성의 수필들을 하나씩 완성해 가며 교정을 보는 일이다. 더 다행인 것은 아프다고 하니 술 먹자고 불러내는 사람들이 없다는 점이다.

작년 9월 3일간 입원했다가 시술 후 다시 복직했을 때는 친구들에게 입원 사실을 연락하지 않았다. 그 상황이 자랑할 일이 못 되어 그랬다.

다시 10월말 서울 집에 와 있는 도중 흑산도에서 친구인 황 목사로부터 전화가 왔다. 지금 시간이 허락되면 여기 흑산도로 오라는 것이다. 황 목사는 내 고향의 아래윗집 소꿉동무이고 초등학교를 3학년까지 함께 다녔다.

숙소도 있고 큰 문어와 고등어를 잡아 말려놓았다는 것이다. 와서 낚시도 하고, 여행도 하고, 옛날 얘기도 하자는 것이다. 나는 그 얘기를 듣는 순간 우리 서로 통하는 둘만의 말 못할 느낌을 가지고 있었다. 그 말을 듣는 순간 철없던 사춘기 소년 시절 같았다.

하지만 주변 사람들은 몰라준다. 회갑 동갑내기들의 심정을 몰래 쓰는 것이다. 얼마 전 사회친구의 카톡에서도 같은 이야기를 나눈 적이 있다. 환갑 즈음에 흔히 말하는 '육십은 청춘인데 무슨~' 하지만 당사자는 그렇지 않다는 것이다. 가족끼리라도 형식을 갖춰야 한다는 생각이고, 그렇지 않으면 서운하게 느낀다.

급하게 아내에게 말했다. 생선만 가져와도 비용은 빠질 거라고 설득한 후 목포항에 페리를 예약했다. 그리고 당일 용산역에 가서 무궁화 열차를 탔다.

황 목사는 지금 철원에서 독거노인들을 모시고 살고 있다. TV에도 두 번 출연했다.

열차 출발 시간을 친구에게 문자로 보내고 객실 좌석에 앉아 아이패드를 열었다. 내가 이전에 탄 열차와 시간은 아니었다.

옛날에는 11시 넘어서 막차를 타면 여수에 아침 일찍 도착할 수 있었다. 그렇게 생각한 오늘은 밤을 꼬박 새워 가는 목포행 열차는 없었다. 용산에서 무궁화호 막차가 18시 55분 출발해 0시 4분 목포역에 도착하는 불편한 시간대뿐이다.

불편한 것은 다음날 목포에서 아침 7시 홍도로 가는 페리를 예약했기에 기다리는 시간이 길어 여인숙을 잡아야 하기 때문이다. 하지만 나는 이 여행을 즐길 각오가 되어 있다.

목포역에서 배낭을 메고 걸어서 여객터미널로 갔다. 그러나 도시가 너무 조용하다. 한 시간을 넘게 걸어서 간 여객터미널에도 한두 식당 외에 모두 문을 닫았다. 나는 어차피 아침식사는 해야 하니까 화려하지 않은 큰 식당을 찾았다. 졸고 있는 주인을 깨워 말동무 겸 순대국을 시켜놓고 얘기하던 중 주인은 나를 알아차리기라도 한 듯 신발을 벗고 방에 가서 눈 붙이다 아침 배를 타고 가라고 했다. 정말 너무 고마웠다.

아침에 일어나서 황 목사가 필요하다고 부탁한 랜턴과 돗자리를 사가지고 대합실에서 줄을 섰다. 지금 나의 여정은 오랜 추억과 친구라는 두 단어의 섬을 배낭에 지니고 떠나는 중이다. 생각으로 간직했던 추억거리를 친구와 만나 밤을 새워 얘기하기를 원한다. 친구인 황 목사도 마찬가지이다. 왜냐하면 이번 둘만의 시간이 어떤 의미인지 황 목사가 미리 말했다.

배고팠던 어린 시절의 얘기는 만날 때마다 단골 메뉴였다. 초등학생이 화목을 구하러 지게를 지고 가까운 산에 오르던 일, 아궁이에 솔잎으로 불을 지펴 납작 보리밥을 해먹던 일은 둘만의 추억이며 우정의 확인이었다.

12살이 되던 해 친구는 온 가족이 서울로 이사했다. 그들이 처음 자리 잡은 곳은 미아리고개 너머 오른쪽 냄새가 심했다는 배추밭 옆의 무허가 판잣집 동네였던 것 같다. 그 후 나는 군제대 이후 서울에서 살았다.

6학년 즈음 시골의 나에게 보낸 편지 속에 만화를 그려 소식을 보낼 정도로 솜씨를 자랑했던 친구다. 40살 정도 된 나이에 서울에서 만났는데 미아리에서 간판가게를 하고 있었다.

그때 나의 느낌은 내가 기대했던 평범한 사람이 아니었다. 손은 장작개비처럼 거칠었고 머리는 빗질이 안 된 긴 머리카락이었다. 2평 남짓한 간판가게에서 반갑게 맞이하면서도 베니어로 만들어진 작업탁자에서 막걸리를 따라주며 옛이야기를 시작했다.

그리고 그동안 어떻게 살아왔는지 직설적인 친구의 말씨에서 충분히 알 수 있었다. 그런 그 친구는 다행히 천사처럼 착한 아내를 만나 딸 하나를 두고 있었다. 늦은 나이에 신학교를 졸업하고 난 뒤부터 공손해지고 곧잘 성경에 대해 말할 때 신앙심의 깊이를 느끼게 해주었다.

그랬던 황 목사는 일하며 유랑하며 사랑을 실천하고 낮은 자세로 가장 소외된 사람들을 찾아나서고 있었다. 황 목사의 첫 유람은 2005년 3월 1일 경운기를 몰고 철원을 출발해 포항까지 15일간 생쌀을 먹으면서 사도 바오로의 전도

여행길처럼 성경책과 간판재료를 가지고 울릉도에 도착했다.

지금은 남해안의 각 섬에 가면 단골과 후원자, 친구가 있다. 이번 흑산도에 가서 확인할 수 있었다. 그리고 그와 비슷한 행상 친구들도 있었다. 소쿠리 형, 신발장사 동생, 만물상 친구들이 있다. 이 사람들은 공통적으로 욕심이 없고 편안하고 인정이 많다는 점이다. 흑산도에 가보니 그곳에는 모르는 사람이 없었다. 그 이유는 TV에 출연했기 때문인 듯했다.

황 목사가 일하는 것을 보았다. 가난한 섬마을에 오래된 간판을 보수하는 일이 많았다. 짜깁기 하는 방법으로 할머니들이 "2~3만원이면 되겠지요"라며 간판 일을 시작하면 황 목사는 대답하지 않고 진행한다.

그리고 혹시 돈을 많이 부를까봐 안절부절 못하다가 보면 황 목사는 전체를 다시 깨끗하게 만들어주고 돈은 걱정 마라는 눈빛을 보인다. 그러는 동안 할머니는 토종닭을 잡아 삼계탕을 끓여 와서 하시는 말씀이 "보기보다 아주 일을 잘한다"며 다른 집 일감까지도 맡아주기도 한다. 그의 일상은 매일 매순간 성서의 스토리를 공유하고 체험하며 산다고 나에게 말해 준다.

2009년, 중계기도 보이지 않는 몽골 초원 한가운데서 받은 문자를 보고 놀라 사진을 찍었다.

초겨울 흑산도의 추운 방에서 우리는 냄비 밥에 묵은 김치를 걸쳐 먹었다. 그렇게 맛이 있을 수가 없었다. 우리 둘은 술이 없이도 밤을 새워 이야기꽃을 피웠다. 드라마를 보는 것처럼 흥미로웠다. 청수장이 왜 김두한에게 하사됐고 가난해서 '김춘삼' 씨와 다리 밑에서 함께 생활했다는 말에서는 그의 눈빛이 인생에 깊은 슬픔이 엿보이기도 했다.

어린 나이에 서울역에서 억울하게 붙들려 파출소에 끌려갔다고 했다. 무허가 판잣집 자기 주소를 모른다고 해서 고아로 취급받아 13살 어린 나이에 서대문 형무소에 가의탁돼 '육사 上12방'이라는 감옥에서 중학교 과정을 마쳤다. 그 방이 지금은 공원으로 변했지만 유관순 열사가 마지막으로 쓰던 방이었다고 말했다.

"파도가 부서지는 바위섬 / 인적 없던 이곳에 / 세상 사람들 하나 둘 모여들더니 / 어느 밤 폭풍우에 휘말려 / 모두 사라지고 / 남은 것은 바위섬과 흰 파도라네."

흑산도 지킴이 '영국' 씨의 자기 집 시 담벼락에 쓰인 이 노래를 가슴에 보듬고 육지로 오면서 나는 그때 흑산도의 추억과 황 목사가 들려준 논어의 얘기를 다시 떠올린다.

논어에 나오는 "세 사람이 함께 길을 가면 그 중에 한 사람은 반드시 스승이 있다"는 말은 잘 못 알려졌다는 것이다. 그것은 그 중 한 사람, 나에게 옳은 소리를 해주는 사람이 나의 스승이라는 것이다.

가난하고 소외된 노약자를 사랑의 눈으로 보살피고 발로 뛰며 스스로 가난을 택한 황 목사. 내 친구인 너는 나의 스승 같은 동무이다.

독립운동과 연탄

2002년 12월 8일 | 알리오뉴스

일제하의 우리 조상들은 국내외에서 조국의 독립을 위해 목숨까지 바쳐 오늘에 이르렀다. 어느덧 치욕의 세월 또한 한 세기를 맞이한다.

요즈음 또 우리를 고민하게 만드는 상황이 전개되고 있다. 더욱 안타까운 것은 민족의 정신과 여론을 올바로 제시해 주는 언론이 없다는 것이다. 영향력 있는 주요 언론 매체는 중심을 잃어 버렸고 돈벌이에만 급급한 듯하다.

독자들의 생각도 미래의 방향 제시도 하지 못하고 자기감정만 앞세우고 있다. IMF 악령이 오기 몇 년 전부터 한국에 살고 있는 외국인들과 재외교포들의 눈에 비친 우리들의 잘못된 점 세 가지 지적 사항을 나는 기억하고 있다.

첫째, 주중에 골프장이 붐빈다는 것이다. 더욱 놀라운 것은 젊은이와 가정 주부들이 대부분이라는 사실이다. 일정한 직업이 없이 일도 하지 않고 고급 외제 승용차를 굴리면서 굿 샷을 외친다. 직업이 없으면 골프장에 갈 돈이 없어야 하고, 근로가 없으면 재산 형성이 어려울 텐데, 그리고 외화를 벌어들인 흔적도 없는데 희한한 일이다.

둘째, 우리나라 외교가에는 물가가 터무니없이 비싸고 생활비가 많이 든다는 점이다. 그 중 일부 국가는 외교관 수를 줄였고, 대사직을 공석으로 두는 경우도 생겼다. 그 결과 각 국가를 대표하는 외교관들은 상대적 빈곤감을 느낄 수밖에 없다.

셋째, 우리나라가 '너무 잘 산다'는 것이다. 선진 국가에 비해 국민소득이

$^1/_3$ 밖에 되지 않아도 그들 국가보다 10배 이상을 낭비하면서 산다. 그런데 작금의 현실은 어떠한가! 지금은 IMF 회복실에서 퇴원하기를 기다리는 중인데 아직도 하루 평균 10억 원 어치의 수입 양주를 먹어 치우고 있다.

얼마 전 몽골인의 부탁을 받고 연탄공장을 방문했다. 아직도 서울에 연탄을 때는 사람이 있을까 하는 믿지 못할 질문이 나오게 마련이다. 우리나라 근대화의 대표적인 에너지는 단연 연탄이다.

공장장을 만나서 대화하던 중 너무 놀랐다. 현재 서울과 경기도에 2개의 연탄공장이 하루 50만장의 연탄을 생간하고 있다. 아직도 서울에 10만 가구가 연탄을 때고 있다. 왜 지금 이 시기에 비생산적이고 비효율적인 연탄 얘기인가 하고 의아할 것이다.

연탄은 1987년부터 해마다 20% 이상 생산이 격감되었다가 올해부터 다시 10% 이상 증산되고 있다. 중국도 우리 연탄을 보고 배워 금년부터 양산 체제에 들어갔으며, 일본인들도 한국인의 연탄 제조 실력에 경탄을 보냈다고 한다.

까만 탄가루를 털며 자전거를 타고 퇴근하는 연탄공장 근로자들의 뒷모습을 보면서 '저 분들이야말로 현대판 독립운동가'라고 생각했다. 왜냐하면 순수 우리 자본기술 자원으로 생산되는 연탄은 일반 난방비용보다 20배 이상 저렴하다. 물론 불편하기는 하다.

8년 전 몽골에 처음 갔을 때, 나는 그곳에서 가슴이 뛰어 첫날밤은 잠을 이룰 수가 없었다. 그리고 우리나라 몇몇 기업주에게 편지를 썼다. 그 이유는 "세계 최상의 상품에 우리의 혼을 집어넣어 준 당신의 근로자들은 여기에 살면서 독립운동을 하는 것과 같다"라고 전해 달라고….

독립운동은 외롭고 청빈하게 살면서 모두가 기러기처럼 몰려다닐 때 자기만의 나침반을 가지고 100년 앞을 안내하는 것이다. 얼마 후면 가장 지혜롭고 외로운 독립 운동가 한 명을 뽑아야 한다.

월드컵 경기장에 '히딩크를 대통령으로'라는 현수막을 보았을 것이다. 우리는 이제 생각과 행동이 닫힌 세대가 아니다. 한 맺힌 우리 민족에게 신바람과 평화의 물결이 넘실거리도록 해주고 청와대를 떠날 때 빈손으로 걸어서 갈 수 있는 멋진 대통령을 선택해 보자. 하얼빈 시내 애국지사 기념관에는 안중근 의사의 사진과 친필이 그곳을 찾는 모든 이들에게 감동을 주고 있다.

"내가 죽거든 여기 만국공원에 묻어 두었다가 조국이 독립되거든 나를 조국 땅에 꼭 묻어 달라."

안중근 의사는 하얼빈에서 거사 후 여순 감옥에서 옥살이를 했고, 그곳 교수대에서 마지막 남은 가슴의 숨을 다해 조국의 독립을 외쳤다. 지금의 우리는 부끄럽다. 남북은 서로 불신하고 여야 위정자들은 한 번도 민족의 장래를 위해 합의해 본 적이 없다.

그래도 우리는 지난 6월 조국이 위대해 보였고, 한국인이란 것이 너무 자랑스러웠지 않은가! 언제 우리가 그토록 목을 놓아 얼싸안고 기쁨의 눈물을 왈칵 쏟아 본 적이 있는가!

겨울 장미

미안하다

2006년 4월 18일 | 사이월드 사진첩

세상은 아름답고 아름다움이 사람에게 있다. 세상에서 가장 아름다운 곳을 찾은 어느 여행가는 그의 고향으로 돌아와 친구들에게 여행 후 얘기 보따리를 풀어놓았다. '다시 찾을 만큼 뛰어난 관광명소는 많지 않다'는 것이다. 다만 '그 곳에 아름다운 사람이 있기 때문에 다시 찾는다'는 얘기다.

내가 태어나고 자란 장수보다 더 객지에서 살아온 경험이 익숙해서였던지 아니면 서울의 아내를 맞아서였는지 고향이 귀찮았던 시절도 있었다.

그러면서도 잘 삭혀진 홍어 냄새를 기억해내는 것과 곰삭은 멸치젓을 중독자처럼 좋아했던 것은 내가 겉과 속을 아무리 포장해도 나를 있게 한 고향을 감출 수가 없다. 그리고 부모님이 계시고, 형과 목포에서 시집온 형수가 우리를 대신해서 고향을 지켜주고, 친구들이 있기 때문에 항상 그리워한다.

우리 형제들이 어렸을 적에 그러니까 사오십년 전의 일이다. 동지(冬至)를 지나 섣달, 춥고 눈이 유난히 많던 겨울이었다. 방문을 창호지로 발라 끈으로 묶어 쉽게 닫을 수 있게 된 두 쪽짜리 문이 추억처럼 기억된다. 열 명이 넘는 꼬맹이들이 풀 방구리에 쥐 드나들 듯이 들락날락거리고 있었다. 얼마 후 어머니께서 불호령이 떨어졌다. 아침에 덧 발라놓은 손잡이 부근의 창호지가 벌집처럼 구멍이 난 것이다.

"누가 손가락으로 장난쳤냐!"

지금 생각에도 엄동설한(嚴冬雪寒)에 창호지 풀칠이 제때 말라 견고해질 수가 없겠지만 하루는커녕 한 시간도 되지 않아 또다시 손가락 구멍이 생겨나고 춘향이 집 대문처럼 되기 일쑤였다.

하루는 우리 집에 시주(施土)하러 온 스님이 문간 앞에서 셀 수조차 없이 널브러진 검정고무 신짝을 보고는 "나무 관세음보살, 이 집은 복을 많이 받았네"라면서 목탁소리만 들려주고 떠나는 것을 보았다.

아버지께서는 새끼들이 추워할까봐 '건내 번덕' 너머에 가서서 지게 발목이 땅속으로 빠지도록 많은 나무를 해오셨다. 장작더미를 처마 밑에 빽빽이 쌓아 놓았다. 잔가지와 억새풀은 한 마름씩 묶어 7~8개가 되면 크게 다시 묶어 나뭇지게에 짊어 집으로 오셨다. 나무가리는 집채보다 더 높게 쌓아 마치 동화 속의 놀이동산 같았다. 모두 우리 자식들을 위해서 고생을 마다하셨다.

나의 같은 동네 P형의 어머니께서 하루는 큰 보따리를 가져오셨다. 지금 생각해보니 대단한 선물이었다. 따뜻하고 두툼한 목화 이불이었다. 우리 어린아

장수에 있는 아버님 산소를 찾아서.

이들만 있을 때 놓고서 바람같이 떠나가셨다. 그 이불을 방 가운데 깔아놓고 원형으로 누우면 밤새 힘 있는 쪽으로 밀리곤 했지만, 우리 형제들은 서로 발을 부비면서 따뜻한 형제의 사랑을 나누며 잠을 청하곤 했다.

연탄과 석유 곤로가 아궁이를 밀어낼 즈음이었을까. 셋째 며느리 깜인 아내가 비포장 길을 완행버스로 달려와 첫 인사하러 고향에 왔었다. 아궁이 앞에서 불을 때던 어머니 곁에 앉아서 굵은 나뭇가지를 무릎으로 두 동강 내어 아궁이에 넣는 모습을 보시던 아버지께서 신부 깜으로 합격점수를 주셨다.

큰형이 어린아이였을 때는 아버지께서 공비 토벌하던 의용군의 대가로 식량을 받으셨고, 그 후 제재소에 기술자로 그리고 시장 통에 이용원을 운영하셨다. 또 깊은 산속에 숯가마를 사들여 숯 장사도 하셨다. 그 일로 인해 우리가 어렸을 때 아버님은 산림계에 가서 조사를 받고 나오던 모습이 기억에 남아 있다.

많은 자식을 먹여 살리고 공부시키는 일이 힘들었던 1970년대 초에는 영등포 무허가촌에서 동생과 형 등 몇 식구가 살림을 살았다. 열 한 자식을 탈 없이 키우기 위해 고통의 길을 마다않으신 부모님께서는 딸 하나를 제외하고 모두 결혼시켰다. 안성 며느리, 양평 사위, 목포 며느리, 수원 사위, 서울 며느리가 들어왔다.

둘째딸은 고통이라는 뜻처럼 '돌로레스'라는 수녀로 종신서원(終身誓願)까지 받아들였으며 또한 부모님께 대한 특별한 사랑을 일평생 기구하며 산다.

한없이 주기만 하셨고 고통으로 다져진 몸이었지만, 집안일 관계로 자식 집에 하루라도 오실 때면 며느리 보기 미안하다며 하룻밤도 주무시지 않았다. 딸자식 집에 가면 사위에게 할 말이 없다면서 당일로 먼 길을 혼자 되돌아오셨다.

그런데 큰고모님의 주검을 보시고 한없이 눈물을 흘리던 아버님께서 이틀 후 음력 정월그믐에 누님을 따라 다시 먼 길을 떠나셨다. 하늘의 문이 열린다는 사순절 재(齋)의 수요일에 우리 자손들을 성당에 모이도록 하셨다.

"하느님 감사합니다, 이렇게 좋은 임을 저희 곁에 50년 넘도록 주셨습니다."

마지막으로 들른 고향집 앞에서는 당신처럼 좋은 동네 사람들을 맞이하고 함께 슬퍼했다. 저희도 이렇게 아름다운 사람들과 살다가 언젠가 당신의 얼굴을 뵈올 것이다.

내가 성당에서 혼배하던 날 폐백을 받으시면서 우리 부부에게 "미안하다!"라고 한마디 말씀만 하셨다. 자식들은 "고맙습니다"라는 말을 아직도 하지 못했다.

📍 겨울 장미

내 나이 벌써

2013년 2월 23일

어제는 전부터 말한 둘째의 생일잔치를 우리 집에서 차리자고 한 아내의 말에 여지없이 비상상태에서 하루를 보냈다.

그런데 '백수가 과로사하고 크리스찬이 일요일이 더 바쁘다'는 생각이 들 정도로 정신이 없는데 딸의 생일상을 차린다니 스케줄이 복잡해졌다.

둘 다 시집을 보내고 우리 부부만 사는 조용한 집에 손자들이 오는 날은 언제나 기쁘고 즐겁기만 했었다. 지내고 보면 사실 기쁨보다 피로감이 더한, 네 명이나 되는 손자들의 놀이터로 변한 우리 집은 완전한 점령지로 바뀐다.

그래서 아내는 이렇게 명언을 남긴다. "손자들이 오면 반갑고 떠나면서 더 반갑다"고…. 그런데 어제는 딸의 생일이자 내 회갑이다. 다행인 것은 내 생일은 음력으로 따지니 한 달 후가 된다. 평생 내 생일을 누구에게 알려본 기억이 없는데 금년에는 왜일까.

소문이라도 낸다면 아마 집사람이 소릴 버럭 지를 것 같아 혼자 생각에 조심스럽다. 장모님이 그랬듯이 자식만을 위해 헌신하는 '데레사'는 우리 집안의 수호천사다.

나의 눈과 가슴은 광화문의 책방 수필 코너에서 아직 새들의 둥지처럼 떠날 줄 모르고 있다. 어느덧 원고지보다 '아이패드'에 글쓰기가 익숙해졌는데 뒤를 보니 살아온 긴 꼬리가 눈앞을 성가시게 한다.

그동안 살아온 발자국 위로 행복한 기운이 스스로의 행운은 아니라 믿었지

책 내용의 배경이 된 「길은 멀어도」
책으로 두번째 바이칼 호수 여행중
읽었다.

만 늘 불행하지 않았던 많은 순간들이 얼마나 큰 기쁨이었는지 깊은 생각에 잠
겨본다. 그리고 나의 얼굴을 다시 만져보게 한다.

나의 생각과 나의 눈에서 그리고 거울 속의 내 얼굴에서 나의 어머니와 아
버지를 본다. 그리고 아래로는 자식과 손자가 웃고 말하고 마음 쓰는 시간까지
우리 부부를 닮아 버렸다.

아직 나는 친구들이 좋다. 그리고 여행은 설렘으로 다가와 좋다. 그래서 맨
발로 거문도에서 장수까지 걷고 싶다.

거문도에는 막내이모가 처음 시집보낸 나보다 한 살 위 누님을 만나 보러
간다. 그리고 배를 타고 올라와 외할아버지 고향인 강진에서 하루를 묵고 또
섬진강 따라 걸어서 남원으로 갈 것이다.

남원은 풍란처럼 향기로운 외삼촌이 나의 어머니를 장수로 시집보내고 길

이 막혀 백리 거리 눈길을 걸어와 눈물을 닦던 곳이다. 그곳에서 꼭 막걸리를 한잔하고 흙냄새를 맡으며 굽이굽이 산길 같은 다릿골을 지나 나의 대부이며 사제의 고향인 수분리 길을 순례자처럼 걷고 싶다.

영화 「서편제」의 촬영지인 청산도에서.

서둘러서 발걸음을 재촉해 해질 무렵 내가 태어나고 중학교까지 다녔던 장수에서 발을 씻겠다. 그리고 오는 길에 친구들에게 스마트폰으로 세상의 아름다움을 사진으로 날리고 싶다.

걸어온 길 한 바퀴 다시 걸어갈 새 길이 가시 밭 길이라도 좋다. 작은 들꽃이 피어 있는 좁은 길이라도 나는 좋다. 먼지가 눈앞을 가려도 걱정이 없어라.

그곳에서 가난에 익숙하게 낮에는 시내를 기다리고, 초원과 산에서 새들과 얘기하고 밤에는 빛나는 별들과 노래하겠다.

다시는 시간을 세월이라 하지 않고 사랑이라고 하겠다. 사랑하는 이와 사랑했던 사람들과 함께.

겨울 장미

겨울 장미
//////////////////////

2010년 2월 19일 | 사이월드

어려서 보았던 장독대의 눈이 지금 산 위의 우리 집 마당에도 소복이 쌓였습니다. 기상관측 이래 가장 춥고 많은 눈이 내렸다고 하네요.

서울 살이 서른 한 해를 넘겼으니 지금 생각해보면 긴 머리의 아리따운 서울 아가씨였던 당신을 만나 혼배(婚配)를 올린 지 삼십년이 되었군요. 나에게 당신은, 하늘에서 내려준 가장 소중한 선물이었습니다.

자랑할 거라고는 하나도 없던 나에게, 한평생을 꿈으로만 여기려 내려놓으신 당신을 생각하니 이제는 미안한 마음뿐입니다.

주변을 보지 않고 서로 얼굴만 보며 살던 철없던 신혼 때는 좋은 옷 한 벌 사주지 못했습니다. 앞만 보며 달렸던 젊은 시절에는 당신과 함께 바이칼호를 여행하자 약속하고 혼자만 여행했습니다. 어느새 멀리 와버린 지금은 자꾸 뒤돌아보는 나이가 되었으니 결실을 이루지 못하고 얼굴만 굳어 버린 망부석이 된 느낌입니다.

둘째인 안나까지 시집을 보내고 서둘러 서울을 빠져나와 서귀포에서 두 달 동안 일할 때 당신도 서울에서 일을 마치고 나에게 내려와 9일간의 여행을 했지요. 고생으로 얼룩진 당신의 손이 서귀포에 와서 가장 길고 편안한 휴식을 취했을 겁니다. 나는 그곳에서 가장 아름다운 당신의 모습을 기억합니다. 아마도 행복한 마음을 나에게 보여줬을 것입니다.

이미 오래 전 서울 은평구 쪽에는 집에 심어놓은 과일나무에 벌과 나비가

제4장 겨울 장미 | 227

사라져 열매를 맺지 못한다는 얘기를 들었습니다. 지난해 부암동 집 울타리의 넝쿨장미가 늦가을까지 가지도 못하고 초여름에 이미 말라 죽었지요. 주변 집들도 마찬가지였어요.

서귀포 연안의 12월 겨울 올레길은 과거에 경험한 여름 제주여행보다 오히려 풍성한 자연환경을 관찰하며 즐길 수 있었지요. 집 주변에 가장 많이 보이는 주황색 밀감 과수원, 손녀의 빨간 입술처럼 예쁜 열매를 이고 있는 먼나무, 레몬보다 예쁘고 세배쯤 큰 하귤(夏橘)은 우리에게 행복감을 줍니다.

그리고 길쌈을 하지 않아도 눈과 비바람이 못살게 굴어도 보라색 혹은 노란색의 유채꽃들이 올레꾼들을 반겨주지요. 또 길 돌 틈에 예쁜 분홍의 제주 채송화, 중문에 동백꽃 군락, 천년이 가도 당신처럼 변치 않는 '곶자왈'을 보았습니다. 아니 그 겨울에도 푸른 숲길을 천천히 걸었습니다.

집안의 장독대에 쌓인 눈.

당신은 올레길 중 외돌개에서 시작해 월평포구까지의 제 7코스를 가장 아름답다고 하셨지요. 나는 그곳 남향받이 올레길 돌담 앞에 피어 있는 겨울장미를 지금도 기억하고 있습니다.

더 많은 것을 얻기 위해 더 큰 당신의 사랑을 알지 못했고, 더 큰 꿈을 잃지 않으려 이기적인 나만의 삶을 살았습니다. 아직 젊다 했는데 벌써 눈에 넣어도 아프지 않다는 손녀가 둘이 되었네요.

꽃길, 가시밭길, 이제는 그 많이 쌓인 눈길에 찬바람까지 몰아치는 바람 길을 걷고 있네요. 아직 버리지 못하고 사는 욕심 때문일까, 아니면 너무 많은 것을 잃어 버려서일까요. 그래도 내 곁에 당신이 있어 행복합니다.

당신은 어려울 때일수록 나에게 용기를 주었고, 행복했던 순간들만 남에게 자랑삼아 입을 열었지요. 당신은 기쁨의 원천입니다. 부족한 남편을 끝까지 인정해 주는 고마운 사람입니다.

당신은 내 등 뒤에서 30년 동안 시들지 않는 장미꽃을 준비하고 있었습니다. "공중에 나는 새들을 보라(마태오 6, 26)"라는 성서 말씀을 다시 찾아 귀로 새깁니다.

행복합니다. 사랑합니다. 흰 머리가 하나 둘 늘어가는 당신이 참 아름답습니다. 이제는 제가 당신을 위해 영원히 시들지 않는 장미꽃을 준비하겠습니다.

하느님 감사합니다.

겨울 장미

풍란 시집가는 날

2012년 5월 28일 | facebook note

  내 나이가 사춘기 시절 즈음에, 그러니까 처음으로 기차 타고 즐거워 어쩔 줄 몰라 하면서 여수에 외삼촌을 처음 만났던 날, 그날은 참 아름다웠다네.

  그 삼촌은 지금 숙모와 외할머니까지 외할아버지가 기다리는 고향 같은 저승길을 모두 다 가셨다.

  이제는 나도 두 딸 벌써 키워 다 시집보내고, 데레사와 둘이서 스마트폰 하나만 들고 여수의 엑스포장에 다시 왔네.

  어린 시절 완행열차에 올라와 배웅하시며 손에 빵을 쥐어주고 작별을 한 그 외삼촌이 하던 그대로 외사촌 형도 나에게 활짝 핀 풍란 화분 하나 건네주었네.

  나의 어머니 시집오던 먼 길은 기차로 백리, 다시 남원에서 비포장 백리, 두메산길 장수로 힘들여 걸어온 눈물의 그 길이 또다시 여순 반란을 피해 내려놓은 가여운 여동생을 두고 다시 한숨의 길이 되었다.

  그 외삼촌이 다시 살아와 고운 난향을 주시네. 풍란이 시집가는 날에 나도, 세월도, 그리고 사랑도 함께 떠나오시네.

  여천에서, 데레사와 한 세월에 나의 육십 생에….

⊙ 겨울 장미

거문도 가는 길

/////////////////////////////////

2013년 8월 5일 | facebook

여수에서 3시간 뱃길 거문도. 그곳에 오고 싶었던 먼 길을 나는 40년 만에 설레는 맘으로 도착했다.

나는 오랜 흑백사진을 정리해놓고 스마트폰에서 그 사진을 저장했다. 오랜 옛날의 기억도 하나씩 꺼내어 두었다가 최근 것처럼 마음에 정리를 했다. 나는 그 사진을 아내보다 먼저 함께 여정을 하는 벗들에게 보여주었다.

왜냐하면 아내가 뭐라 한마디를 할 것 같아서였다. 그래서 이번 '여행 스토리텔링'의 한 이야기 주제거리일 것도 같다.

여수항이 그 당시에는 아름답고 풍성해 보였고 흑백사진처럼 꿈과 큰 희망이었다. 그리고 두메산골 출신인 우리를 극진하고 정겹게 맞으셨던 외삼촌, 외

1970년 외사촌 누나와 함께.

거문도에서 외사촌 누나와 함께.

할머니, 외숙모, 외사촌 형과 동생들이 그곳에서 나를 반겨준 추억어린 곳이다.

또 흥미로운 기억은 그때에도 사진을 많이 찍을 수 있어 좋았다. 그 시절 나에게는 누나가 없었기에, 그리고 사춘기였던 나는 누나를 눈앞에서 보았을 때 자랑거리가 아닐 수 없었다.

이번 여름 거문도에서, 그 누나를 40년 만에 만나 보니 어느덧 할머니가 되어 있었다. 그랬던 누나는 아이들이 자라서 육지로 떠나고 매형과 둘이서 추억만 그리며 살고 있었다.

"나에게도 이런 처남이 있었네!"라고 하면서 40년의 세월을 한탄하기도 했던 매형은 나에게 미안하다고 했다. 자식 셋을 육지에서 공부시키다가 사업이 부도를 맞아 둘이 세상을 등지려고 했다는 얘기 대목에서는 우리 모두 눈시울이 붉어져 있었다.

우리를 보기 위해 부두에 나와 기다린다는 누님의 자신감 있고 정이 넘치는 전라도 사투리에서 매형까지도 밤새 우리를 위해 기다림의 준비로 아침을 기다린 듯했다.

매형의 휴대폰이 바빠졌다. 친척·친구·지인들에게 이 여름에 귀한 문어, 손바닥보다 큰 홍합을, 그리고 오늘 아침엔 은빛 갈치를 수협 공판장에서 골라 놓으셨다고 누님이 연락해 왔다. 손에 바리바리 싸주는 모습에서 우리 어머니, 외삼촌, 이모를 보는 것 같다.

이번 여행에서는 살면서 중간숙제 하나를 풀어낸 것처럼 마음이 가벼워졌다. 뱃고동이 울리는 부둣가에서 우리를 보내려 하던 누나의 볼과 손은 바닷물에 반사돼 검붉게 타 버린 할머니가 되어 나를 걱정한다.

"잘 가거라."

세월이 우리를 자꾸 밤하늘의 별만큼이나 먼 거리로 쏜살처럼 잡지도 못하게 떠나보냈네요.

누님! 기약하지도 못하는 이별에 다시 배에 올랐습니다.

📍 겨울 장미

백학이 되어 다시 오시오

2013년 7월 31일 | facebook

긴 장마처럼 하늘에서 내리던 빗줄기가 멈추고 난 후 이제 정신이 돌아왔다. 몇 날을 뒤척이다가 이제야 김종학의 작품세상을 다시 생각하기 시작했다.

아니, 지난주 그가 이 세상에서 사랑하던 가족을 뒤로 하고 일찍 떠나 버렸다. 큰 드라마 제작비를 감당하지 못하고 외로운 길을 훌쩍 날아갔다. 그는 6·25전쟁의 포화가 시작된 이듬해인 1951년 동짓달, 제천에서 8남매 중 7번째로 태어났다.

김종학은 이미 『여명의 눈동자』, 『모래시계』, 『백야』 등 20여 편의 작품을 진두지휘한 1980~90년대에 한국 TV 드라마의 전설이 되어 있었다.

그는 1995년 SBS에서 방영한 광복 50주년 기념특집으로 만든 그의 작품 『모래시계』 드라마에서 당시에는 아무도 생각 못했던 광주 민주화운동과 비극의 현대사를 다루었다.

나는 PD나 감독의 역할을 잘 모른다. 그러나 당시 방송드라마에서 영화를 능가하는 흥행과 국민들의 민주화 열망을 대신하는 만족을 가져다주었고, 국가에 대한 주인의식도 만들어준 문화 사조(思潮)를 남겼다.

돌아보면 1990년 소련이 붕괴했고 우리나라는 북방외교를 선언했다. 이는 과거 공산국가들이 서울에 대사관을 개설하게 되고, 인천항과 김포공항에는 러시아어로 표기된 선박과 항공기가 자유롭게 왕래하기 시작했다.

아직도 우리에게는 생소한 러시아 문화이지만 김종학은 그 러시아의 노래 「백학」을 『모래시계』 배경음악으로 선택해 시청자들에게 감동을 더해 주

김종학 감독의 작품인 「모래시계」 장면.

었다. 그리고 몇몇 드라마에서도 러시아 음악을 쓰기 시작했다.

　당시에는 우리와 100년 동안 단절됐다가 다시 접하는 음악과 문학이 생경했을 때인데도 그렇게 쉽게 받아들였다는 사실을 이해하기 힘들었다. 그들의 음악역사 또한 소수민족들의 언어가 노래가 되고 그 '백학'이 전해오다 모스크바에 들어와 가슴 벅찬 음률이 되고 또 불려졌다.

　이 노래들은 마치 독립운동가나 군가처럼 느껴질지 모르나 사실은 그렇지 않다. 자연스럽게 오락 시간에도 다 같이 합창으로 불러도 좋고, 또 러시아의 로망스처럼 느껴지기도 한다.

　한 나라의 역사도 피땀과 눈물을 녹여 건국이념의 목표에 이르게 된다. 요즘 우리사회는 정신적 지도자를 키우지 못하는 환경이라 본다. 20년 전 암울했던 그 시기보다도 용기 있는 지도자계층이 없다.

김종학의 용기는 그의 작품에서 열정이 있는 뜨거운 피, 최선의 땀, 민족의 한이 서린 눈물을 온 작품에 공들여 만든 후 우리 모두를 울렸다. 그리고 그 힘을 월드컵 신드롬, 그리고 한류의 한 축으로 가치를 올렸다.

우리는 한국을 온 세상에 널리 알린 큰 별을 잃었다. 누가 그의 몫을 대신하여 줄 것인가. 당신이 다시 오는 날, 한반도에 평화가 봇물처럼 넘치고 돌처럼 굳어 있던 우리의 마음이 살처럼 부드러워지기를 바란다.

방송의 중심지인 서울 여의도공원에 그의 뜨거운 심장을 예쁘게 만들어 동상을 세우자. 그래서 오래 보고 또 느끼도록 하자.

당신이 하늘에서 지켜볼 한반도에 아리랑이 다시 울려 퍼지는 날, 그때는 우리 모두 웃음소리 멈추지 않는 행복한 나라로 변해 있으리라.

그리운 당신은 '김종학'입니다. 사랑합니다. 그리고 당신이 다시 오는 날, 사랑하는 친구들과 함께 백학이 되어 함께 오시오.

내가 문을 두드리고 있다

지난주부터 성당 입구에 큰 현수막이 걸려 있었다. 예비신자들을 환영하는 큰 글자의 아랫줄에 작은 글씨로 필체도 다르게 씌어 있다.

"내가 문을 두드리고 있다."

이 말을 누가 했을까?

하느님을 믿거나 그러하지 않은 사람도 익히 알고 있는 다른 하나, "두드려라, 열릴 것이다"는 말은 복음서 두 곳에 있다. 이 문장은 신을 알지도 못하는 사람에게 목적과 목표를 생략한 무조건적인 강요로 들릴 수 있다.

20여 년 전부터 한국의 기독교신자들은 중동과 이스라엘을 순례하기 시작했다. 일반적으로 이스라엘의 유적지는 대부분 땅속에 묻혀 있고, 터키와 그리스는 아직도 로마시대의 유적이 잘 보전돼 있다.

그래서 준비만 잘하고 떠난다면 성경 속의 시대적 배경이 연상되고 깊이 있는 신앙생활에 도움이 될 수도 있다. 현대인의 순례 형태는 짧은 기간에 많이 다니는 '발 도장' 여정이 문제이다. 성서가 기록된 당시 농경사회, 즉 그곳 배경과 먼 우리가 살아온 지금 환경이 많이 달라 잘 이해되지 않는다.

작년 여름 아내와 몽골 초원여행을 하면서 오히려 성서 속의 난해한 구절들이 이해됐다. 태고의 자연에 감동한 설렘의 여행이었다. 울란바토르에서 북서 방향 700Km 거리의 흡수골 호수로 가는 초원길의 대자연이 곧 하느님의 선물이요, 가끔 만나는 착한 사람들의 마음과 눈빛이 곧 성서임을 느꼈다.

일부를 제외한 비포장도로를 왕복 7일간 달리면서 본 들에 핀 야생화, 끝없이 피어난 허브는 경이로움 그 자체였다. 하루 종일 달려 먹을 물이 없어도 차바퀴 지나간 웅덩이의 물을 마시는 염소, 야크, 어미 소들은 깨끗한 우유를 인간에게 다 준다. 또한 땔나무 없는 초원의 집에 마른 소똥을 연료로 주고, 가죽과 털까지 '게르' 보온용과 옷으로 내준다.

사람과 온갖 짐승들이 함께, 구름과 달과 별이 숨 쉬며 살아가는 그곳에는 감사해야 할 처음과 마지막 단계를 직접 눈과 마음으로 체험할 수 있다.

사슴들은 한국산보다 크지만 아름답고 뿔은 왕관을 두른 것처럼 고고하다. 양은 남을 해치지 않으며 죽임을 당하면서도 반항하거나 울부짖지도 않는다. 그래서 사람들은 '순한 양'이라고 흔히 말한다.

긴 겨울을 집안에서 조각품처럼 나무를 다뤄 만든 창문 덮개 문. 아름다운 러시아 여인의 눈을 닮았다.

폴란드 청년들의 대륙 횡단(바르샤바–바이칼–초원지대–고비) 팀의 표지.

300마리가 넘는 양의 얼굴을 기억하며 이름을 지어주고 가족처럼 지낸다. 길쌈을 하지 않아도 고운 야생화가 향기를 낸다. 낙타, 야크, 말, 염소는 호숫가와 강가에서 물을 마시고 평화롭게 목욕을 한다. 먼 바다에 살 갈매기들은 사람을 무서워하지 않는다. 꽃에 앉은 나비, 높이 나는 새, 풀잎 위의 메뚜기 떼 등 모든 피조물과 함께 조화롭게 산다.

집주인의 시선을 벗어나지 않는 자리의 우리 안에는 갓 태어난 어린 새끼들과 다리를 다친 염소들이 있다. 그 우리는 집안 울타리 안의 마구간이 아니라 임시보호소이다.

그 호수 건너 작은 산모퉁이를 돌아 들어가 길을 간신히 찾아갔다. 울타리가 있고 자동차가 들어가는 큰 대문을 발견한 나는 문 앞에 서서 큰 소리를 질러 보았다. 다시 작은 언덕 뒤편 '투어리스트 캠프'가 보이지 않아 할 수 없이 휴대전화로 문을 열어 달라고 했다.

하지만 그 문은 찾는 이가 직접 열고 들어가는 것이라고 했다. 자세히 들여다보니 손이 안쪽으로 들어갈 수 있어 빗장을 열고 들어갔다. 그리고 나 혼자 대문을 다시 걸어 잠그고 멍하니 서 있었다.

"내가 문 앞에 서서 문을 두드리고 있다."(묵시록 3, 20)

우리가 바쁘다며 핑계 댄 채 모르고 살아온 젊은 시절을 돌이켜 생각해 보았다.

"기도하지 않아도, 찾지 않았어도 필요 이상 받았으며 두드리지 못했어도 큰 대문과 길을 열어주었습니다. 게으르고 혼자 욕심만으로 살아온 저는 아직도 당신께 향한 문을 굳게 닫고 있습니다. 당신은 어떻게 저의 못난 생각과 일상을 아시고, 사랑의 선물로 그렇게 애타게 문밖에서 문을 두드리셨군요. 이제는 귀를 열고 당신께 여기 문을 열어놓습니다."

📍 겨울 장미

어머니와 아내

2002년 12월 29일 | 알리오 뉴스

세상에 못된 어머니는 없다. 꽃가마 타고 시집와서 고생하다가 세상을 떠날 때는 관 위에 본관 하나 남기고 간다. 마치 허물을 벗어 생명을 탄생시킨 후 자기는 없어지는 것과 같이 떠난다.

우리가 어머니 없는 세상살이를 생각할 수 있는가. 남자로 태어나 군대에 다녀와야 사람이 된다고 얘기한다. 군대생활은 두 가지의 깨달음을 준다고 본다. 첫째는 부모님 은혜에 감사하고, 둘째는 조국에 대한 고마움을 느끼는 것이다.

그곳은 생명의 한계를 시험하듯 생사를 넘나드는 훈련을 한다. 그때마다 조교의 단편적인 인사가 있다. 이른바 "어머니!"라는 복창을 시키는 것이다. 그 다음 불편한 자세로 어머니와 관련된 노래로 합창을 시킨다. 그러면 약속처럼 그 순간 눈에서 뜨거운 눈물이 얼굴을 적신다. 고된 훈련 속에서 오히려 어머니의 사랑을 느낀다. 마치 어린 아이처럼 말이다.

군인은 24시간 몸과 마음을 조국과 형제에게 바치고 나라에 충성했다는 말만 보수로 받을 뿐이다. 전역 후에도 상관을 원망하지 않고 오히려 군대생활을 자랑하며, 평생의 추억으로 간직하며 산다.

어머니는 자식을 군대에 보낸 후 돌아서서 눈물을 흘리지만, 자식은 군 훈련 중 부모님 앞에서 눈물을 보이지 않는 것을 배운다. 훌륭한 아버지가 성공한 자식을 만들었다기보다 훌륭한 홀어머니가 훌륭한 자식을 키웠다는 말이 있다. 어머니는 근면·성실을 손수 가르치며 정직하고 착한 사람이 되라고 일생을 고생하면서 자식을 기른다.

그러나 부인으로서의 역할이 문제를 일으키며 배우자, 혹은 국가 전체에 흥망성쇠를 좌우하는 경우가 있다. 더 많은 올바른 부인들이 상급을 받아 마땅하지만, 일부 공복 부인들은 자기들의 역할에 책임성이 따른다는 것을 알아야 한다. 한 나라의 부정부패는 공무원의 아내가 막을 수 있다. 일정급여와 수입을 알면서 이상한 금품에 탐욕은 가지거나 따지지 않는 것도 잘못된 일이다.

부정한 돈이라면 되돌려주라고 말할 수 있는 사람이 참된 부인이다. 그 나라의 부정과 비리는 영부인이 바로미터라고 생각한다. 우리는 그동안 모두 겪어 봤다. 공적은 남편이 이루고 비리는 부인이 조장할 수 있다. 그래서 어려서부터 가정교육이 중요하다.

문제는 어른들이 아이들에게 고가의 선물을 줄 때 아이들은 아무 거리낌 없이 받고, 부모들은 "감사합니다"라고 시키듯이 가르친다. 불로소득에 관한 기

2012년 세종문화회관 행사장에서 아내와 함께.

준을 맹목적으로 잘못 가르치는 것이다.

요즘 젊은 부모들은 일부 잘못된 의사와 상의해 자연의 순리를 역행하는 가족계획을 하고 있다. 남아선호 사상으로 여아를 무시한 결과 몇 년 후부터는 외국인 신부를 맞아 결혼할 수밖에 없다. 20여 년 전만 해도 외아들은 군복무를 면제받기도 했으나 지금은 90% 이상의 독자들이 군복무를 한다.

사회적으로도 더 많은 문제가 발생한다. 현재의 대학과 예식장 등은 수년 이내 절반 이상 쓸모가 없어진다. 더 큰 문제는 국방의 의무다. 앞으로는 여자들도 군복무를 1년 정도 의무 규정해야 할 것이다. 요즘 여자들이나 자원 근무하는 여군에게 물어보면 긍정적인 답을 한다.

이스라엘은 여자 2년, 남자 3년이 의무 규정으로 되어 있다. 우리의 영토와 국력이 지금의 10배 이상 되지 않는 한 우리는 언제나 주변 강대국의 정치 상황에 따라 끊임없이 위협과 압박을 받을 수밖에 없다. 지정학적 위치로 어쩔 수 없는 운명이다.

새 영부인에게 바란다. 어머니의 눈으로 세상을 바라보고, 그늘진 곳을 보살펴 달라는 것이다. 명예는 남편의 몫이고, 불명예는 영부인이 만들 수 있다는 것을 명심해 주기 바란다. 우리는 현명한 어머니상을 죽을 때까지 가슴에 담고 살기를 원한다. 남편의 명예를 지탱해 주는 최초의 여론과 올바른 나침반이 될 것을 바란다.

어머니는 자식을 소유물로서, 또 그르치는 도구로 쓰지 않고, 모든 몫은 어머니와 아내의 역할에 달려 있기 때문이다.

겨울 장미

호두나무에 호두가 다섯 번 열렸네요

2009년 9월 4일 | 사이월드

　오랜만에 하는 토요일 산행이다. 하느님은 우리를 사랑하시어 큰 숲과 산, 정원과 큰 강을 주셨다. 그리고 관악산과 북한산의 품안에 예쁜 서울이 자리하고 있다.

　아름다운 승가사를 뒤로 하고 비봉까지 오르면서 내려다보이는 눈의 즐거움은 언제 경험해도 행복감을 느끼게 해준다. 광화문이 내려다보이는 곳 뒤쪽, 경복궁 오른쪽에 사직공원이 있다. 그곳에서 소리치면 들리는 거리에 성당이 있고, 건너편에 100년이 넘게 올망졸망 모여 살던 우리 집과 함께 기와집들이 있었다.

　그런데 이제 모두 헐리고 그 자리에 '경희궁의 아침'과 '스페이스 본'이란 이름으로 3천여 아파트형 주거건물이 들어왔다. 그곳이 내가 두 딸을 낳고 30년을 산 곳이다. 본당 관할 내에는 내자동·도렴동·체부동·신문로 등 법정동이 가장 많은 곳으로 그 가운데 종탑이 보이는 곳에 세종로 성당이 있다.

　그곳에서 나는 마음씨 착한 서울 색시를 만났다. 그리고 "나하고 결혼하려거든 천주교에서 세례를 받아야 한다"며 그동안 냉담했던 나의 신심을 고백하기라도 하듯 그 말을 강조했고, 또 답을 들었다.

　사실은 군에서 가톨릭 신자였던 부대장에게 제대 신고할 때 나에게 말했던 "성당에서 혼배하지 못하면 평생 후회한다"는 당부가 떠올랐기 때문이었다.

　김인성 신부님께서 주례하신 지 삼십년이 지난 성당은 입구 성모상만 바뀌었을 뿐 지금 그대로이다. 하느님께서 선물로 주신 두 딸을 성당유치원에서 잘 길러 주셨고, 큰딸은 혼기가 돼 그 본당에서 혼배를 했다. 손녀가 태어나 우리 부부는 할아버지·할머니가 됐다. 지금 두 손녀는 엄마가 다니던 성당유치원에서 기도하는 생활을 익히며 자라고 있다. 눈에 들어오는 그 모습이 참으로 흐뭇하다.

지난해부터 느낀 점은 신자들 가운데 모르는 신자가 더 많아졌다는 것이다. 작년까지 남성 '레지오' 단원 대부분이 주일 오전에 성당 주변 청소를 했다. 10시부터 1시간 청소를 하기 위해 경복궁역 1번 출구에서 성당 쪽으로 건너간다. 그러면 9시 미사 후 신자들이 골목에서 밀려 나오는 것을 목격하는데, 안면 있는 신자가 거의 없다.

작년 한 해는 선교의 해로 250명 이상의 세례자를 배출하기도 했다. 세월은

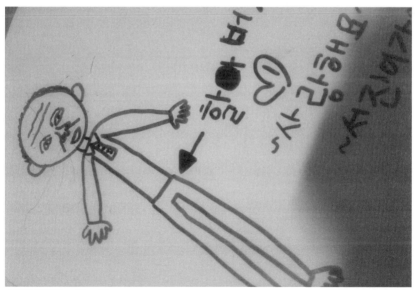

손자가 필자를 그린 그림.

필자가 손자 현구를 안고 있다.

흘러갔다. 그리고 기와집이 헐리고 빌딩이 새로 들어서듯 그 안에 사는 사람이 자연히 바뀌듯 변해 간다.

　구역 안에 교황청 대사관과 청와대가 있다. 처음으로 경찰청 내 성당을 둔 동기도 우리 본당의 역할이 절대적이었다. 한국 역사상 최초 가톨릭 신자인 대통령 재임 때에는 우리 교우들과 함께 여러 번 미사를 드렸다.

　가톨릭 사제는 한곳 성당에서 5년 이상 정을 붙여 사목할 수 없다. 지난달 마지막 사목협의회에서 홍 신부님께서 "5년 전 가을 성당 마당 호두나무에 호두가 익었었는데 올해로 다섯 번째 호두가 익어 간다"며 "떠날 때가 된 것 같다"고 말씀을 했다. 아마도 갑자기 받을 슬픔에 대한 이별연습을 하신 것 같았다.

　신부님은 가난하고 힘없고 낮은 사람, 소외된 이에게 희망을 주셨습니다. 신자인 저희들은 신앙보다 더 세상을 많이 알고 있다며 오만함을 간직한 채 살고 있어요.

신부님은 그런 저희를 잘 알고 계시지요? 그런 저희들을 끊임없이 사랑하시며 바른 길로 이끌어 주셨어요. 저희와 함께 살면서 불면증에 시달리면서도 저희들을 원망하지 않으시고, 끝까지 참고 견디신 시간들을 저희는 알고 있었기에 지금 더욱 죄송할 따름입니다.

쉬지도 못하시고 그 많은 사목을 직접 챙기시고 소모임에도 빠짐없이 오셔서 격려해 주심을 저희는 잊지 않고 있어요. 거리선교 많은 성지순례, 환경을 살리는 '즐거운 불편운동', 구역 미사, 소공동체 모임 등 어느 하나 소홀함이 없었던 신부님의 열정을 기억합니다. 그 중에서도 가정의 평화와 가족의 일치를 이루는 문제에 많은 애정을 행동으로 보여 주셨습니다.

신부님께서 가시는 길에 항상 주님께서 함께하시리라 믿어요. 그리고 저희는 신부님을 위해 세상 속에서 기도할 거예요. 혹시 신부님께서 저희가 그리울 때에는, 아마 저희 중 누군가 신부님을 위해 작은 기도를 바치는 시간일 것입니다. 게으른 저희는 기도하기보다 은총받기만 바라고 있거든요.

신부님 사랑해요. 그리고 저희가 못마땅하게 행동하고 신부님을 마음 상하게 해드린 점 용서해 주세요.

건강 잘 챙기시고, 저희를 위해 기도해 주세요. 저희를 성령의 길로 인도해 주세요. 지향 없이 하는 기도 속에서도 성모님께서 전구(傳求)해 주시리라 저희는 굳게 믿습니다.

겨울 장미

100년의 탯줄

2012년 8월 1일 | 모교 100주년 기념문집

    설렘과 기다림으로 많은 동문들이 모교의 백년 생일상을 준비했다. 장수, 서울, 전주에서 그리고 기수모임에서 의견을 모으고 땀을 나누고 발로 뛰었고 정을 나누고 맘을 다했다.

    우리 집은 열하나의 남매가 모두 장수초등학교를 졸업했다. 그 중에 나는 셋째이다. 생각해 보면 복받은 집안이다. 그리고 기적에 가까운 행복을 하늘에서 선물로 받은 셈이다. 이렇게 말할 수 있는 것은 여러 가지 이유가 있다.

    그 하나로 읍내 2구에는 '대추나무집'의 막내가 우리 같은 반 친구였다. 설날 세배를 하러 가서 친구 아버님께 들었던 얘기가 지금도 기억에서 없어지지 않는다.

    당시에 그 친구는 위로 형이 두 분 있었다. 형제가 많은 우리 집을 보고 하시는 말씀이 사실 친구네는 형들이 3명이 더 있었다고 했다. 두 형은 일본제국시대에 한 명은 6·25 때에 잃었다는 것이다.

    우리 형제는 지금 둘째 형만 고향을 지키며 살고 있다. 나머지는 경상도·충청도·서울에 각 한 형제, 수도자 한 사람, 그리고 수원에 여섯 남매가 출가해 살고 있다. 흔히 고향의 기준으로 탯줄을 묻은 장소와 초등학교를 어디에서 다녔는지를 따지는 것 같다.

    현실에 안주하며 정을 중시하는 우리는 부모의 그늘을 혈연, 태어난 땅을 지연, 그리고 학창시절의 인연을 학연으로 마음에 쓰고 있다. 그러나 서양에서는 흔히 '부모 선택을 할 수 없고 태어날 장소 또한 얼굴색을 선택할 수 없다'고 운명처럼 믿고 살아간다.

　장수초등학교는 일제 강점기에 설립돼 많은 교육기준을 일본식 수준을 벗어나지 못했다. 하지만 어느 한 선생님이 무지렁이 시골아이를 성공하는 인간으로 만들 수 있다는 경우를 우리는 많이 보아 왔다.

　우리의 세월은 한 세대를 지날 무렵 직장 따라 학교 따라, 그리고 사랑 찾아 멀리 아주 멀리에서 살아가고 있다. 군 생활을 하고 훗날 직장을 잡고, 사업을 하면서도 고향의 학교 선후배로부터 보이지 않는 큰 도움을 받는 경우가 있다. 내 자신도 평생의 은인으로 일생에 등대 같은 학교선배가 있다.

　모교는 일제치하인 20세기 초 설립됐다. 억압과 수난에서 채 해방의 기쁨도 없이 6·25를 만나고 형제와 이웃이 원수로 깊은 상처를 남기고 21세기에 와 있다.

청산도 범바위 조망대의 느림 우체통 앞에 선 필자.

근대화의 결실이 잠깐의 즐거움으로 알았을 때 IMF로 다시 혼돈과 양극화의 그늘에 서 있다. 어느새 동창들과 동문들은 열의 하나 고향에 남기고 타향으로 도시로 떠났다. 그리고 그 자리에 몇몇 이주민 어머니를 둔 아이들이 우리들의 후배로 자리를 이어간다.

세상이 변하고 유목민처럼 부모형제와 이별을 하며 산다. 과거에는 가마 타고 시집가는 옆집 누나를 보았다. 그리고 군에 입대하던 동네 형들을 위해 동네 어른들이 해주는 환송 찬치를 보고 자랐다. 지금은 직업 따라 직장 따라 생각 따라 떠나 살아간다.

세상의 조류는 예측할 수 없고 또한 변화 속에 함께 살아간다. 부정할 수도 막을 이론도 없다. 미래에는 국경도 사라져 없어진단다.

고향을 떠난 지 50에 세월이 흘러 멸치젓갈 맛을 알았다. 돌아갈 수 없는 60에 풍란의 향을 알았는데 멀리서 지켜보던 친구보다 가까이에 있는 손자가 눈에 자꾸 밟힌다.

장수에 묻은 나의 탯줄은 백년을 이어오고 세상 또한 매일 변화시켜 오고 있다.

📍 겨울 장미

여산재 가는 길에서는

///

2013년 3월 28일

꽃샘과 시샘의 사이 봄날에, 그리고 '여산재' 넘는 길가에 냉이 피던 날, 세검정에서 학동말로 바람처럼 구름처럼 다다랐다.

세상구경이 좋아 읽지도 않을 가져간 책은 가방 속에서 잠이 깨기도 전 전주에 사는 소꿉친구에게 전화했다. '학동마을'은 하루에 한두 번밖에 마을버스가 없을 거란다. 친구 덕분에 행사장을 제일 먼저 도착한 나는 주변의 뜰을 구두에 잔디풀이 묻어나도록 구경했다.

이 학동마을과 오늘 만날 사람들은 모두 처음 만남인 것이다. 마치 외국의 어느 시골에 처음 방문했을 때처럼 설레었다.

나의 경험으로 기대했던 국회장님은 예상보다 온유했고 큰소리 한번 없고 서두르지 않는 모습 이었다. 문화관 입구에는 봉사자들이 분주하게 행사준비를 하고, 파란 한복 두루마기를 곱게 입은 회장님은 얼굴에 분장을 하고 있었다. 기념촬영 준비를 하는 듯했고, 아직 내가 누구인지 눈에 보이지 않았던 것 같았다.

선배님과의 만남은 수필에서 만남이 처음이었고, 그 뒤 페이스 북에서 그리고 이메일에서 잦은 만남이 있었다.

여섯 번째 수필집이 세상에 소개되는 삼월 스무사흘은 토요일. 서울에서 경상도에서 그리고 충청도, 전주·군산·익산에서 마음을 같이하는 분들이 봄이 내리는 학동마을에 모였다.

시와 역사를 '여산재'에 오래 남기기 위해 오신 김우종 평론가, 저 멀리 속초에서 달려온 황금찬 시인은 마치 마지막 옷자락이 바윗돌을 닳아 없어지도록 기운을 써버린 듯 고운 시를 내려놓고 가셨다.

이 세상에서는 사람들과 만남의 연속이다. 사람을 만나고 나면 미운 기억을 남기는 부류와 만난 뒤 난향처럼 좋아지는 사람으로 나누어진다. 그 후자가 오늘 처음 '여산재'에서 손을 잡은 그분인 것 같다.

그리고 오늘 귀한 분들을 많이 만났다. 행복하고 보람 있었던 만남의 주인 공들을 하나하나 기억해 본다. 차에 혼을 채워 한국의 아름다움을 실천하는 손연숙 교수, '시가 땅에 떨어져 뿌리를 내린다'는 시와 함께 '힐링'하여 미인이 된 듯해 보인 조미애 시인, 그리고 다시 보고 싶은 온화한 이 청장님,

내가 눈으로 보고 귀로 느껴 기억한 재즈가수 중 가장 부드럽고 열정을 다해 심장을 흔들어준 수니 김, 짧은 시간에 나에게 한국인임을 곱게 느끼게 해준 송선 박순자 원장님.

그리고 내가 오늘 주인공보다 더 만나고 싶었던 김사은 PD는 국중하 님을 다리로 해서 페이스 북에서 만난 분이다. 그분은 석류보다 상큼하고 보석처럼 시를 쓰고 노래하듯 수필을 쓴다.

슬기로운 이 자리에 멍석을 깔아준 여산재의 기억은 오래 남을 것이다. 산마루를 지나서 굽이굽이 학동마을 병풍처럼 하늘처럼 감싸 안아 여산재를 지키는 앞산도 좋지만 그 가는 길이 하도 예뻐서 전생에 본 듯한 길처럼 아련히 다가온다.

가난한 시인에게 너그럽고 자기 몸에 차가운 할아버지는 눈에 넣어도 안 아프다는 손녀를, 예뻐도 천박하지 않게 멀리서 지켜보고 있었다. 함께 사시는

할머니의 오래된 한복에서는 검소한 생활을 느꼈다.

이번 두루마기 한복은 송원장이 만들어 입혀드리기까지 너무 힘들었다는 얘기를 들었다. 간신히 옷을 입은 국회장은 옷값을 묻고 송 원장은 사양해 기부금으로 대체했다는 뒷얘기는 그분의 겸양을 느낄 수 있었다.

나는 채우지 못한 마음 한구석을 추스르다 뒤돌아 오는 산길이 걱정되었는데 함께 가자는 박원장의 말끝에 "괜찮습니다, 전주까지 걸어가면 더 좋을 텐데요, 뭐" 했더니 "네 그렇겠네요" 하며, 그래도 자기 차를 타자며 곱게 한복을 입은 박 원장 내외가 승낙을 했다.

노란 산수유가 피었다. 전주 터미널에서 혼자 다시 훌쩍 서울로 가자니 한심한 생각이 들었다.

지나간 나의 고향 발자취가 영화 필름처럼 눈앞에서 움직인다. 35년 전 서울 출신의 긴 머리의 아가씨였던 지금의 아내를 포장길도 아니던, 전주에서 세 시간 반 거리의 '장수' 가는 길을 버스를 기다리고 또 기다렸던 꼭 그 자리 선술집에서 먹던 백 원짜리 모주가 생각이 났다.

터미널에 기대어 있는 식당에 들어가 모주 한잔할 수 있느냐고 물으니 주인 아저씨가 흰 병에든 모주에 김치를 내놓는다. 이 한잔에 시름이 다 날아간 듯했다. 순간 아내로부터 문자가 왔다. 저녁에 동네모임을 내 생일 겸 할 테니 몇 시에 도착하느냐고 답을 원한다.

회장님 생신날 이틀 후에는 내 생일이니 신기하다. 그런데 올해는 말하기도 쑥스러운 환갑이다. 고향 떠나 타향살이에 더 시간을 보냈는데도 아직 서울은 영원히 고향이 될 수 없는가 보다.

그래도 내가 가고픈 고향은 없다. 세상을 떠나도 나의 혼이 억겁의 시간을 또 다른 세상에서 구경하고 싶다. 제일 먼저 새봄이 오면 이곳 여산재를 한 삼

일간 쉬었다 가고 싶다.

　이렇게 새 기운이 솟고 들풀들이 뿌리를 틀고 산야초 싹트는 이런 봄에 가
만히 혼자서 '혼불'처럼 오고 싶다.

　고향의 길은 고향의 봄은 왜 아지랑이가 피어나는지.

　그리고 그립고 허전한지,

　어머니가 우리를 키우시느라 허탈 하셨을 탠데,

　왜 이 자식들이 허전하지.

　그 곳은

　나를 왜 이다지 붙드는가.

　봄이 그리워 이파리보다 먼저 웃으며 활짝 핀 산수유 따라

　'여산재'에 왔다 가는 길목에서는

　산새들에게 물어보지 마라,

　이별도 없다

　그리움 따위는 또 없다.

　마음에 청춘을 입고 향수만 담아간다.

　가는 길에서는.

겨울 장미

「하늘을 보고 별을 보고」를 읽고

2011년 7월 14일 | blog.naver.com/domaking

　모종으로 심어놓은 낮은 호박이 신기하게 자란다. 넝쿨이 길어지기도 전에 제자리에서 노란 꽃과 함께 호박이 열려 있다.

　지난주에는 '반값 등록금'을 요구하는 학생과 시민들이 광화문과 을지로, 청계 광장에서 촛불 시위를 했다.

　우리는 지금 21세기의 문턱을 넘어서 과거의 시대보다 몇 배 빠른 속도로 휩싸여 흘러간다. 회오리나 태풍도 아닌 '쓰나미'급의 변화를 터득하기도 전에 문명의 이기를 감각으로 느끼며 산다.

　그러나 현대사의 변방인 김제의 가난한 한 소년인 박승은 빈곤과 고통을 딛고 훗날 한국 역사의 중심에서 뜨거운 기상의 지혜로, 내가 아닌 우리 모두가 잘사는 아름다운 나라로 만들게 하는원동력을 일으킨다.

　그는 어려서부터 모 심는 일, 벼 베는 일, 땔감을 마련하는 일 등 농사일을 하면서 자랐다. 중고등학교(이리공업고등학교)는 기차 통학을 위해 매일 14km를 걸어 다녔다.

　땜질을 해서 검정 고무신을 신었고, 어머니가 심은 목화로 베를 짜 검정 물을 들여 교복을 입고 다녔다. 그때 수업료를 못 내 중간고사를 못보고 집으로 돌아가면서도 비관하지 않았으며 오히려 더 강한 마음을 가지게 되었다.

　부모의 어려운 생활을 염려해 해군사관학교에 합격했지만 장래의 꿈이 교수였기에 서울대 상대를 지원한다. 시험 보러 난생 처음 서울에 기차 타고 올라올 때는 점심으로 고구마 다섯 개를 싸들고 갔다고 한다. 장리쌀을 빛내서 대학 등록을 해놓고 다시 고향집으로 내려가 농사일을 했고, 시험 때면 친구의 노트를 빌려 시험 보는 일이 많았다.

2009년 9월부터 매주 한국일보에 연재한 내용을 모아 회고록으로 출판한 『하늘을 보고 별을 보고』는 원제가 '고난 속에 큰 기회 있다'로 연재했다. 이 두 제목으로 봐도 그의 인생 전반부는 고난의 연속이었고, 꿈을 이룬 후반부의 인생은 우주의 별을 동경하듯 한 나라의 미래를 짊어지고 꿈과 희망의 반석을 만든 성공 이야기라는 생각이 든다.

3·15 부정선거로 촉발된 4·19 때는 당시 종암동에 있던 상대에서부터 광화문까지 500여 학생 대열에 앞장서 행진할 정도로 정의로운 행동을 했다고 한다.

1960년대 우리나라 농업인구는 전체의 58%, 가구당 인구는 6.2인, 국민 총소득에서 차지하는 농업 비율은 41%, 수출은 3천만 달러였다. 국가재정의 40~50%를 미국 원조에 의존했으며 당시 1인당 국민소득은 80달러로 통계에 나와 있다.

1962년부터 1971년까지 1·2차 경제개발 5개년계획으로 9.7% 경제 성장률을 기록했고 1인당국민소득이 242달러로 늘어났다.

박정희 대통령에 대한 당시의 평가는 "군사혁명의 부정적인 과오보다 경제 부흥 업적이 더 컸다"고 하였지만, 오히려 3선 개헌과 유신헌법으로 인해 아쉽게 점수를 잃어 버린다.

박승은 일생에 여러 차례의 좌절과 고통이 있었지만 그 고난 뒤에는 항상 희망이 뒤따랐다. 1970년도에 한국은행 조사부에서 근무 중 아내와 두 아이를 한국에 두고 미국 유학길에 올랐다. 가족과 떨어져 살면서 뉴욕 주립대에서 남들이 5년 걸려 취득하는 박사 학위를 2년 만에 마친다.

1974년 미국에서 돌아와 한국은행에 복귀하자 이미 1차 석유파동으로 인한 어려운 국내 상황이었다. 당시 경제기획원장관의 요청으로 우리 정부의 경제개발 자문단으로 1년간 사우디아라비아에서 근무 후 1976년 유신체제 후반부에 중앙대 경제학과 교수로 간다.

그의 철학은 "개인의 이익보다 사회의 이익을 배려해라"는 원칙이 항상 따라다닌다. 그리고 "보수가 있어 안정이 있고 진보가 있어 변화가 있다"며 보수와 진보를 차 두 바퀴에 비유했다.

그는 "영국이 250년, 일본이 150년 걸린 산업화 과정을 우리나라에서는 한 세대 동안 해낼 수 있었다"며 "그 방법으로는 선두 개발자들로부터 모방 이익을 극대화하고 이들이 밟아간 중간 과정들을 생략함으로써 압축적 발전에 성공한 것이다"고 결론을 내렸다.

노태우 대통령은 그를 건설부장관으로, 김대중 대통령은 제22대 한국은행 총재로 등용했다. 한은 총재 재직 때는 뉴욕 주립대학에서 그에게 '자랑스런 동문상'을 임기 후 2007년에는 인문학 명예박사를 수여했다.

DJ에 관해서는 해박한 지식과 예리한 정책 감각을 가지고 있으며, 임기 후에도 경제현안 문제에 대한 관심이 높아 사석이든 공석이든 그에게 경제 브리핑을 요청하는 일이 많았다고 한다. 그럴 때마다 그는 마치 모범학생처럼 경청하고 비서에게 정리해 보라고 했다는 것이다.

2009년에는 처음으로 KAIST 입학사정관으로, 그해 9월에는 김대중 대통령 노벨평화상 수상기념 준비 위원장을 지냈다. 정치적 격동기를 거치고 2회의 오일쇼크, 안기부에서 고문을 받기도 하고, IMF를 지켜보고 적극적으로 나서 위기의 한국을 오늘에 이르게 한 거목 같은 인물이라고 느껴진다.

보여지는 것으로만 평가할 수 없으나 1969년 『한국경제 성장론』을 시작으로 8권의 저서와 역서, 10번의 연구보고서, 39회의 논문, 무려 450여 신문기고, 205번 정부간행 기고문, 그리고 13회에 걸친 해외강연이 그를 잘 대변해 주고 있다. 학문적 업적이 책으로 엮어지면 50여권 이상이 될 것이다.

책표지에 그림처럼 그는 다시 태어난다면 밤하늘에 무수한 별을 꿈꾸듯 천체 과학자가 될 것이라고 했다. 그런데 그 생각보다 그의 아호 청도(靑稻)를 보면 그토록 사랑하던 어머니께서 농사짓듯이 본인을 키워준 김제 고향 뜰에 벼 냄새 맡으며 마음을 내려놓을 것 같은 생각이 든다.

고향 백석초등학교에는 그가 기부한 '박승 도서관'이 금년 4월에 문을 열었다. 현대사를 움직인 책임 있는 학자이며 존경받을 어른이다.

필자는 이 회고록에서 느낀 것이 있다. 그는 지금까지도 일기를 쓰며 아침 체조를 거른 적이 없다고 한다. "습관은 제2의 천성이다"는 말이 떠오른다.

우리는 지금 어떤 습관으로 살아가는가? 사실 자라나는 청소년의 필독서가 되었으면 한다.

2040년 이후에는 식량이 에너지, 군사력보다 더 무서운 무기가 된다는 보고가 있다. 대학 3학년에 썼던 농업경제 관련 논문처럼 우리의 미래에 식량문제를 어떻게 준비해야 하는지 그 길잡이가 되길 마지막으로 희망해 본다.

우리 곁에서 영원히 꺼지지 않는 마음의 등불이 되었으면 하는 바람이다.

겨울 장미

누가 지금의 역사를 쓰는가

2012년 11월 12일 | daum.com

우리는 누구인가.

한 달 여 남은 제18대 대한민국 대통령선거 유세를 지켜보고 있다. 지금 우리나라의 분위기는 한 치 앞을 보지 못하는 대통령 후보들과 길잡이는커녕 비뚤어진 언론들, 어리석은 국민들까지 나아갈 길이 없다.

부끄럽지 않게 살려거든 우리는 과거에 듣던 귀찮은 소리, 즉 "들쥐 떼와 같다"는 말을 잊지 말아야 한다. 우리는 해방 이전의 당시 문화가 그렇듯이 대륙에서 전해졌다.

물론 항공이나 해상교통이 육상교통만 못한 이유도 있었겠지만 일본 역시 문학·예술·과학까지도 대륙과의 영향이 과거 천년을 이끌어온 셈이다.

9세기 때 이미 콘스탄티노플(이스탄불)에서 신라의 경주까지 1만2천Km의 육상·해상을 교역하는 데 6개월이 걸린 기록을 이제 안 것도 우리의 생각이 아직 편협한 사고를 저 바다 건너 미국에만 두었기 때문이 아닌가.

이제는 다시 대륙으로 눈을 돌리자. 더 큰 우리의 땅을 찾아 나서자. 다시 3천년을 기획해 우리의 영토를 대범하게 늘려가자.

우리 신체 일부를 고무줄로 꽁꽁 묶어놓으면 피가 통하지 않는다. 그리고 오래가면 썩는다. 지금 우리가 외면하는 사이에 두만강 하구를 중국의 태평양 교두보로 내주고 있다.

통일 이후에도 역시 형제가 잘잘못을 따져야 할 것을 생각해 본다. 지금 북한

주민은 남한이 잘 사는 것을 다 알고 있다.

그런데 이 형제가 나중에 다퉈야 할 일이 두 가지밖에 없다. 첫째는 위에서 말한 "문전옥답을 왜 뒷집에 싼값에 넘겼느냐"이고, 또 하나는 "굶어죽기를 10년이 넘도록 왜 방관했느냐"일 것이다.

어느새 우리를 기다리던 조선족들은 이미 등을 다시 돌리고 있다. 만주 땅 그곳에는 더 좋은 고속철과 고속도로를 건설해놓고 있는데, 우리는 아직도 불행한 옛이야기로 뒷걸음치니 누구를 믿고 따라야 하나? 어디로 가야 할지 제발 정신을 좀 차려야 한다.

누가 대륙으로 가는 철길과 찻길을 막아서는가. 누구를 위한 시간 낭비인가?

서울시내 대형 식당에는 종업원이 대부분 조선족이었는데, 그들은 지금 함께 돈을 모아 식당을 인수하고 있다. 한국인이 찾는 외국 관광지에서는 어김없이 한국의 관광객을 상대로 조선족들이 안내하고 있다. 게다가 일본에서는 한국인들이

성숙된 문화관광대국으로 가기 위한 길은 멀고도 험난하다.

일하던 일자리를 조선족이 접수한다.

자식을 둔 부모가 이혼하면 자식은 누구를 따르는가? 아이들은 법 이전에 눈앞의 이익이 우선이 아니던가?

그럼 과연 어떻게 문제를 풀어가야 할까. 어떤 노력을 해야 할까. 부끄러운 역사를 쓰기 전에 쓸 이유와 그 원인을 만들지 말자. 그리고 우리 모두 마음의 빗장을 풀어 보자. 대륙을 열어 보자. 우리는 얼마나 대단한 민족인가.

전쟁 없는 60년 만에 세계 10위권 국가로 살아가고 있지 않은가? 아직 남아 있는 고통, 미움, 서러움을 다 털어버리고 용서와 화해로 포용해 보자.

갈 길이 멀고 해야 할 일이 너무 많다. 어서 일어나 미래의 지도자를 일깨우자. 더 큰 파도가 우리를 향해 오고 있다.

가만히 앉아서 기다릴 수는 없다. 우리는 꼭 해낼 수 있다.

틀에 갇힘 없이 멋대로 사는 사람

틀에 갇힘 없이 멋대로 사는 사람, 재물이 있으면 좋지만 없어도 되는 사람, 이기면 좋지만 져도 된다고 생각하는 사람, 주판 세대이지만 디지털 방식으로 사는 사람….

이것은 저자 김동곤을 두고 하는 말이다. 이러한 그의 삶에서 보고 경험하고 느낀 것들을 두서없이 적어 모아 놓은 것이 이 책이다. 쉬는 마음으로 부담 없이 읽을 만한 책이다.

—박승(전 한국은행 총재)

행복한 세상을 만드는 신(新) 유목민

요즘 세상은 미처 따라갈 수 없이 급격하게 변해 가고 있지만, 그러면서도 한편 우리의 유전인자 속에는 아직도 목가적(牧歌的)인 정서가 살아 있는 것 같다. 그래서 도시적인 환경에 더 어울릴 것 같은 사람들이 귀농이나 귀촌을 하여 살아가는 이야기들을 심심치 않게 듣게 된다.

그러나 역설적이게 이들은 목가적인 삶을 살면서도 정신은 디지털 유목민으로 살아가고 있는 게 아닐까 하는 생각이 든다. 시간과 공간을 초월한 디지털 세계에서 이들은 끊임없이 외부와 소통을 하며 지내기 때문이다.

그래서 생존의 땅을 찾아 헤매야 하는 초원지대의 유목민은 삶이 고달 플지 몰라도 이동이 필요 없는 현대의 디지털 유목민은 어디에도 구애받지 않는 자유를 누리면서 자신들만의 삶을 향유하고 있는지 모른다.

김동곤 선생에게는 국경이 없다. 그가 가고 싶은 곳이면 어디든지 가고, 만나고 싶은 사람이 있으면 누구든지 만날 수 있다. 모든 것이 소통으로 이루어지는 '디지털 노마드', 그는 행복한 세상을 만드는 신(新) 유목민이다.

―이정림(『에세이 21』 발행인 겸 편집인, 수필평론가)

나는 디지털 유목민이다
I am a digital nomad

초판 인쇄 / 2014년 5월 20일
초판 발행 / 2014년 5월 25일

지 은 이 / 김동곤
펴 낸 이 / 박관식
디 자 인 / 김유정
마 케 팅 / 김현

펴 낸 곳 / **도서출판 말벗**
출판등록 / 2007년 11월 2일
주   소 / 서울 영등포구 문래로4길 4 현대상가 204호
이 메 일 / malbut@korea.com
전화번호 / 02-774-5600
팩스번호 / 02-720-7500

ISBN 978-89-960407-2-9 03810